◎ 四川外国语大学2022年度学术专著后期资助项目
（项目编号：sisu202228）

日本近现代女性文学研究的新视界

黄芳 等著

苏州大学出版社
Soochow University Press

图书在版编目(CIP)数据

日本近现代女性文学研究的新视界 / 黄芳等著. —苏州：苏州大学出版社，2022.11
ISBN 978-7-5672-4115-2

Ⅰ. ①日… Ⅱ. ①黄… Ⅲ. ①日本文学－近代文学－妇女文学－文学研究　②日本文学－现代文学－妇女文学－文学研究　Ⅳ. ①I313.06

中国版本图书馆 CIP 数据核字(2022)第 216303 号

Riben Jinxiandai Nüxing Wenxue Yanjiu de Xin Shijie

书　　　名：	日本近现代女性文学研究的新视界
著　　　者：	黄　芳等
责任编辑：	杨　华
装帧设计：	刘　俊
出版发行：	苏州大学出版社（Soochow University Press）
社　　　址：	苏州市十梓街 1 号
邮　　　编：	215006
网　　　址：	www.sudapress.com
邮　　　箱：	sdcbs@suda.edu.cn
印　　　装：	广东虎彩云印刷有限公司
邮购热线：	0512-67480030　销售热线：0512-67481020
网店地址：	https:// szdxcbs.tmall.com /（天猫旗舰店）
开　　　本：	700 mm×1 000 mm　1/16　印张：12.5　字数：211 千
版　　　次：	2022 年 11 月第 1 版
印　　　次：	2022 年 11 月第 1 次印刷
书　　　号：	ISBN 978-7-5672-4115-2
定　　　价：	55.00 元

凡购本社图书发现印装错误，请与本社联系调换。服务热线：0512-67481020

序

《日本近现代女性文学研究的新视界》是四川外国语大学日语学院院长黄芳教授近年来指导研究生从事日本近现代女性文学研究的最新结晶。黄芳教授自研究生时代起，一直潜心专注于日本近现代文学研究，特别是在日本女性文学研究领域，在国内日本文学研究界有着相当的影响。纵观国内多年来有关日本女性文学的研究成果，虽说不乏相关学者一直在孜孜不倦地努力，但仍可见两方面的不足：一是缺乏推陈出新的力作；二是研究者的"圈子"新陈代谢缓慢。

黄芳教授之所以将该著作起名为《日本近现代女性文学研究的新视界》，着意无非凸显本书的研究与迄今为止的日本女性文学研究有着视界上的不同。"新视界"在当今话语中的确显得时尚，然而中国先贤们早有此类意识与思考："学者不可只管守以前所见，须除了，方见新意"（朱熹《朱子语类》），"推陈出新，饶有别致"（戴延年《秋灯丛话·忠勇祠联》）。细细推敲，此两句话虽然出自不同时代、不同先贤，但两句话连在一起理解，正是强调做学问的"新视界"。

《日本近现代女性文学研究的新视界》主要由绪言和 12 章构成。这 12 章日本女性文学研究的视界，是黄芳教授在自己的研究目录下通过各种学术研究方法论，指导研究生所做的日本近现代女性文学的新批评。黄芳教授专门为该书撰写了绪言，从哲学角度对日本近现代女性文学做了深层次的思考，其中包括近现代家庭生活与社会生活中的女性本身、女作家对女性本体的认知范式、女性文学研究的反思与前瞻。

这里需要特别说明的是，本书 12 章的专题看似已有不少的先行研究成果，但难能可贵的是本书的研究视角建立在对此前的成果展开深入解读和分析的基础之上，不落既往窠臼。研究生们以"初生牛犊不怕虎"的气势，突破已有的研究空间，大胆进行新思考，提出新观点，以新的材料和证据对既往观点进行修正与延伸，这正是创新。

黄芳教授指导研究生展开学术研究的基本方法为：在既有研究成果基础上进行新的假设 → 用新的学术证据验证 → 获得新的结论 → 再进行更新的假设 → 用更新的材料验证 …… 这就是学术研究的推陈出新。学术研究是一个无止境的螺旋式的渐进过程，每一项研究成果都会受当时社会语境、时间与空间的制约，故任何学术成果都不会是该领域的终点，学术研究始终在旅途中。

同为中国日语教学与研究界的一员，窃以为教学与研究相辅相成，不断精进的日语教学可以推动学术研究推陈出新，而高水平的学术研究又会促进日语教学质量的渐次上升。

日语学界有此等境界的同人共同努力，未来可期。斯为序。

四川外国语大学《中外文化》主编　姚继中
2022 年 10 月 2 日

目录

001	绪言
006	第一章　樋口一叶的无限孤独
017	第二章　樋口一叶后期作品中女性的欲望
028	第三章　与谢野晶子精神与肉体的双重觉醒
048	第四章　冈本加乃子文学作品中的男性成像
061	第五章　尾崎翠的"第七官界彷徨"
075	第六章　宇野千代追求自立的踌躇与彷徨
093	第七章　松谷美代子童话中的异界
103	第八章　林芙美子文学作品中的浮云意识
120	第九章　河野多惠子的超现实主义世界
133	第十章　三枝和子"女王像"的二重构造
147	第十一章　安房直子文学视野中的自然界
161	第十二章　津岛佑子内心的缺失性世相认知
183	参考文献

绪　言

文学是作家用独特的语言艺术表现其独特的心灵世界的产物,它代表一个民族的艺术和智慧。因此,文学创作的价值应当是人类自身最为内在的、基本的价值所在。

文学的意义在于记录历史长河中不同时代的社会世相,以各种形式向同时代、未来的人展示文学家对生活的理解。他们赞美、希望、批判、怨恨,以帮助人们理解这个时代的本质,呼唤人们渴望的生活。其中,女性书写无疑已成为社会文明的一个文化符号。

我们不是要从文学中分出性别,并定义出"女性文学"这样的概念,而是要对在人类社会历史发展进程中长期以来强加给自己的性别偏见进行反思,并重新看待文学性别的差异对文学与人生的影响。"差异"的概念来自被认知物与记忆的对照,这种对照其实是对旧有的遗留的文学常识的反思。从某种意义上说,大量女性作家的涌现和大量前所未有的对女性问题的文学关注,以及大量两性关系的社会化和欲望化的多重叙述和多元描写,女性从肉体哲学到灵魂鞭笞,显示着两性文学关系中的深度差异,这种差异需要人们不断地深刻反思与重构认知。

女性文学是指文学题材抑或女性意识? 在笔者的研究中,女性文学更为准确的定义应是"女性书写",这是社会开放和文学进步给予女性的文学尊重,也是现代社会文明通过文学表述,窥视两性差异以走向和谐的理性补充。按理说,文学创作中的作者性别并没有特别的意义。在主张男女平等而性别文明尚在消长的现代社会,女性书写忽然彰显出了它独特的意义。也就是说,女性书写本身已然超越自身,成了一个表明社会性别文明程度的文化符号。

在日本的书店里有女性作家专柜，近年来获得芥川奖的女性作家越来越多，但和男性作家相比数量仍然略显稀少。在明治时代，女性作家被称为"女流作家"。"女流"一词中性，但略偏贬义，况且未见"男流"一说，故现今通常将女性书写的文学称为"女性文学"。尽管如此，明治时代的女性文学在日本文学史上仍然占据了特殊位置。对理想的探求、对社会的批判及反抗等主题贯穿了明治时期的女性文学。这一时期的女性作家在启蒙思想的影响下开始了文学创作，并顺应文坛的发展潮流，从最初的理想主义转入写实主义的创作。她们通过作品反映现实、批判现实。因此，我们认为近代初期的日本女性文学的形态，是女性作家们从社会的弱者身份开始自我怀疑、自我否定，从而确立新的自我的过程。

文学作品的优劣原本和作家性别没有直接关系，其价值应该取决于作品的文学性。可是，"在漫长的历史长河中，被强加在女性身上的社会掣肘使得社会乃至女性自己也产生错觉，认为女性在生理上、体质上都有局限性"[1]。而文学史多由男性撰写，他们往往在有意无意中忽略女性作家的存在，能够被收录进文学史里的女性作家也只有樋口一叶和与谢野晶子这样不容忽视的耀眼之星。女性作家的存在感太低，她们只是男性作家的补充和陪衬。

进入大正时代后，随着社会的发展和环境的剧烈变化，女性的诉求也有了新的发展，特别是对政治的诉求。与明治时期不同，这一时期的女性处于孤独无助状态，在新的社会发展语境中试图把握自己的命运，祈求通过共同努力对充满封建思想的日本社会发起挑战。1911年9月，为了抗议政府宣扬的贤妻良母主义，以平塚雷鸟为首的18名作家把日本第一个女性文学组织"青踏社"作为大本营，通过文学作品对"贤妻良母"等做出反抗，向日本女性传达出要从世俗的看法中脱离出来寻求自立的思想。

进入20世纪80年代，女性主义批评在近代文学研究领域开始占据重要位置，随着代表社会的、文化的"社会性别"概念的导入，对女性文学的关注度越来越高，对女性作家面临的挑战与经历的挫折进行再评价便成为一件十分有意义的工作。

日本女性作家所描绘的女性形象吸引着年轻的研究生们，他们往往有着个人独特的见解。这与研究生生活在当下的社会语境、他们的个人修养，

---

[1] [日]馬渡憲三郎.女流文芸研究[M].東京：南窗社，1973：4.本书所引用的日语原著，除另有注明以外，其余均由著者翻译。

以及在自身文化参照性下对日本女性文学的认知等有着密切的关系。历年来，笔者所指导的研究生撰写的研究论文中，有12篇颇有新意的关于日本女性作家的论文。其中胡媛媛的《樋口一叶的无限孤独》、钟玲玉的《樋口一叶后期作品中女性的欲望》、冉梅的《与谢野晶子精神与肉体的双重觉醒》、邓叶如的《冈本加乃子文学作品中的男性成像》、牛雅妮的《尾崎翠的"第七官界彷徨"》、劳绩浩的《宇野千代追求自立的踌躇与彷徨》、杨晓琴的《松谷美代子童话中的异界》、王楚楚的《林芙美子文学作品中的浮云意识》、殷玉卿的《河野多惠子的超现实主义世界》、何云竹的《三枝和子"女王像"的二重构造》、朱晨露的《安房直子文学视野中的自然界》、张诗芸的《津岛佑子内心的缺失性世相认知》，从各种新视角对日本近现代女性作家进行个性化研究，为读者打开多姿多彩的日本近现代女性文学视界，反映日本近现代女性文学发展的脉络。

所谓女性文学，或指女性作家创作的有关妇女生活题材的作品，或指女性作家所写的具有女性意识、反映女性情感、表现女性生活的文学。爱情、家庭、事业三个维度是女性生命中最重要的组成部分，女性作家的自我言说多是关于爱情、家庭、事业的哲学思考。

本书从明治时代最具代表性的天才作家樋口一叶开始研究，其作品《浊流》的时代背景为女权主义者发动的废娼运动，樋口一叶紧扣时代主题，描写了妓女阿力悲惨的一生。阿力的身份注定她是一个不能选择平常婚姻的女人，死亡才是阿力与源七感情的唯一出路。樋口一叶通过描写阿力与源七的殉情，为自己在现实生活中不可能有结局的爱情设想了一个看似完美却很苦涩的结局。在现实生活中，樋口一叶不可能丢下寡母弱妹而与她暗恋的桃水殉情。因此，透过阿力的故事，我们可以深深体味到樋口一叶想爱不能爱、不敢爱的痛苦和孤独。

女性作家在日本文坛长期处于被忽略的状态。樋口一叶尽管得到男性作家或评论家的一致认可，她的作品《自焚》描述"离家出走"和"被扫地出门"的母女二人的越界行为，《里紫》描写阿律忠实于内心，背叛丈夫走向情人，但这些深入探讨女性各种问题的作品一直以来被男性所忽略。樋口一叶笔下的阿力、美登利、阿关等女性极力忍耐，无力抵抗，最后遭遇各种人生挫折。在男性评论家眼里这些女性的凄哀美很受欢迎。但樋口一叶描写的不是女性的凄哀美，而是活在重压下的女性的坚强。可以说她去世前的两部作品《自焚》和《里紫》才真正体现了她的观点。《自焚》讲述作为妻子的女人厌倦被当成人偶的生活，《里紫》则描写为追求精神和肉体健全的人而苦苦求索的阿律。

在男性林立的作家群里有两位女性作家的名字熠熠生辉。一位是被称为"第一职业作家"的樋口一叶,另一位则是和歌女神与谢野晶子。与谢野晶子在封建礼教的束缚下成长,善于洞察身边事物,多次反省自己的处境,思考女性的生存之道。与谢野晶子的处女诗集《乱发》以大胆的表达、不羁的文风奠定了她在日本近代文坛的地位。在诗集里,与谢野晶子极力赞美女性的身体及女性敏锐的身体感觉,讴歌自由恋爱,实现女性情念的解放,不仅体现了与谢野晶子在精神和肉体上的双重觉醒,同时也能从中窥到与谢野晶子渴望解放、追求自由的心境。

在近代众多女性作家里,冈本加乃子是另类般的存在。她47岁才开始写作生涯,可谓大器晚成,但其创作不受小说固定模式的约束,作品中登场人物大多不是社会的中流砥柱。相貌平平的她极度自恋,笔下的男性都是依附于女人的弱质男人:吃软饭的男人、有恋母情结的男人等,他们以女性为精神支柱,在女性强劲的生命力面前深感自卑。《寿司》里的"寿司"是男人孺慕之情的体现,《花之劲》里的"花之劲"是指女性强劲的生命力,《金鱼缭乱》里的"金鱼"则成为男人一生求而不得的美丽女性的象征,《老妓抄》里的老妓身上强烈显示出老年女人坦然迎接死亡前的生命燃烧,四部作品里不同的女性意象充分展示了冈本的两性观。她毫不留情地揭示了男性形象背后的真实一面,揶揄男人的自以为是,这类男性成像颠覆了传统男性角色形象,冈本加乃子由此构建了女性视角下的新型男女关系。

尾崎翠的《第七官界彷徨》的题目非常引人注目。我们知道,人除了有五种感觉外,还有第六感,即直觉,可第七感则超越了人类对感觉的认知。作品中所谓的第七官亦即第七感,是为了区别于第六感而创造出来的词汇,是无法用语言来描绘的感觉,换言之,是指非正常的感觉。尾崎翠用两性同体的恋爱、一人完成的恋爱等异常恋爱形式来消解传统恋爱模式,构筑第七感觉的新型恋爱模式,以异常来对抗正常,其目的是控诉日本令女性失语的男权社会的不公,寻求男女平等,以及对当时将女性作为生育工具的社会制度的反抗。

《青踏》提倡女性应该从封建传统的桎梏中解放出来,追求自我价值,可以说这本杂志对日本近代女性作家产生了深刻的影响。大正时期的宇野千代才20岁左右,正处于人生观和价值观形成的重要时候,她的思想受到了时代的巨大影响,这种影响促使她走上追求精神自立的道路。宇野千代总结自己的恋爱经验,通过《刺伤》《一个女人的故事》《雨声》三部自传体小说,讲述了女人由依附男人开始,到逐渐重视自我感觉,最后成功实现精神自立的励志故事,而宇野千代也成为女性表达追求精神自立和解放的代言人。

从《放浪记》开始自愿过流浪生活的"我",到《浮云》里漂流他乡的游子,两部作品象征着林芙美子漂泊不定的一生。林芙美子经历过几段不幸的感情,她将自己对爱情的憧憬、失望、反省等凝结在《浮云》这部作品里,讲述了在战后荒芜的时代里,雪子如飞蛾扑火般追寻如浮云那样虚无缥缈的爱情,最后落得命殒天涯的凄惨结局。透过雪子红颜薄命的人生境遇,我们能深深感受到林芙美子虚无主义的人生观。

松谷美代子和安房直子是充满童真童趣的童话作家。《松谷美代子童话中的异界》是国内第一篇关于松谷美代子的研究成果,分析松谷美代子在童话《两个伊达》里构造的连接现在和过去、超越时间和空间的异界。孩子们通过与异界的接触,实现成长。深受安徒生童话和格林童话影响的安房直子将日本民间故事融入其作品,用纤细和哀婉的笔触描绘出充满梦幻色彩的自然界,以柔和的文体向读者讲述一个个温暖的故事。这些故事告诉我们人与自然的融洽共存是人类的终极目标,不仅孩子,连大人都会被其描绘的如梦如幻的世界所吸引。

河野多惠子一直关注父权社会里被边缘化的女性的生存问题,在《不意之声》里采用超现实主义手法描写梦的虚幻,反映女性对父权社会的反抗及女性主体意识的恢复。这一新的女性主义视点引起了广泛的关注,也从侧面突显了战后现实主义描写手法的局限性。

两性关系也是文学作品里的永恒话题,三枝和子旗帜鲜明地主张女权扩张。关西学院大学哲学系毕业、主修黑格尔的三枝和子是日本少有的具有哲学素养的女性作家,她创作的再现母权社会的《女王卑弥呼》《浴血的女王》《克利奥帕特拉》"女王三部曲",表达了回归母系社会的强烈愿望,希望女性做女王而非王妃。

作为太宰治的次女,津岛佑子经历了父亲的自杀、哥哥的因病去世、儿子的早夭等,她的人生中一直充满着缺失,因此,她对于缺失家庭十分关注。《微笑的狼》聚焦战后日本传统家庭形式的崩溃、对自我存在的怀疑及对社会的不信任等社会现象,同时告诉我们怎样在缺失中寻找治愈的方法。

当接触到女性作家从女性视角所创作的文学作品时,我们猛然发现:迄今为止,一直以男性作家为主的日本文学史上,存在着许多优秀的文学认知迥然不同、具有鲜明个性的女性书写,且其本身已然超越自身,构成一个表明社会性别文明程度的文化符号。

第一章

樋口一叶的无限孤独

一、樋口一叶其人、其作及其所处的社会语境

樋口一叶（1872—1896）原名"奈津"，也称"夏""夏子"，发表小说《暗樱》时，首次使用了"一叶"这个笔名。其笔名来自"自己是没有脚（钱）的达摩"的自嘲，而且她的一生也与"金钱"一词相关联。一叶在父亲去世后被迫成为一家之主，为了养家，她开始谋求生路，直至成为一名职业作家，但依然过着贫苦的生活。借钱经历颇丰的一叶还曾为了借钱而拜访过占卜师久佐贺义孝，对方却因其美貌想让她做自己的小妾。在中岛歌子的萩之舍学习时，有同学丢了两块钱，一叶因为贫穷而受到大家的怀疑。因为金钱，一叶可谓受尽了委屈。在其死后百余年的2004年，一生为金钱所困的一叶的头像被印在了5000日元纸币上，命运再一次将一叶与金钱联结在一起。

樋口一叶虽然年仅24岁就因肺结核而去世，但作为近代初期为女性发声的一位作家，她一直笔耕不辍。除了几千首和歌和大量的日记，一叶还留下了22篇小说。其小说创作大致分为两个时期。第一个时期的作品以恋爱为主题，但都以悲剧收尾；第二个时期的作品发表于她创作生涯的巅峰时期——"奇迹的十四个月"[1]（1894年12月—1896年1月），被认为是一叶最有成就的系列作品。一叶笔下的女性从妥协到反抗，甚至走向了对传统道德的反叛。

樋口一叶的小说几乎全是悲剧，这自然离不开她坎坷的人生经历。她不

---

[1] 樋口一叶的主要作品创作于这段时间，被樋口一叶研究专家和田芳惠称为"奇迹的十四个月"。

仅生活上贫苦不堪,就连在感情上也屡屡碰壁,不得圆满。一叶本来有一个婚约者涉谷三郎,但当对方得知一叶在父亲死后负债累累时,就单方面地解除了婚约。后来,一叶为了写作,拜东京朝日新闻社的人气作家半井桃水为师,两人互生情愫,却因外界的流言蜚语,一叶最后不得不与自己的老师断绝了来往。可以说,无法自由恋爱的时代是一叶终生孤独和不幸的加害者。

一叶通过作品揭示了明治时期女性的被动和不幸,但未婚也未生子的一叶未能找到解决男女不平等及让女性可以幸福的办法。即便如此,在日本近代时期,樋口一叶在一定程度上为女性文学反对束缚、寻求自我解放指引了方向。能够在近代初期,且以年仅二十来岁的阅历对社会现实进行隐性批判,一叶无疑是了不起的。与此同时,樋口一叶还曾受到森鸥外、幸田露伴等作家的高度评价。我国作家余华认为其中篇小说《青梅竹马》是他读过的最美的爱情小说之一,樋口一叶把一个十多岁的青涩女孩那懵懵懂懂的爱情写得如此凄美哀怨。可惜的是,这位才女作家在最美好的年纪里便撒手人寰。

二、国内外学术界对樋口一叶文学作品的学术认知回溯

樋口一叶被称为继紫式部之后最伟大的女性作家,获得文坛大家的一致认可和交口称赞。从樋口一叶生活的时代开始,到其逝世百年后的今天,对一叶的研究从未停止,研究成果层出不穷。关于作家论的研究,主要集中在以下五个方面。

(一) 传记研究

可以毫不夸张地说,对一叶的研究始于对其传记的研究。主要研究视点为:对一叶生涯的研究;对一叶身边亲人、友人的探讨,尤其集中在与一叶相识的数位男性朋友身上,将目光聚焦在与其交往过程中的各种关系上。

(二) 日记研究

大多数对一叶日记研究的成果,是从其日记中的内容出发,从而推断其思想及人生观的作家论研究,以及聚焦于评传、传记等的日记论研究。

前田爱在对一叶日记研究的过程中,主张把一叶日记作为不可斩断的文本来把握,成为文本论式日记研究的嚆矢。

山田有策主张,从表现视点出发展开的一叶日记是一叶自身戏剧化的

表现,是虚构的东西。

(三) 文体研究

在对一叶的文体研究上,有两大主要流派。一派是将焦点放在古典文学对一叶文学素养的影响、西鹤的受害问题上,以及从语言学的视角出发分析作品中的遣词造句、文脉构成上。另一派是将论述的中心放在讲述主体身上,如在《雪之日》等多部作品中,作为讲述主体的讲述者的自律问题,以及探讨在同时代的语言制度中,一叶作品中表现出的压抑与纠葛。

(四) 和歌研究

与和歌相关的研究,主要聚焦于一叶的歌风及在萩之舍中的学习经历。关于一叶和歌方面的修养与其小说的关联,有学者认为一叶的小说是在古典和歌的基础上创作而成的,也有研究表明小说的题目大多数取自和歌,从文体中也能看到和歌的影响。

(五) 樋口一叶与女性解放思想研究

19世纪80年代后期到20世纪90年代,以女性解放为目标的日本女性解放运动逐步转向批判文化、制度等领域中出现的难以触及的两性差别等问题。以往"薄命的才媛"这一说法被颠覆,越来越多的学者为我们呈现出一位全新的、立体的、自律的一叶——除了不幸和悲惨之外,她的一生更引人注目的是作为自由的"女户主"的经历,一叶应该被称为日本最初的女性职业作家。

三、樋口一叶的无限孤独

在樋口一叶作品中的登场人物身上,虽说有虚构的成分,但或多或少能看到一叶自己的影子,他们可以说是一叶的分身。这些人也同样被深不见底的孤独感所笼罩。由此不难推测出一叶将亲身感受到的孤独感投射到作品中的人物身上,让他们来为自己分担痛苦。关于这一点,笔者在研读其"奇迹的十四个月"时期创作的作品时发现,作品中的主人公尽管渴望得到世间的理解,但最终无一例外地都陷入不被理解的境地,难以从彼此不能相互理解的孤独感中脱身。特别是《浊流》中的主人公们,都被一种难以名状的、令人窒息的孤独感所包围。一叶自身体验到萩之舍的孤立、父亲和兄长的逝去、家族的没落、身份的衰落、母亲和妹妹的不解、涉谷三郎的悔婚、对半井桃水的爱慕与放弃……这一切痛苦经历所诱发的孤独感无一不从她的作品中体现出来。

以下将樋口一叶独特的人生经历与落合良行孤独感理论相结合，探讨一叶自身孤独感的形成原因，并通过对《浊流》这部作品的解读，分析登场人物的孤独感，由此考察一叶文学中表现出的孤独感及其特征。

（一）樋口一叶的一生

1. 童年及青少年时代（1872年5月—1890年9月）——青春岁月、和歌、女户主

1872年5月2日，樋口一叶出生在位于东京府第二大区一小区内幸町二丁目（现东京都千代田区）的大杂院里。兄弟姐妹五人，一叶排行老四。父母是甲斐国山梨郡（现山梨县甲州市）农民出身，因家人反对其婚姻而私奔。父亲到东京买了官职，明治维新后成为下级官员。

一叶年幼的时候，其家庭经济状况比较宽裕，1877年，她进入本乡小学读书，因为年纪尚小，中途退学，之后进入私立吉川学校。1881年，她转校到私立青海学校，虽然以第一名的成绩从高等科第四级毕业，但没有继续深造。

父亲发现女儿文学上的天赋，于1886年通过幕府时代朋友的介绍，让一叶进入中岛歌子的和歌社——萩之舍，开始学习桂园派和歌。在学习和歌与其他写作技艺的同时，一叶接触了《古今集》《伊势物语》《源氏物语》等平安时期的古典文学作品，她的文学悟性得到了培养和提高，具备了较高的古典文学修养。

但是，从1887年开始，不幸渐渐笼罩了樋口家。被家庭寄予厚望的长兄泉太郎病故。雪上加霜的是，1889年，父亲因为事业失败，留下累累债务后也病故了。原本与一叶订下婚约的涉谷三郎在得知一叶家破产的消息后，背信弃义，单方面撕毁了婚约。

1890年，一叶用自己稚嫩的双肩挑起了照顾母亲、妹妹的重担，成了樋口家的女户主。之后由于家道中落、经济贫困，母女三人不得不搬到本乡菊坂町（现东京都文京区），以帮人洗衣、缝补艰难度日。

2. 本乡菊坂町时代（1890年9月—1893年7月）——小说家之路、恋爱与别离

帮人洗衣、缝补，只能获取少量的报酬，母女三人过着艰辛、困苦的生活。1891年，一叶正在为如何改变家里的困境而苦恼的时候，得知同门师姐田边花圃因发表小说《数之莺》获得33日元稿费的消息而为之一振，决定开始从事小说创作。

为了写出更好的小说以维持生计，1891年，在妹妹朋友的介绍下，一叶师从《朝日新闻》记者半井桃水，开始学习小说的创作手法。通过半井桃水的指导和一叶自身的努力，1892年，在桃水主办的杂志《武藏野》创刊号上，一叶发表了处女作《暗樱》。以此为标志，一叶迈出了作为职业女作家的第一步。

桃水在尽心指导一叶小说写作的同时，还无微不至地关心生活困难的一叶。一叶一次次被桃水真切的关怀所打动，渐渐对桃水产生了思慕之情。但有关两人关系的流言蜚语很快在歌社中传开，在自由恋爱被看作伤风败俗的旧时代，这足以扑灭一叶刚刚燃起的爱情火花，有强烈伦理感的一叶不得不疏远桃水，断绝了两人的关系。对桃水的爱恋就像一坛醇香的老酒，被一叶深深地封存在自己的心中。之后，在田边花圃的介绍下，一叶在《都之花》杂志上发表了小说《埋没》，想爱却不能爱、不敢爱的一叶有意识地从桃水的近世小说风格中脱离了出来。

1893年，一叶开始与文学界的同人平田秃木、马场孤蝶来往，在他们的影响下接触到了欧洲文学，并在《文学界》上发表了《下雪天》等多部作品。

3. 下谷龙泉寺町时代（1893年7月—1894年5月）——尘世之中

与桃水的别离令一叶的精神备受打击，低廉的稿费也无法改善一叶家的生活，迫于物质、精神上的双重压力，母女三人离开本乡菊坂町，迁居到贫民聚居的下谷龙泉寺町生活。决意弃笔从商的一叶，在邻近的街上开了一家以儿童为消费群体的小杂货铺。由于资金短缺、利润微薄，最终以失败告终。这段经历使一叶切身体验到了挣扎在社会最底层的贫苦大众的真实生活，促进了她的成长，练就了她冷眼观察人生的眼力，为她以后的创作积累了宝贵的素材。正因为有了这段经历，一叶才创作出《青梅竹马》《浊流》等传世不朽的篇章。

4. 本乡丸山福山町时代（1894年5月—1896年11月）——文学之花、陨落之所

生活的窘迫使一叶不得不于1894年5月再次搬迁至本乡丸山福山町（现东京都文京区西片）。在这里，一叶认识了《文学界》的同人，与川上眉山、幸田露伴等文坛同人开始交流，这为一叶在文学上的功成名就奠定了基础。在这些文学同人的影响和帮助下，一叶又开始了文学创作。第二年，作品《行云》在一流杂志《太阳》上发表，一叶的名字逐渐被大众所知。这期间

的作品包括《大年夜》《浊流》《十三夜》等深刻反映明治社会真实场景的优秀作品,特别是1895年至1896年在《文学界》上连载的小说《青梅竹马》,又在《文艺俱乐部》上全文发表,其雅俗折中的文体、丰富的抒情性受到了森欧外、幸田露伴的赞赏,她的作品光芒四射,人气一度达到了顶点。之后她接连创作了《里紫》《自焚》等小说。由于常年的困苦生活、感情上接二连三的打击,加上废寝忘食的小说创作,一叶的身体状况日渐衰弱。1896年11月23日,一叶被肺结核夺去了生命,年仅24岁。

(二)《浊流》的背景

一叶以曾经居住过的本乡丸山福山町为舞台,创作了《浊流》。在1895年1月的日记中,关于《浊流》的背景,有以下记载。

> 隔壁有个酒馆。有许多女孩,像是干陪客的工作,如同艺妓、歌妓一般。经常过来托我写信,信的地址每次都不相同,信的数量繁多。[1]

从以上日记中可以看出,一叶家搬到的丸山福山町是新开辟的街市,周边酒屋林立,她常常受在那里工作的女孩所托,帮忙代写情书。关于阿力的原型,有两种见解,一是一叶家附近铃木亭的阿留,二是浦岛(屋)的小林爱。[2]

《浊流》于1895年发表在《文艺俱乐部》9月号上。它讲述了这样一个故事:新开花街中菊井楼的招牌姑娘阿力,与开被褥铺的源七成为相好。源七为了阿力散尽家产,最后落魄成为一名苦力,与妻儿过着贫困的生活。然而,在一个下雨天,阿力认识了一个头戴常礼帽的三十来岁的男子[3]——结城朝之助,之后两人渐渐成为相好。虽然阿力一次又一次地拒绝了源七,可源七对阿力依旧念念不忘,常常来找她,甚至为了阿力与妻子阿初发生了激烈的争吵,逼得阿初带儿子太吉离开了家。在十六日的盂兰盆节,阿力流着泪向朝之助吐露了心声,告诉他自己的身世,以及祖父、父亲志向未了的遗憾。几天后,新开花街出现了两口棺材,人们都在议论是源七与阿力一起殉情的,还是源七逼阿力殉情的……

---

[1] [日]塩田良平,和田芳惠,樋口悦.樋口一葉全集第三巻(下)[M].東京:筑摩書房,1978:761.
[2] 关于阿力的原型,松坂俊夫主张为一叶家附近铃木亭的阿留,而田中优子认为是浦岛屋的小林爱。
[3] 高慧勤.清贫赋[M].石家庄:河北教育出版社,1995:7.

人,不论谁都是个别的存在,拥有着各自的人生。在这个意义上,人是孤独的。作为这样孤独存在的人类,并不是单单孤独地存在着。因为人是与其他孤独的人相交往而存在的。正因为人是孤独的存在,才有孤独感的产生。但,不仅如此,人与人交往的过程中一样也会产生孤独感。[1]

综上所述,无论人是孤独地生存,还是与他人交往,孤独感都会随之产生。落合良行把"伙伴间相互理解,产生共鸣的可能性"及"人类个别性"的两次元进行组合,将孤独感分为A、B、C、D四种类型。其中B型孤独感认为与现实生活中交往的人不能相互理解,不能产生共鸣,没有个别性的自觉。[2]以下依据B型孤独感,亦即缺乏理解者状态下产生孤独感这一理论,重点分析《浊流》中出场人物想要获取他人理解却无法得到理解时产生的孤独感。

(三)《浊流》中表现出的孤独感

1. 深爱却不敢爱的苦恼

《浊流》中的女主人公——个子不高、身材苗条的阿力,是菊井楼独一无二的招牌姑娘,凡是到这新开花街来的客人无人不知菊井楼阿力的大名。阿力虽然是新开花街的女人,但她身上蕴含了异于他人的特质。虽然表面上她和其他人一样,浓妆艳抹,金钱第一,通过欺骗男人获得安逸舒适的生活,但没有人知道她本来是个多愁善感的女子,内心中有不为人知的烦恼。

作为菊井楼招牌的阿力,不管她心地多么善良,感情多么脆弱,她的情感始终无法得到正常人的理解。田中智惠子把阿力的悲剧归结为"被身边所有的人误解,自己的本来面目不被任何人理解而产生的孤独"[3]。

> 这时刚巧有个姐妹从楼下端来杯盘,对阿力耳语说:"好歹下来一趟吧!"
> "不,我不想去。你就回绝他说今天晚上陪客喝醉了,即使见面也不能说话。嗳,这个人也实在让人没有办法!"阿力皱着眉头说。[4]

---

[1] [日]落合良行.孤独な心:淋しい孤独感から明るい孤独感へ[M].東京:サイエンス社,1999:167.
[2] [日]落合良行.孤独な心:淋しい孤独感から明るい孤独感へ[M].東京:サイエンス社,1999:66.
[3] [日]須田千里.樋口一葉—新たな一葉像へ向けて[J].国文学:解釈と鑑賞,1995,60(6):74.
[4] 高慧勤.清贫赋[M].石家庄:河北教育出版社,1995:14.

阿力不愿见的人是经常找借口来菊井楼的源七。他曾开过一家被褥铺,因为常到菊井楼找阿力,把家产挥霍一空,如今沦落到靠卖苦力为生,和妻儿在连檐房过着贫困的生活。有评论家认为阿力不愿见源七,是因为对落魄了的他没有感情了。但笔者认为,虽然阿力口口声声说不喜欢他,如今连源七的名字都想不起来了,但她心中依旧深爱着源七。她拼命克制自己的真实感情,假装对源七冷淡,是因为她觉得自己是使源七破产、落魄到卖苦力这样悲惨地步的罪魁祸首。为了不让年幼的太吉(源七之子)更加不幸,阿力拒绝和他见面。但是源七不能理解阿力的苦衷,仍旧与以前一样,常常到菊井楼来。为源七的事伤透脑筋的阿力得了医生都治不好的"毛病",可以说这个"毛病"就是由不被源七理解的孤独感而诱发的。

某晚,接待客人的阿力唱到"我的相思好似细谷川上的独木桥,过着怕,不过又……"的时候,突然悲从中来,离开座位跑了出去。心情郁闷的阿力靠着路边的树木失神。

"要是能够的话,哪怕是唐土也罢,天竺也罢,真想一直走到天涯海角去。嗳,烦死了,烦死了,怎样才能走到听不到人声、也听不到别的声音的一片寂静的地方呢?要是能走到自己的心和一切事都懵懵懂懂、不需要再伤心劳神的地方,那该多好啊!……"[1]

阿力有这样的想法,也许是因为她再也无法忍受菊井楼妓女的身份,虽然对自己通过骗男人的钱生活感到悲哀,但在人前还得装出无所谓的样子,抑或因为害怕与源七的决裂会招致源七或其他人的指责、怨恨。即便如此,阿力还是不得不过那座独木桥。所谓过独木桥,笔者认为阿力是在做好自己的真实想法不被他人理解,甚至被源七误解的心理准备的基础上,下定决心与源七断绝关系。阿力决心与源七不再往来,必须直面过细谷川上独木桥的危险。稍有差池,她便会受到他人指责,甚至会招来源七的怨恨。

阿力好心买给太吉的蛋糕成为引爆家庭危机的导火索。阿力的好心与努力,如同被丢弃的蛋糕一样,最终没有被接受和被理解,反而成为矛盾加深的引线。当阿初得知蛋糕是"菊井楼的鬼姐儿"送的时候,她认为阿力想要利用孩子来引诱他爹,气得把蛋糕使劲扔在地上。

源七听说阿力与不认识的男人在马路上散步时情绪非常激动。作为菊

---

[1] 高慧勤.清贫赋[M].石家庄:河北教育出版社,1995:24.

井楼独一无二的招牌姑娘,阿力有许多生意上的熟客,这是无可奈何的事情。但阿力在热闹的地方与男人散步,表明他俩关系非同一般,这是象征情夫的特权行为。对于私娼来说,熟客自始至终是其营业的领域,而情夫是高于营业的领域,是进入私人领域的异性。[1]因此,源七认为,太吉拿回去的蛋糕是去年盂兰盆节时自己固守的情夫之位被新的男性所取代的铁证。最终,源七认为她喜新厌旧、见异思迁,在自己落魄之后马上找到新的情夫。一次次被自己所爱的人、被最希望理解自己的人——源七所误解,阿力最终被无边无际的孤独感压垮。

2. 期盼却不被理解的无助

一个下雨天,一个名叫结城朝之助的客人在路过菊井楼时被阿力叫了进去。这个自称"浪子",一无职业,二无妻小的男人身材魁梧,说话不慌不忙、从容,两只眼睛炯炯有神,好像有一种威严似的,令人心生好感。他正值爱玩的年龄,每周要去阿力那儿两三次。阿力也很喜欢他,甚至三天不见便思念不已,会写信给他表达相思之情。由此可见,阿力的老相好多不胜数,可就是没有一个可以托付终身的人。但朝之助对于阿力来说是与众不同的,一个特别的、可以信赖的男人,这也是阿力向他倾述身世的原因。

但是阿力有自知之明,深知自己出身低贱,对方出身名门,两人所处的世界截然不同。不论朝之助多么喜欢阿力,说到底阿力终究只是他的一个人生过客,朝之助不可能永远待在她身边,帮助她,温暖她,也不知何时就会离她而去,消失得无影无踪。这里为生活在完全不同世界中的两人不能相互理解埋下了伏笔。

"……也许我和你想的不一样,即使你听了我的话,也不一定能体会我的意思。不过,即使你笑我,我也情愿。今晚我要原原本本对你说……"[2]

对朝之助充满爱意的阿力,想对朝之助敞开心扉,但是听完阿力身世后,朝之助说"你是想发迹吧"。从南辕北辙的回答中可以看出朝之助没能理解阿力的内心所想。他把阿力的"出世"愿望理解成想当有钱人家的姨太太。成为正经人家的妻子或是借助婚姻脱离花街,这是和阿力同样境遇的

---

[1] [日]高田知波.樋口一葉論への射程[M].東京:双文社,1997:34.
[2] 高慧勤.清贫赋[M].石家庄:河北教育出版社,1995:27.

女子均有的愿望。阿力的姐妹们也曾明确表达过有此企盼。但是，笔者认为阿力心中的"出世"与朝之助所认为的"出世"有着本质的区别。马场孤蝶认为，阿力期望的"出世""应该解释为向往自由、谋求解放的声音"[1]，即想要从现在这种非人的生活中解脱出来，过上普通人的生活。

听到朝之助的回答，阿力当场"怔了一下"。关于阿力的这种表现，有两种不同的解释：被言中后的惊讶，或是没有得到预想答案的诧异。依笔者所见，"怔了一下"是阿力最终发现朝之助不能理解自己内心的真实想法，也不足以成为分担自己忧愁的男人。此后，阿力对朝之助陷入了深深的绝望。

由始至终，阿力被源七的老婆怨恨，被喜欢的男人误解。当阿力发现自己不能得到任何人理解的瞬间，她不得不面对一种难以名状的、难以自拔的孤独感。

（四）结语

作为日本明治女性文学的第一人，一叶在短短24年的人生旅途中，从其年轻、细腻而富有深刻感受的女性视角出发，创作了大量反映当时社会现状，描写明治社会下层贫苦百姓，特别是女性的哀怨与悲伤的优秀作品，成为当时女性的社会角色转变的先驱。2004年11月，日本银行时隔20年再次发行新钞，其中最引人注目的是5000日元面值的纸币正面采用了明治时代女性作家樋口一叶的肖像。以此为契机，一叶被更多的读者所了解和喜爱，她的作品被更广泛地阅读，她的文学世界也被人们更深刻地了解。

一叶文学中的主人公——娼妇、孤儿等，都是生活在社会最底层的人物。同样在社会底层艰难度日的一叶自然产生共情，将自己的感情注入其作品之中。《浊流》中的娼妇阿力、《十三夜》中的妻子阿关、《岔路》中即将成为小妾的阿京，一叶在每个人身上都注入了自身感情，这种流露并非刻意为之，而是自然而然、水到渠成的。在阅读一叶的作品时，常常能从中听到孤独的呻吟、悲伤的低语，令人心酸不已、感慨万千。主人公们被找不到发泄出口的孤独感所笼罩，到了无法呼吸的境地时，就只剩下分手了。《浊流》中阿力与源七、《十三夜》中的阿关与录之助、《岔路》中的阿京与吉三等，几对情侣均因各种原因而分手。离开不能互通心意的对方，可以说是逃离孤独的方法，毋庸置疑，这也是一种无奈的选择。

一叶虽然苦于生活的贫困、精神的打击、家庭的没落、爱情的失败带来

---

[1] [日]滝藤満義.一葉文学　生成と展開[M].東京:明治書院,1998:202.

的孤独感，但作为一家之主，她不能逃避，也不能离开。不被世间理解的一叶，将目光转向文学，在文学世界中找到安慰，也许能暂时忘却身边的烦恼和孤独。她让作品中的主人公们和自己一样尝尽心酸背后的孤独之后，为她们选择了离别的道路。离别虽然对主人公们来说是无奈的选择，但对一叶来说是逃离难以摆脱的孤独感的唯一方法。虽然只能从文学世界中获取些微的安慰，但是一叶从未屈服于生活的重压，也从未被日益加深的孤独感击垮。父亲和兄长的逝去、身份的零落、母亲和妹妹的不理解、涉谷三郎的悔婚、对半井桃水情感的放弃……一叶背负着世间种种不幸，她没有被自己的不幸所淹没，而是努力着，拼搏着，从悲惨生活的绝境中站了起来。为了母亲和妹妹，只要活着，就要咬紧牙关坚持下去。面对扑面而来又挥之不去的孤独感时，一叶没有丝毫的恐惧。直面被孤独感紧紧包裹的人生，她没有责备自己，没有否定自己。可以说一叶最终不仅勇敢地战胜了孤独感，更是超越了孤独感。

第二章

樋口一叶后期作品中女性的欲望

——以小说《里紫》和《自焚》为中心

《里紫》和《自焚》是樋口一叶的最后两篇小说,也是她创作后期中题材十分新颖的作品,被认为是表现女性身体欲望之作。两篇小说均是樋口一叶以女性身份反抗传统道德的新尝试,这一创新体现了她大胆又前卫的思想。《里紫》描写了妻子的越界、谎言与背叛,突破了作家此前刻画的一味牺牲自我的贤妻形象。而《自焚》则隐晦地从侧面讲述了两位妻子的越界行为,以"离家出走"和"扫地出门"的两种结局影射两位妻子有越界的嫌疑。《里紫》中阿律的故事和《自焚》中美尾的故事比较相似,都是讲述妻子踏出家门即越出传统道德界限来满足自我欲望的故事,尚不涉及人生的结局。但《自焚》中阿町的故事则显得较为复杂,阿町有越界之嫌,最后受到惩罚,被迫接受人生悲剧。樋口一叶创作后期中的最后两部作品,展现出女性突围的探险历程,表明男女不平等的社会制度是这历程中最大的危险。

一、《里紫》中女性欲望的实现

(一) 妻子阿律的精神欲望

女主人公阿律是作家樋口一叶笔下为数不多的好命女性形象。首先,她的丈夫经营着一家西洋杂货店,所以在经济上她过着富足的生活,没有受过贫穷的苦。其次,丈夫对阿律疼爱有加,信任她,体贴她,所以她未曾感受过小说《十三夜》中妻子阿关所遭受的家庭暴力,也没有体会过小说《浊流》中妻子阿初因丈夫迷恋花街的女人而散尽家财的落寞感。最后,《里紫》这篇小说中似乎未提到阿律与丈夫之间有孩子,所以或许还未担任过母亲角色,她不懂得身为人母抚养孩子的艰辛。但是,如此一副人生赢家模样的阿律另有一番苦衷。

表面看来,阿律确实是作家笔下妻子命运的天花板,但阿律是否又真心觉得自己的生活幸福呢?显然,她不爱她的丈夫,他们的婚姻并不是两情相悦、自由恋爱的结果,阿律嫁过去并不是心甘情愿的。因此,当阿律走出家门后,虽一时彷徨,但还是选择了忠实于自己的内心。

> 就算是当恶人,就算是做社会不容之事,我都不在乎。不满意就把我抛弃吧,被他休掉就是我一直以来的愿望,把那样的蠢货当作丈夫来侍奉,哼,我的丈夫只有吉冈先生。为什么有情人无法相守?生命有限,只要活着就要见面。对,绝不分手![1]

阿律不满足于自己物质上富足的婚姻生活,她想要追求的是精神上和吉冈先生之间的真爱。虽然这是一部未完成的作品,但故事的结局已然十分清晰,阿律最终选择了爱情,而抛弃了和丈夫之间建立起来的亲情。由此看来,阿律不被传统道德束缚,怀有追求真爱的勇气,且能够直面自己真实的内心,敢于追求真正的幸福。

但是,从另一方面来讲,阿律又是一个没有责任感的人,在她想要满足自己欲望的同时,也展现了她心狠手辣的一面。故事一开始,阿律便收到一封邮递员送来的书信,这是她的情人吉冈先生寄来的,而阿律对丈夫说是仲町的姐姐有了烦心事,要请她过去谈心。阿律撒谎时神色自然,好像这一切并没有什么不妥。可以说,阿律踏出家门之前的态度斩钉截铁,没有丝毫犹豫。但在她踏出家门后,她开始面带忧愁,叹息起来。因为一旦踏出家门,她便是置身于这个家庭之外的人了,这时候她才意识到她所要做的事将会带来什么样的后果。从此以后,就要与原来的生活告别,自己是否真的有这样的胆量呢?意识到这一切,烦恼便产生了。

一个生活无忧、内心却十分空虚的妻子自然是有欲望的,不同的人对待欲望的方式也必然不同。有的人会选择抑制欲望,有的人会选择满足欲望。与此同时,选择也会伴随着相应的责任与后果。《里紫》中的女主人公阿律便属于选择满足欲望的那一类人。

---

[1] [日]樋口一叶.十三夜[M].杨栩茜,译.北京:现代出版社,2019:40.

（二）女性的觉醒之笑

作品中一共有三处描写阿律的笑容。一处是阿律收到吉冈先生的信后，欺骗丈夫是仲町的姐姐在闹别扭时，故意装出来的放声大笑；一处是阿律要出门，为了阻止丈夫给自己叫车子而巧妙拒绝时露出的娇媚之笑；最后一处便是故事的末尾，在阿律判若两人般的内心变化后，预示着故事尘埃落定时阿律的冰冷苦笑。在这最后的笑容里，可以感受到一个女性的苦笑中所蕴含的觉醒意味。

> 阿律扯下头巾，往耳后压了压，疾走了五六步，心里面的悸动不知何时已经停止。她心平气和，面色冷峻，嘴角浮现出一丝冰冷的苦笑。[1]

在小说的结尾部分，阿律的脸上浮现出一丝冰冷的苦笑。这是阿律下定决心不再回头，毅然前去私会情人吉冈先生时露出的苦笑。在放下心中一切顾虑后的这种苦笑包含着一种内心不再彷徨、不再挣扎的轻松感，甚至是解脱感。

一方面，这"一丝冰冷的苦笑"也是阿律将自己客体化后的冷笑，阿律明白自己身为他人之妻，却要对丈夫做出不义之事是多么不该，所以在离家之后，她才会有一段内心纠结的过程。而这最后的苦笑便是阿律对自己不忠行为的一种嘲讽，这是作为人与人之间相联系的社会环境中的一个个体的最后良知。这是要求女性做贤妻良母的传统道德深入骨髓后想要全身而退时女性面临的艰难抉择。

另一方面，这"一丝冰冷的苦笑"更是阿律觉醒过后的冷笑。因家父长制下无法自由恋爱而嫁给自己不爱的男人，阿律意识到婚姻对一个女人的束缚，所以她才心有不甘，发出"为什么有情人无法相守？"[2]的感叹。婚姻制度带给阿律身为女性的被动感与劣等感促使她想要摆脱家庭的枷锁和社会带给她的贤妻良母的精神记忆，所以阿律厌恶大好人形象的丈夫，在内心感叹丈夫是蠢货，自己竟把那样的蠢货当作丈夫来侍奉。客观来看，这个丈夫是打着灯笼都难找的完美男人，但主观来说，不是自己挑选的丈夫，再好也会因被强迫而心生厌恶，对这个男人加上了一层灰暗的滤镜。阿律敢于

---

[1] [日]樋口一叶.十三夜[M].杨栩茜,译.北京:现代出版社,2019:40.
[2] [日]樋口一叶.十三夜[M].杨栩茜,译.北京:现代出版社,2019:40.

突破制度的桎梏，想要把握命运的主动权，决定自己的人生，于是她选择离家出走。由此可见，阿律具有追求真爱的魄力。

樋口一叶的另一篇小说《檐月》，也塑造了一个不满意自己的婚事而心里另有他人的人妻。在这篇小说的结尾，妻子突然高声大笑："老爷，我，我丈夫，我儿子，这些都是什么啊？"[1]然后下定决心把心中所爱之人寄来的信件一封一封地撕成碎片，丢尽熊熊燃烧的炭火之中，烧成灰烬。这里妻子的笑是意识到与他人牵扯不断的自己是非独立的主体的觉悟之笑，她决定不再囿于夫妻关系、母子关系、爱慕关系，开始着手斩断情丝。这种自我的觉悟表面看来是一种解决的方法，但实际带有自我欺骗性。烧光这些信件，问题是否就解决了呢？从此妻子还是原来那个丈夫的好妻子、孩子的好母亲吗？而她又是否能在心里彻底放下真正所爱之人呢？在笔者看来，这只是一种妥协，以抑制自己的欲望而对到目前为止的人生的妥协。与之相比，阿律的笑是真正的觉醒之笑，她没有向自己既成的人生妥协，她选择满足自己的欲望而最终越界。可以说，阿律这样一个妻子形象是作家樋口一叶笔下描写的最勇于自己决定人生的、一个可以撕掉性别标签的人物。

总之，阿律的觉醒之笑是作家樋口一叶笔下女性的一个光辉时刻，就在这一刻，"我"只在乎"我"自己，其他不过浮云。

（三）欲望实现的原因

1. 助力之"风"

阿律的欲望得以实现的原因之一，便是在去见吉冈先生的路上刮来的一阵寒风。按照小说的节奏来看，可以说如果没有这一阵寒风，阿律可能早已回心转意回到家中，而她的欲望便也只能压抑在心中了。

> 她本来改变行程打算转身回家，不巧一阵寒风刮来，将梦一般飘浮不定的想法吹得无影无踪。[2]

阿律费尽心思将家里打点周全，然后借着去看望仲町的姐姐之名义，外出私会情人吉冈先生。走出家门后，阿律并没有觉得满怀期待或是欢欣雀跃，而是愁容满面地在大街上踟蹰不前。在离家前往幽会情人的路上，阿律

---

[1] ［日］樋口一叶. 十三夜[M]. 杨栩茜，译. 北京：现代出版社，2019：154.
[2] ［日］樋口一叶. 十三夜[M]. 杨栩茜，译. 北京：现代出版社，2019：40.

经历了一个复杂的心路历程。她开始自责对丈夫的不忠,甚至感到后悔,想要趁着别人还不知情的情况下洗净污名收手回家,从此安守本分,和丈夫好好过日子。但就在她下定决心回家之时,一阵寒风刮来,将阿律的内心检讨和悔过吹得烟消云散。

  清醒过后,阿律仿佛换了一张面孔,这时的她是从家庭关系中抽离出来的一个女子,她不再在意对自己百般体贴的丈夫。与此同时,阿律也不再在乎这样做会耽误吉冈先生的前程。剪断与他人的各种关系后,阿律才得以依心而行,坚定地踏上不悔之路。笔者认为,让阿律前后判若两人的"一阵寒风"是推动阿律越界的助力之风,吹醒了阿律发热的头脑。

  在日本和歌中,"风"有时与人的爱恨情愁相联系。"《古今和歌集》二十卷中,仅恋歌就占了五卷,这其中更有大量以'风'描写恋情的和歌。'白波无路迹,舟楫向何方。幸有风送便,送船入梦乡。'歌人在此拜托'风'将自己引向那素未谋面但却一直思慕的人身边。"[1]而在中国古代诗歌中,"风"这一意象也有着丰富的含义。比如,不同的季节有不同的风和不同的感受。春风暖,夏风凉,秋风瑟,冬风冽。另外,"风"还与爱情相关。"风、花、雪、月这些意象在古代诗歌中出现时,往往暗示着爱情的主题,因为清风、明月、鲜花、皓雪正是谈情说爱的绝好背景,正所谓'风清月白偏宜夜'(欧阳修《采桑子》)。所以,'风月''风花雪月'也就成了形容爱情的常用词语。"[2]"风"和"月"一样,会令人生发出对情人的怀念之情。《里紫》这篇小说中的"一阵寒风"也让阿律心中的爱情之花绽放开来,为了真爱,阿律再也无所顾忌。爱情可以让人冲昏头脑,让人失去理智,此刻的阿律变成了一个单纯追求美好爱情的感性女人。除此之外,"风"还是实现理想的一个条件。"《庄子·逍遥游》中描述了一只有几千里大的鹏鸟,它可以从南海飞到北海,凭借的是六月的大风。"[3]阿律衣食无忧,唯一的心愿便是和自己真正喜欢的吉冈先生在一起。

  简单来说,推动身为人妻的阿律在婚姻关系中越界的这股助力之风促使了她对爱情的向往,同时也帮助她实现了不愿被没有爱情的婚姻束缚而要冲破牢笼、追寻真爱的理想。

---

[1] 秦梨丽,裴国栋.唐诗与《古今和歌集》中的"风"意象之比较[J].宝鸡文理学院学报(社会科学版),2016(3):63.
[2] 梁德林.古代诗歌中的"风"意象[J].社会科学辑刊,1996(2):130.
[3] 梁德林.古代诗歌中的"风"意象[J].社会科学辑刊,1996(2):131.

2. 丈夫之贤

阿律的欲望得以实现的另一个原因在于她有一个"贤惠"的丈夫，恃宠而骄的阿律才能将开始的谎言到最后的背叛都处理得毫无破绽。

> 丈夫名叫小松原东二郎，经营着一家西洋杂货店，家境殷实，资产颇丰，是打着灯笼都难找的好男人。[1]

这是文中关于女主人公丈夫的描写，区区几十个字就满足了苦命女人们对丈夫的美好幻想，不禁令人感叹如果这样的丈夫出现在小说《十三夜》和《浊流》中，也许婚姻中就不会有悲剧了。此外，文中还用"大好人丈夫""菩萨般慈悲善良的丈夫""体贴"等字眼来夸赞丈夫小松原东二郎。小说《自焚》中的丈夫与四郎也是宠妻狂魔，奈何他的社会地位低下，经济条件欠佳，与之相比，小松原东二郎应该称得上是完美的丈夫。

这位丈夫宠妻无限，对聪明伶俐的妻子无条件地百分百信任，单纯与善良恐怕是他仅有的缺点。当妻子说收到姐姐的信要去看望她的时候，蒙在鼓里的小松原东二郎出于担心，还催促妻子早些动身，不要耽误了时辰，甚至关怀备至地问妻子要不要叫车子，生怕妻子走路累着。被妻子欺骗时小松原东二郎天真单纯的模样，顿时与他那优质完美的形象生出反差，令人觉得好笑又可怜。

即便拥有这样完美人设的丈夫，阿律依然未能逃脱婚姻的悲剧，毕竟单向的奔赴毫无意义，婚姻需要两个人的共同经营。反观樋口一叶的悲剧小说，婚姻失败总是源自男方有更大的过错，而在此篇小说中，犯下大错的是女性，而不再是男性。作家在这里不再将女性描写成无论多么辛苦劳累，仍然被家庭操控的玩偶。自古有"负心汉"一说，很少有"负心女"的说法，此篇小说正好相反。

另外，过于完美的丈夫形象的刻画是否也是作家推动女主人公越界的原因之一呢？如果没有对妻子的宠爱与信任，恐怕丈夫也不会被妻子阿律玩弄于股掌之中。生活在同一屋檐之下，生活中稍有留意便能发现对方出轨的蛛丝马迹。由于丈夫的宠爱和信任，阿律拥有一定的自由。由此看来，小松原东二郎也实属阿律越界的"助力之夫"。

---

[1] [日]樋口一叶.十三夜[M].杨栩茜，译.北京：现代出版社，2019：39.

二、《自焚》中女性欲望的破灭

（一）物质欲望与精神欲望

1. 母亲美尾的物质欲望

小说《自焚》中刻画了两位女性，一位是母亲美尾，另一位则是女儿阿町，她们都不属于传统意义上的贤妻良母类型。首先，母亲美尾是被丈夫宠入骨髓的妻子。在明治时代传统的夫妻关系中，作为女性美德之一，妻子应当为丈夫打点周全，尽心尽力。但是，美尾并不具备这种美德，相反，其丈夫与四郎却为了妻子忙前忙后。与四郎就像珍惜一件稀世珍宝一样，对他那年轻又貌美的妻子疼爱至极。"每天下班回来时总买来两个人的菜肴，用竹皮包着提在手里"[1]，"早晨上班之前他掏清水缸底，为了不让妻子提水桶，倒上足够用一天的水"[2]。他每日为妻子做饭洗衣，鞍前马后。像美尾和与四郎这样女尊男卑的夫妻关系完全脱离了明治时代婚姻的模样。在这种夫妻关系中，很显然丈夫与四郎的爱更为深沉。与此相对，妻子美尾却只是一味地享受丈夫对她的温柔，一味地索取丈夫的爱。这也说明了美尾从一开始就没有为丈夫付出过，她被欲望缠身，最终抛夫弃女而离家出走便是情理之中的事。

美尾凭借自己的美貌而获得了丈夫无尽的宠爱。但是，当她的美貌被世人过分地夸奖之后，美貌就变成了激发人类欲望的毒药。就如世人所说："这么标致的女人，埋没在背巷里多可惜！"[3]在被世人嘲笑是个寒碜的美人之后，美尾逐渐对自己虽然平凡但是幸福美满的生活生出强烈的厌倦与不满。美尾对与自己的美貌毫不相称的贫穷感到自卑，一种想要摆脱平凡生活的欲望也随之涌现。

母亲美尾的欲望是物质上的，她不甘于做个社会底层的寒碜的美人，她讨厌世人的嘲笑，她想要拥有身份上和物质上的优越感。

2. 女儿阿町的精神欲望

26岁的阿町"已经是迟开的花朵也快萎谢的岁数了"[4]，并且尚未生过

---

[1] [日]樋口一叶.樋口一叶选集[M].萧萧,译.北京:人民文学出版社,1962:125.
[2] [日]樋口一叶.樋口一叶选集[M].萧萧,译.北京:人民文学出版社,1962:125.
[3] [日]樋口一叶.樋口一叶选集[M].萧萧,译.北京:人民文学出版社,1962:127.
[4] [日]樋口一叶.樋口一叶选集[M].萧萧,译.北京:人民文学出版社,1962:123.

孩子。传统观念认为理想的妇女形象应是能生儿育女的,而未生养小孩的阿町自然不是一位良母。也正是没有做过母亲,她还不够稳重,"太太如今依然没有失去女孩子的心,虽然启开镶金牙的小嘴象煞有介事地这个那个地支配许多用人,一面却劝老爷陪她到十轩店去买洋娃娃,真不象是个一家的主妇"[1]。既不是丈夫的贤内助,也不是生儿育女的贤良母亲,阿町在婚姻中依然是一个未长大、未成熟的女孩,一副看起来无忧无虑的模样。

阿町和母亲美尾不同,因为父亲留下的大笔财产,她在经济上便可无忧无虑。金钱是她的底气,不过也只是她唯一的底气。因为在精神上,阿町空虚缺爱。阿町刚出生不久,就和父亲与四郎一起被母亲抛弃。从那之后,由于父亲对母亲恨之入骨,自然将这股怨气发泄在长得像母亲的阿町身上。因此,阿町和父亲的关系十分疏远,她一直孤孤单单地生活着。在原生家庭中,阿町没有感受过父母的温暖,这也是她在和恭助的感情生活中感到自卑及没有安全感的原因。小说中的阿町对日渐发迹的恭助说:"我想说不定将来会被你遗弃,所以觉得凄凉,难过得很。"[2]一直被困在狭小天地里的阿町在恭助面前非常自卑。恭助只不过是上门女婿,但最后卑微到尘埃里的还是阿町。感情上无法独立是阿町最大的弱点,她常常为等丈夫回家,守着空闺直到深夜,害怕再次被人抛弃而总是坐立不安。她把所有心思都寄托在丈夫身上,从心底里相信他。正如爱得最深的人易受伤害那样,阿町的深爱给了丈夫恭助一把刺向自己的利刃。

女儿阿町的欲望是精神层面的,她渴望的是丈夫的关爱与陪伴,而不是深夜里无尽的等候,以及丈夫的算计与背叛。

(二)女性的绝望之泪

1. 美尾之泪

在樋口一叶的小说里,经常描写被丈夫抛弃的女性。比如,《浊流》里的阿初和《十三夜》里的阿关,她们都是作者笔下刻画出来的弃妇形象。"《浊流》中的阿初即使在丈夫痴迷风尘女子阿力,备受冷落之后,依然对丈夫死心塌地,为了家庭付出所有。"[3]阿初这样的女性是典型的贤妻良母,哪怕丈夫出轨,也只是怨恨妓女阿力的勾引,却对丈夫不改初心,对家庭更是一

---

[1] [日]樋口一叶.樋口一叶选集[M].萧萧,译.北京:人民文学出版社,1962:123—124.
[2] [日]樋口一叶.樋口一叶选集[M].萧萧,译.北京:人民文学出版社,1962:141.
[3] [日]中村稔.樋口一葉考[M].東京:青土社,2012:164.

味地做出牺牲。可悲的是，阿初的卑微换不来幸福的婚姻生活，也等不到丈夫痛改前非，最终只能落得被丈夫抛弃的凄惨结局，这便是贤妻良母最大的悲哀。《十三夜》里的阿关婚后被丈夫厌倦、嫌弃，甚至被语言暴力，好不容易下定决心逃回娘家，请求父母允许自己离婚，却在父亲的劝说下，为了自己年幼的孩子，为了娘家弟弟的前途，打消了离婚的念头。于是，阿关只能回到夫家，继续忍受地狱般的婚姻生活，继续做夫权制下的牺牲品，继续扮演所谓的贤妻良母角色。

与阿初和阿关的悲剧相比，美尾则截然相反。与四郎十分疼爱他的妻子美尾，甚至愿意为妻子做家务，虽然他缺乏上进心，但确实可以称得上是一个对妻子百般温柔的好男人。可惜，在女尊男卑的婚姻里，这样的好男人最后败给了妻子的欲望，竟成了被妻子抛弃的人。一直处于被动地位、将自己的人生交给丈夫的女性终于摆脱了家庭的束缚，主动去追求自己想要的东西。这样的设计仿佛是作者对此前抛妻弃子的男性的一次复仇，是女性的一次华丽转身。作者通过美尾的故事，在某种程度上实现了男女之间的平等。

而究其物质欲望的生发和离家出走的原因，则是美尾流下了太多的泪水。小说中多次提到了美尾的眼泪，被世人嘲笑后的自卑，向往浮华生活却得不到的失落，以及祈求丈夫发迹却不被理解的委屈，种种情绪最终都化成绝望的泪水。

2. 阿町之泪

如果说美尾的故事是在"女性欲望实现"的边缘徘徊，那么作者在阿町的故事中便让女性的欲望彻底破灭了。在阿町的故事中，女人做了不守妇道的事，则被丈夫逐出家门。也就是说，男人犯错女人遭殃，女人犯错仍然是女人遭殃。无论女性是否做过出格的事，命运始终是由他不由己。既然女性有这种悲哀，那么不如将这种悲哀放大到极致。或许正因为如此，作者才让没有犯错的阿町蒙受冤屈，将故事的悲情发挥到极致。此外，作者借助阿町的丈夫之手来助推阿町的悲剧，进一步表达了作者对女人受男人支配的不满。

作为上门女婿的恭助凭借着岳父留下的大笔遗产而飞黄腾达，但是他的野心令他并不仅仅满足于此。他想要的是堂堂正正地成为这个家的一家之主，而不是一个上门女婿。为达此目的，他策划了一场阴谋。恭助在外面早有女人，并且还有个十来岁的私生子，从他长达十年以上的出轨时间来看，不禁令人怀疑他和阿町之间是否存在真正的感情，或者这场婚姻只是一个彻头彻尾的阴谋诡计。和恶人先告状如出一辙，真正出轨的恭助将自己的罪行巧妙地转移到了妻子身上。一方面,他想将自己在外面的私生子带回家当作养子;另一方面,他不分青红皂白地听信阿町和书生千叶之间的流言蜚语,自私自利的恭助最终将妻子赶出了家门,其阴谋也如愿以偿。就这样,魔鬼般的丈夫、搬弄是非的下人与这人世间的万般恶意一同毁掉了阿町的人生。

阿町的故事与樋口一叶一贯的"夫弃式"悲剧同出一辙。抛弃丈夫的母亲美尾和被丈夫抛弃的女儿阿町,作者在她们的身上寻求到了一种平衡。掌握在母亲美尾手中的主动权又在女儿阿町的手中丢失了,笔者认为这是作家在暗示女性的悲哀。她们曾愤怒过,反抗过,争取过,但是她们最终又返回原地,被安排,被压制,被妥协。所有的挣扎与抵抗都是徒劳。

从一开始得不到安全感的忧郁之泪,到最后被丈夫误解而被扫地出门的绝望之泪,透过这两种眼泪的描写,可以看出女儿阿町也是一个悲剧人物。

(三) 欲望破灭的诱因

在明治时代有一种罪行是"通奸罪"。在妻子出轨的情况下,妻子与其出轨对象会一并成为刑罚的对象,而丈夫出轨则不会构成犯罪。《自焚》这一小说的结局是"出轨"的阿町被赶出家门,原本属于自己的家产也悉数被丈夫夺走。真正出轨了的恭助却没有遭到任何的批判,反而心安理得地占有阿町的家产,当起了真正的一家之主。作家所描绘的正是男女之间的不平等现象和明治时代女性的悲哀。《自焚》是樋口一叶的最后一篇小说,笔者认为这篇小说发出了作家作为女性的最后呐喊。

樋口一叶总是在描写由社会制度和家庭的遭遇引发的悲剧,但在小说《自焚》中显露出了她的叛逆。在美尾的故事里,美尾仅仅因为不甘贫穷就离家出走,这绝非那个时代的贤妻良母所能做出来的事。当然,美尾本来就不是贤妻良母,自然不会为了家庭而选择沉默和隐忍。她是一个能为自己的未来做主、敢于抛弃丈夫的女性。作者刻画这样一个女性形象,在不经意间透露出她埋藏在心底的一份倔强。另外,樋口一叶在萩之舍师从中岛歌子学习的时候,曾因自身处境的贫寒抱有自卑和羞耻的心理。"或许她将自己的这份羞耻意识再现到了美尾的心境变化中,也将自己想要摆脱这种处境的心理假托到了美尾的离家出走上。"[1]

---

[1] 王光红. 樋口一葉の「われから」に見られる「出世」[D]. 青岛:青岛大学,2018:14.

在阿町的故事中,那个时代的女性悲剧画卷才真正展开。和母亲美尾相比,阿町并没有受过贫穷的苦,但是她依旧逃不出悲剧的命运。母亲美尾抛夫弃女,一副好像能主宰自己命运的样子,事实上这只是一种虚无的理想主义,她决定不了自己的命运。即使她想要追求她眼中的幸福,那也始终是一场遥不可及的美梦。如果美尾真的做了有钱人的小妾,她的结局或许谁都可以预见,毕竟美丽、富有的女儿尚不能拥有幸福,那么她又如何得以享有喜剧的结尾呢?总之,作者在美尾的故事里设计了女性的反抗与出逃,但又在阿町的故事里因反抗不了现实而最终做出了妥协,嘲讽令女性难以善终的残酷又不公的世态。

三、结语

本章着重分析了明治时代的女性作家樋口一叶的两篇小说《里紫》和《自焚》中女性的欲望。《里紫》这篇小说讲述的是婚姻生活的一个全新模式,一个想反抗婚姻去实现欲望的觉醒女性的故事。而《自焚》这篇小说讲述的则是女性欲望的破灭。故事中的母亲美尾像一个落魄的公主,身受宠爱却不甘贫寒。女儿阿町则像一个高贵的女仆,生活优渥却任人摆布。

《里紫》中妻子阿律的欲望和《自焚》中女儿阿町的欲望都是精神上对爱的追求,而《自焚》中母亲美尾的欲望则是物质上对金钱与地位的追求。从《里紫》中女性的觉醒之笑到《自焚》中女性的绝望之泪,可以看出女性欲望从实现到破灭的曲折过程。《里紫》中女性欲望实现的原因在于"风"的助推作用和形象完美的丈夫给妻子带来的自由空间;而《自焚》中女性欲望破灭背后的因素则在于明治时代男女不平等的社会制度。

女性不应该是男人的玩偶,不应该是一个家庭天使,不应该是第二性。女性首先应该是一个人,一个独立的、不屈从于他人的自由的人。这便是作家樋口一叶在她的后期创作生涯里想要表达却又害怕表达的想法。一叶通过这两篇小说表达出女性想要反抗传统道德的愿望,但人生经历有限的一叶终究未能找到一条出路,未能找到解决男女不平等及让女性幸福的方法。即便如此,在近代日本,樋口一叶在一定程度上为女性反对束缚、寻求自我解放打出了一道亮光。

第三章

与谢野晶子精神与肉体的双重觉醒

一、与谢野晶子其人、其作及其所处的社会语境

与谢野晶子（1878—1942）出身于大阪府堺市的一个传统小商人家庭。晶子是家中的第四个孩子，上有两个姐姐和一个哥哥。成长于封建家庭中的晶子，一方面从幼年就开始学习弹琴、跳舞、插花、茶道等传统技艺，另一方面在父亲的支持下顺利读完高等女子学校。毕业后，晶子一边帮助打理家业，一边大量地阅读各种书籍，从《源氏物语》《狭衣物语》《枕草子》等代表性的文学著作到西行、近松门左卫门、井原西鹤的作品。她又通过《帝国文学》《白草纸》《史海》《文学界》等杂志，阅读森鸥外、幸田露伴、尾崎红叶等近代作家的著作。到了20岁，晶子开始涉猎翻译文学。这些广泛的阅读经历，不但培养了晶子的审美意识，而且在她的内心种下了新思想的种子，让她的内心世界更加充盈，思想更加开阔，为她今后的文学创作奠定了坚实的基础。1900年，为适应新时代潮流，以诗歌革新为目标的杂志《明星》创刊，同年8月，晶子邂逅了《明星》杂志主编与谢野铁干。晶子恋上铁干，为爱私奔，积极创作，硕果累累。

24岁时，晶子发表了第一部诗集《乱发》，她用热情、细腻的笔触，描绘了为爱痴狂的自我形象。该诗集一经发表便引起了极大轰动，晶子凭借此诗集华丽登上了日本近代文坛。晶子笔耕不辍，一生共创作了《乱发》《你不能死去》《小扇》《舞姬》《常夏》等20部诗集，同时还发表了同等数量的散文集、评论集和数篇小说。其中有很多关于女性解放的文章，例如，《我的贞操观》

《产房物语》《妇人改造和高等教育》《关于离婚》《女子的独立经营》等。另外，她还出版了《新译源氏物语》《新译荣华物语》《新译徒然草》等古典文学的现代语译本。在创作路上，晶子永远精力充沛，斗志昂扬。不仅如此，晶子还和以平塚雷鸟为代表的女性活动家们一起积极参加社会活动，为女性争取平等权利。

晶子所处的时代正是一个巨大的变革期，先后经历了明治维新和两次世界大战。作为一名女性，晶子受到了封建制度的压迫。封建制度强调男尊女卑，用封建道德将女性禁锢在父权、夫权之下。在女性艰难生存的社会状况下，晶子敢于正视自我，追求爱情，是一位敢于打破封建道德和礼教束缚的革命者。不仅如此，晶子还通过撰写文章、参加社会活动的方式，提倡女性解放思想，为更多的女性争取平等的权利。作为一名普通人，晶子遭遇了战争带来的不幸。两次世界大战让晶子看清了政治的伪善性，认识到了世道的沧桑及生存的艰难。由此晶子的思想开始转向现实，批判战争，批判政治。

二、国内外学术界对与谢野晶子文学作品的学术认知回溯

（一）国内学术界对与谢野晶子文学作品的学术认知回溯

国内学术界对与谢野晶子文学作品的研究相对较少，并且主要集中在诗集和评论集。其中关于诗集《乱发》的研究主要有三个主题：浪漫主义、自由恋爱、性别意识。

浪漫主义主题的研究成果将《乱发》的特点总结为"自我""官能""恣意"，并且分析了晶子叛逆和自我意识觉醒的关系及形成原因，将《乱发》定位为浪漫主义巅峰的诗歌集之一。

以自由恋爱为主题的研究分析了《乱发》中"头发"这一意象蕴含的传统审美观及自我提升的象征性，阐明了与谢野晶子的恋爱观及其形成的原因，认为晶子秉承恋爱至上的态度，肯定情感本能，讴歌青春。

以性别意识为主题的研究分析了恋爱、婚姻生活中晶子的性别意识，指出以《乱发》为代表的诗集体现了晶子自我肯定、自我解放的性别意识的形成。

（二）日本学术界对与谢野晶子文学作品的学术认知回溯

日本学术界对《乱发》诗集的研究主要有以下三个视角。

第一，社会视角。从社会视角分析与谢野晶子所处的社会语境及《乱

发》诗集诞生的社会背景。

第二,形式视角。从形式视角分析《乱发》诗集的语言美、结构美、韵律美。

第三,思想视角。从思想视角评价晶子在《乱发》诗集中表现出的爱情观、人生观。这部分又分为积极评价和消极评价。

积极评价有三个关键词:官能解放、自主恋爱、生命体验。

上田敏分析了《乱发》诗集中的20首诗歌,高度评价该诗集是一部用崭新的声调歌咏卓越思想的潇洒诗集。伊藤春夫认为《乱发》中奔放的官能解放来源于内心无法抑制的欣喜,是突破时代束缚的产物,全是丰富且健康的体验,毫无颓废之感。坂本正亲将《乱发》诗集的特点总结为坚韧的个人、奔放的想法、大胆的官能表现。桐生直代则从生命维度分析了晶子爱的自发性和主动性。

消极评价有两个关键词:色情、肤浅。

近藤芳美认为《乱发》中所展现的肉体,根本不是健康的女性身体,并批判《乱发》中含有的颓废和色情的内容。板垣直子批评《乱发》是肤浅、颓废的抒情文。

另外,日本学术界还将《乱发》诗集翻译成现代日语。

综上可以看出,日本学术界对于《乱发》诗集的研究,具有视角多样、范围广泛、褒贬不一的特点。

三、与谢野晶子女性意识的觉醒

回顾日本文学史,我们发现日本女性作家早在奈良、平安时代就已经登上文坛并大显身手,但是在那之后的几百年间销声匿迹了。直到明治时期,由于日本政府的一系列改革措施,女性才重新登上文坛。三宅花圃凭借小说《树丛中的黄莺》(1888),率先登上了近代文坛。其后,樋口一叶创作了《十三夜》(1895)、《浊流》(1895)等佳作,一跃成为近代文坛的耀眼新星。此后,与谢野晶子发表了具有划时代意义的诗集《乱发》,正式登上了文坛,并推动了女性文学的发展。樋口一叶和与谢野晶子是明治时期女性文学史上两颗最璀璨的明星。

女性主义指学术界客观探求女性在政治、文化、思想等领域的地位、价值和权利。而女性意识是指女性从内而外的自我意识、自我反省、自我批判。以《乱发》为开端,晶子相继发表了诗歌、评论集、小说等,文学之路逐渐扩展。从某种意义上来讲,诗集《乱发》可以说是晶子从事文学创作的开端。在《乱发》中,晶子以女性视角讴歌女性的身体,表现女性独有的感觉和自我意识。《乱发》体现了晶子女性意识的萌芽。

封建礼教剥夺了女性的人身自由和言论自由。与谢野晶子也是在封建礼教的束缚下成长起来的。孩提时代,除了去学校外,她不管去哪里都有仆人跟随,她单独离开家门的次数更是屈指可数。

晶子的父母极其严厉,不允许她到屋顶上去,每晚都要锁上晶子的房门。成长于这样一个令人窒息的家庭中,晶子洞察身边事物,多次反省自己的处境,思考着女性的生存之道。之后,晶子在《乱发》中尽情倾吐渴望解放、追求自由的心境,最终实现了精神上的自由。

综上所述,明治时代虽然积极引进了西方先进的文化,但是女性仍然深受封建制度的束缚。与谢野晶子在诗集《乱发》中,大胆讴歌自己的身体,表现女性细腻的生命体验,追求自由和爱情,实现了精神和肉体的双重觉醒,可以说晶子是女性意识觉醒的先驱者。

(一)《乱发》中体现的女性意识——身体意识

身体是我们和世界接触的媒介。自由的标准不仅仅是自由思考,还体现在穿自己喜欢的服饰上。在《乱发》中,晶子对服装有特殊的感情,浓墨重彩表现了服饰之美。另外,晶子坦诚接受自己的身体,通过对身体的认识提升自我认知。

1. 追求女性外在美——服饰

《乱发》中,晶子频繁使用"胭脂色""紫""红""金"等鲜艳的色彩。迄今为止的研究,都将这些色彩作为"恋爱""青春""情热"的象征。例如,逸见久美提出"红色"是热情的象征,"紫色"是情意的象征,"胭脂色"是热情、恋爱的象征。

这些色彩是晶子憧憬的衣服颜色,是晶子自我存在的证据,同时也是晶子对女性美丽外在的憧憬。在《我的生平》一书中,晶子描写了自己孩提时代的穿着:

> 八岁时,我第一次穿着那件茶色的褶皱和服外衣去上学。那件衣服的衣领是用黑色的缎子织成的,其他部分都是在茶色布料上交叉绣着白色的雨和红色的爬山虎花纹。我是多么讨厌那件衣服啊!因为它的颜色就跟戏剧里面那些扮演叫作与一平等角色的老爷爷穿的衣服一

样。我觉得那是姐姐之前的衣服，现在给我了。恐怕是我还没有出生时，比我大11岁或者9岁的姐姐穿过的衣服。[1]

孩提时代，晶子经常被迫穿姐姐们的茶色旧衣服，甚至还穿过哥哥的旧衣服。因为衣服的缘故，晶子屡遭奚落和嘲笑。晶子内心也因此种下自卑的种子，她极其羡慕穿着漂亮衣服的朋友。晶子在《我的生平》中曾讲述有一位名叫水谷的男同学给她留下了深刻的印象。因为他穿着双线织的细条纹和服，腰间系着黑色缲缝腰带，系着藏青色围裙。

当时，与谢野晶子家经营着堺市一家有名的点心铺子，生意红火，生活富足。那么为什么晶子还穿着寒碜的衣服呢？其深层原因或许是晶子是女孩子，那个时代对女孩子持有偏见。对于晶子而言，服饰不仅仅是外表，还关乎自尊心和存在感。可以说孩提时代的晶子是通过外表加深对自我的认识的。

孩提时代的痛苦经历，时时刻刻提醒晶子作为女性的身份立场，也让晶子注意到服饰的重要性。在封建思想根深蒂固的传统家庭中，晶子处于弱势地位，没法表达自己的主张或见解，面对冷酷的现实，只能忍耐。她在完成该做的家务活之后，广泛阅读文学作品，等待为自己发声的机会。凭借诗集《乱发》，晶子终于从残酷的现实生活中抽身出来，描写了很多颜色鲜艳的服饰，尽情表达了自己内心的向往，实现了成为美丽女性的梦想。

  紫にもみうらにほふみだれ箱をかくしわづらふ宵の春の神　8[2]
  （芳香四溢的房间里，脱掉紫红色和服的少女，无法掩饰对恋人的热情）[3]
  神の背にひろきながめをねがはずや今かたかたの袖ぞむらさき　69
  （少女将一只袖子轻掩在恋人宽阔的后背上，那只袖子正是紫色的）[4]
  紅梅に金糸のぬひの菊づくし五枚かさねし襟なつかしき　308
  （舞姬穿着红梅底色上绣着金菊的层层叠叠的五件褂子的和服，那

---

[1]　[日]与謝野晶子. 私の生ひ立ち[M]. 東京：岩波書店，2018：11.
[2]　该数字表示该诗歌在《乱发》诗集中的序号，以下同。
[3]　[日]与謝野晶子. 乱れ髪[M]. 今野寿美，訳註. 東京：角川文庫，2017：8.
[4]　[日]与謝野晶子. 乱れ髪[M]. 今野寿美，訳註. 東京：角川文庫，2017：30.

华丽的身影真是让人怀念）[1]

   湯あがりを御風めすなのわが上衣ゑんじむらさき人うつくしき
   329

（对刚出浴的恋人一边说"小心，别感冒了"，一边为他披上我的上衣。那胭脂紫色映衬着恋人的肌肤，真是无比美丽）[2]

从上文中出现的"紫红色和服""紫色袖子""红梅底色""胭脂紫色"等可以看出，晶子通过诗歌尽情想象自己身着漂亮衣服的样子，试图消解"茶色旧衣服"带给她的痛苦回忆。她通过这些鲜艳的颜色、华丽的服饰，表达无法忽视的强烈的自我存在感。

在众多的颜色中，晶子尤其偏爱紫色。在日本历史上，紫色是身份和地位的象征。603年，圣德太子根据官职和阶级，颁布了《冠位十二阶》律令，规定紫色为最高级颜色。718年，日本政府颁布了新的衣服法令，颜色虽然增多了，但紫色的地位丝毫没有被撼动。

从794年开始，日本进入了被称为"色彩黄金时代"[3]的平安时代。色彩种类大幅增加，并且每种颜色都被赋予了高雅的名字。这些高雅的名字点缀了《源氏物语》《枕草子》等王朝文学，装饰了以《古今和歌集》《新古今和歌集》为代表的敕撰和歌集。其中，紫色是色彩之王，是高贵、娇艳、高雅的代名词。

与谢野晶子从少女时代开始，就醉心于以《源氏物语》《枕草子》为代表的王朝文学。在诗集《乱发》中，晶子爱用紫色，由此可见，晶子深受王朝文学的影响。我们从中也可窥探晶子憧憬王朝女性的高贵、娇艳、优雅，以及想成为如斯般美丽女性的心境。

在第8首诗中，晶子生动地描写了一位在恋人面前表露炽热情感的少女。晶子在本就极其鲜艳的紫色里混合红色，并织成少女的衣服，突出强调了少女炽热的情感和明媚的少女感。在第69首诗中，"神"指代恋人，和恋人在一起的少女身着紫色的衣服。这里的紫色不仅表现了少女的美丽，更展现了坠入爱河中的少女那颗神秘且珍贵的爱恋之心。在第329首诗中，少女为恋人披上了胭脂紫色的衣服。晶子在紫色的基础上自创"胭脂紫"这种颜

---

[1] [日]与謝野晶子.乱れ髪[M].今野寿美,訳註.東京：角川文庫,2017：120.
[2] [日]与謝野晶子.乱れ髪[M].今野寿美,訳註.東京：角川文庫,2017：130.
[3] [日]福田邦夫.すぐわかる日本の伝統色：改訂版[M].東京：東京美術,2011：38.

色,突出了少女的娇艳,同时又增添了浪漫的色彩。

晶子不但善用色彩,而且讲究衣服的样式。在第 308 首诗中,晶子尽情赞美了舞姬的美丽。舞姬穿的和服的款式,是平安时代具有代表性的。就以其中的红梅款式来说,它的配色十分讲究。"线的纵横方向颜色各异,纵向是红色,横向是白色(也有紫色说法)。布料的里外颜色也不同,外面是红色,里面是紫红色或者是紫色。"[1] 这种配色在平安时代极其流行,晶子在艳丽的底色上大胆运用金线,充满光泽感的金线更能突出舞姬的光彩照人。层层叠叠穿五件裇子,也是平安时代贵族阶层固定的穿衣方式。

综上所述,在诗集《乱发》中,与谢野晶子将自身对美丽服饰的憧憬和王朝时代的审美追求叠加,表达了成为美丽女性的愿望。晶子一生都十分注重穿着和打扮,时时刻刻保持着独特的女性之美。丈夫与谢野铁干远赴欧洲时,晶子独自在家,即使是她一个人就寝,也要穿暗红色长衫,绝不会穿朴素的睡衣。她甚至认为"作为女性,最幸福的时刻就是穿上暗红色长衫的时刻"[2]。这样做并不是为了迎合男性,而是为了取悦自己,享受女性应该体验的幸福感。

小掘杏奴[3]回忆说,晶子即使年过五十,也经常穿符合自己年龄的美丽服饰,连森鸥外夫人都羡慕不已。纵观晶子的一生,从诗集《乱发》开始,对美丽外表的追求就已经成为晶子生命中不可缺少的一部分。服饰已不仅仅是服饰,还是她努力生活的证据。

2.《乱发》中体现的身体意识

在诗集《乱发》中,晶子使用了大量的身体词汇,借以讴歌自己的身体之美,深化自我认识。

(1) 头发。

在《乱发》中,"头发"意象出现了 31 次(表 3-1),是出现次数最多的身体词汇,并且该诗集的标题为《乱发》,也跟头发意象密切相关。

表 3-1　与"头发"相关的表达

序号	与"头发"相关的表达	序号	与"头发"相关的表达
1	髪のほつれ	168	朝寝髪

---

[1] [日]福田邦夫.すぐわかる日本の伝統色[M].東京:東京美術,2011:38.
[2] [日]西尾能仁.晶子・登美子・明治の新しい女[M].東京:有斐閣,1986:286.
[3] [日]小掘杏奴(1909—1998),森鸥外与第二任妻子的二女儿,随笔家。

续表

序号	与"头发"相关的表达	序号	与"头发"相关的表达
3	髪五尺	176	たけの髪
6	櫛にながるる黒髪	240	みなぞこにけぶる髪
7	前髪	245	黒髪
15	髪	255	鬢の香
16	髪ぬれぬ	260	黒髪、乱れ髪
22	とき髪	264	髪ながき
23	朝の髪水に流れる	303	桃割れの前髪
29	乱れ乱れ髪	331	鬢の香
30	鬢のひとすぢきれし	341	髪の乱れ
56	乱れ髪、島田	350	前髪
90	乱れ髪	360	髪
101	七尺	361	五尺こちたき髪
103	経にゆらぎのそぞろ髪	362	黒髪ながく
140	ひたひ髪	398	髪やわらかい
148	島田	合计	31首

从表3-1可以看出，《乱发》中所描述的头发的长度达"五尺"（大概166厘米）或者"七尺"（大概231厘米）。在当今社会，头发这么长的女性极其少见。在日本历史上，特别是平安时代，长发是美丽女性的必备条件之一。晶子深爱王朝文学，其审美也深受王朝文学的影响。因此，晶子留着漂亮的长发，对长发有着特别的喜爱之情。也就是说，晶子用王朝女性的美影射自身的美，现实和想象虚实交映，对美的感悟始终如一。根据平松隆冈的研究，在古代日本，男女结婚的时候，男子会把女子的头发梳起来，如果头发没有达到相应的长度，就不能结婚。在诗集《乱发》中，晶子将头发的长度设定为"五尺""七尺"，或许是为了强调自己是适婚少女，体现了晶子的自我意识。

晶子在《乱发》中描绘的头发都是乌黑的头发。众所周知，东方人年轻的时候头发乌黑，随着年龄的增长，黑发会渐渐变成白发。也就是说，黑发代表青春，白发象征衰老。《乱发》中所展现的乌黑头发也象征着晶子的青春时代。晶子通过黑发，时刻提醒自己青春转瞬即逝，应该在青春时代尽情体验生命之美。

《乱发》中出现的发型,除"裂桃式顶髻""岛田髻"两种发型之外,大部分都是随意披散。"裂桃式顶髻"是明治、大正时代十六七岁少女的发型,"岛田髻"是未婚女性的发型。两者都象征着青春。晶子通过这些发型赞美青春之美。

晶子17岁的时候,因姐姐结婚出嫁了,她不得不代替姐姐管理家里的点心铺子。在繁忙的日常生活中,披散头发是绝对不可能的。那么,为什么晶子在《乱发》中多次描写披散的长发呢?笔者认为,披散的长发象征着逃离现实的放松感。晶子每天忙于管理点心铺子,在结束了一天的辛苦工作后,回到自己的房间,只有当松开头发时,她才回归到了本真的自我。

晶子频繁使用"乱发"[1]这一意象。例如:

人かへさず暮れむの春のよいごこち小琴にもたす乱れ乱れ髪　29
（春天即将逝去。苦苦等待的恋人还未到来。少女的心情就像随意散乱在琴上的乱发一样）[2]

春三月柱おかぬ琴に音たてぬふれしそぞろの宵の乱れ髪　90
（已经3个月没有弹琴了,今晚试着弹了一下,结果我那凌乱的头发触碰到了琴弦,让我心乱如麻）[3]

黒髪の千すぢの髪の乱れ髪かつおもひ乱れおもひ乱るる　260
（我那凌乱的头发,正如我那颗为爱凌乱的心）[4]

在第29首诗中,"暮春"表示春天即将结束,也象征着青春易逝,更象征着跟恋人在一起的时间短暂。搭垂在琴上的乱发,强调了少女等待恋人时的焦急心情。在第90首诗中,从3个月没有弹琴这个表达可以推测出,少女和恋人已经很长时间没有见面。今晚少女重新抚琴,期盼恋人的到来。在第260首诗中,作者反复使用"凌乱"一词,描绘了为爱烦恼的女性形象。

以上3首诗都描绘了为爱烦恼、苦等恋人的女性形象。笔者认为披散着头发的女性不再受封建礼教的束缚,而成为渴望爱情、积极表达爱

---

[1] 这里的"乱发"包括以下表达:髪のほつれ、経にゆらぎのそぞろ髪、朝寝髪、髪の乱れ。
[2] [日]与謝野晶子. 乱れ髪[M]. 今野寿美, 訳註. 東京:角川文庫,2017:16.
[3] [日]与謝野晶子. 乱れ髪[M]. 今野寿美, 訳註. 東京:角川文庫,2017:38.
[4] [日]与謝野晶子. 乱れ髪[M]. 今野寿美, 訳註. 東京:角川文庫,2017:102.

意的女性。可以说,晶子通过"乱发"这个意象,主张女性有恋爱的权利。

总而言之,《乱发》中,"头发"这个意象有以下四层含义。首先,头发是美的象征。晶子通过头发强调自己的美貌。其次,头发是青春的象征。晶子通过黑色头发,赞美青春,并暗示青春易逝,应当珍惜青春,不负韶华。再次,头发是晶子脱离现实世界的媒介。最后,头发跟恋爱的关系密切。晶子通过头发,表达内心对爱情的追求。

(2) 其他的身体词汇。

《乱发》中除了头发外,还使用了很多其他的身体词汇。例如:

血ぞもゆるかさむひと夜の夢のやど春を行く人神おとしめな　4
(血液燃烧激情的一夜,神不会贬斥这样的春行者)[1]

紫の濃き虹説きしさかづきに映る春の子眉毛ほそき　10
(情深意浓的两人相依,互诉衷肠,酒杯上映照出少女的纤细柳眉)[2]

細きわがうなじにあまる御手のべてささへたまへな帰る夜の神　17
(即将归去的心上人,轻轻松开搂着少女纤纤玉颈的手)[3]

やは肌のあつき血汐にふれも見でさびしからずや道を説く君　26
(柔软的肌肤下涌动着热血,你却不看也不触碰,寂寞否,说道君?)[4]

くれなゐの薔薇のかさねの唇に霊の香のなき歌のせますな　41
(如红玫瑰般重叠的红唇,请不要对着它吟唱生硬且无情意的诗歌)[5]

从"血液燃烧""纤细柳眉""纤纤玉颈""如红玫瑰般重叠的红唇"这些表达,我们可以看到一位热情洋溢的美丽女性。在第 4 首诗中,从"血液燃烧"这个表达可以看出女性和恋人充分体验了热恋的感觉。晶子认为恋爱是神的旨意,谁都无法蔑视。在与"血"这一意象相关的诗歌中,晶子频繁使用象征青春的"春"这个词。身体里流动的热血就是晶子青春洋溢的印证。

---

[1] [日]与謝野晶子.乱れ髪[M].今野寿美,訳註.東京:角川文庫,2017:8.
[2] [日]与謝野晶子.乱れ髪[M].今野寿美,訳註.東京:角川文庫,2017:10.
[3] [日]与謝野晶子.乱れ髪[M].今野寿美,訳註.東京:角川文庫,2017:12.
[4] [日]与謝野晶子.乱れ髪[M].今野寿美,訳註.東京:角川文庫,2017:14.
[5] [日]与謝野晶子.乱れ髪[M].今野寿美,訳註.東京:角川文庫,2017:20.

在第10首诗中,女子依偎在如彩虹般美好的恋人身旁,镜子里映照出她的柳叶细眉。在女性的五官中,眉毛虽然不像眼睛和嘴唇那样醒目,但是也能反映人们的心情。镜子里映照出的修长、舒展的眉毛,反映出恋人在身边的踏实感。

在第17首诗中,将要离开的恋人伸出双手,搂住了女子纤细的脖子。晶子用"纤纤玉颈"这个表达表现了女性的美丽,同时烘托了女性内心对恋人的依依不舍。

在第26首诗中,柔软的肌肤说明生理上的年轻,热血表示情感的迸发。晶子柔软的肌肤里,热血流动,充分体现了晶子精神与身体的契合。

在第41首诗中,晶子将嘴唇比作娇艳欲滴的玫瑰,尽情展示女性的魅力。晶子主张女性应该遵从自己的内心,表达自己的真实感受。

综上所述,晶子竭尽全力唤醒自己身体的各个器官,并陶醉于恋爱中。晶子的身体意识具有以下三个特点。首先,晶子不嫌弃自己的身体,而是赞美自己的身体。其次,晶子多方面描写自己的身体,不是仅集中于某一个身体部位。最后,晶子以身体为出发点,唤醒自我意识,加深了对青春、恋爱的体验。在那个女性被压迫的封建时代,晶子身体意识的觉醒具有先驱意义。

(二)《乱发》中体现的女性意识——精神觉醒

在《乱发》中,与谢野晶子通过自身体验及山川登美子等女性的人生经历,不断深化自我意识,并且站在女性的立场,洞察社会,追求新型两性关系。

1. 情念[1]的解放

在《和歌的创作方法》一书中,与谢野晶子对《乱发》等初期诗歌做了如下说明:"恋爱是我生命的中心,那个时候我写的诗歌中,大部分都是我的真实的恋爱体验。"[2]在恋爱不被允许的时代,晶子无视封建礼教,把恋爱当成了生活的全部并勇敢追求。不仅如此,在诗集《乱发》中,晶子毫不掩饰自己的恋爱体验,将其直接通过诗歌呈现出来,实现了情念的解放。

在遇到与谢野铁干之前,晶子没有任何的恋爱经验。遇到铁干之后,晶子被铁干吸引,对他萌生了爱意。但当时铁干有家室,晶子的恋爱行为在道德上是不被允许的。并且铁干身边还有好几位像山川登美子那样优秀的女

---

[1] 情念是指刻骨铭心的、理性无法抑制的喜悲爱恨等情感。
[2] [日]逸见久美,等.鉄幹·晶子全集[M].東京:勉誠出版,2004:29.

性,她们都对铁干有好感。在那样的情况下,晶子充分体会到了恋爱的烦恼。

　　夜の帳にささめき盡きし星の今を下界の人の鬢のほつれよ　1
　　(天上的星星在互诉衷肠,人间的我们在为爱消得人憔悴)[1]
　　水に飢えて森をさまよう小羊のその眼差しににたらずや君　44
　　(少女用森林里渴望水源却又彷徨的小羊一样的目光注视着对面的他)[2]
　　黒髪の千すぢの髪の乱れ髪かつおもひみだれおもひみだるる　260
　　(我那凌乱的头发,正如我为爱凌乱的内心)[3]

在第 44 首诗中,晶子把自己比作森林里彷徨的小羊,小羊对水的渴望正如晶子对恋爱的渴望一般,从中可以看出晶子爱而不得的烦闷。晶子疯狂地爱慕铁干,甚至离家出走追随铁干,但是铁干对于晶子的到来并没有多么高兴。铁干暧昧的态度打破了晶子对爱的幻想。在这样的心情下,晶子写下了第一首诗,描绘了为爱憔悴的自己。在第 260 首诗中,那凌乱的三千烦恼丝,正是晶子为了爱情而苦闷、凌乱的内心写照。在苦恋铁干的这个过程中,晶子也体会到了恋爱的甜蜜。在《乱发》中,晶子将爱情比作颜色鲜艳的彩虹、味道甘醇的美酒、夜晚香甜的微风、盛夏怒放的鲜花。

在封建社会,女性的身体被视作传宗接代的工具,女性深受封建制度的压制。晶子对此表示强烈的反对,她认为女性和男性一样,女性也有正常的人性本能。

综上所述,在恋爱不被允许的时代,晶子就像战士一样,与封建制度进行斗争,勇敢追求爱情。晶子站在女性的角度,讲述女性独有的恋爱体验。

2. 对新女性的向往

(1) 勇敢的女性。

晶子在《乱发》中,通过"白百合"一章赞美了情敌兼好友的山川登美子,同时也表达了对登美子悲惨遭遇的同情。

1879 年,登美子诞生于小浜的国立第 25 银行的行长家,是家中第 4 个

---

[1] [日]与謝野晶子. 乱れ髪[M]. 今野寿美,訳註. 東京:角川文庫,2017:6.
[2] [日]与謝野晶子. 乱れ髪[M]. 今野寿美,訳註. 東京:角川文庫,2017:22.
[3] [日]与謝野晶子. 乱れ髪[M]. 今野寿美,訳註. 東京:角川文庫,2017:102.

女儿。登美子的父亲深受武家思想的影响,重视忠孝思想。他十分重视登美子的教育。登美子小学毕业后,在父亲的支持下,进入大阪的梅花女学校学习。不过,登美子的父亲让她接受教育的目的是将她培养成贤妻良母,缔结一门好姻缘。

登美子和晶子同时认识与谢野铁干,两位才女都对铁干一见钟情。与离家出走追求爱情的晶子不同,登美子选择听从父亲安排,嫁给了自己并不喜欢的山川驻七郎。面对被动接受父亲安排的登美子,晶子十分悲伤。在"白百合"一章中,晶子通过回忆和登美子在一起的经历,呼吁女性要勇敢对抗封建制度。

  星の子のあまりによわし袂あげて魔にも鬼にも勝たむと云へな
   190
  (如星星般闪耀的你,在封建恶魔面前太软弱了。拿出勇气,跟恶魔做斗争吧)[1]
  魔のわざを神のさだめと眼を閉ぢし友の片手の花危ぶみぬ
   209
  (朋友屈服于命运和封建制度,和自己不喜欢的人结婚了。恐怕今后不能一起作诗了)[2]
  歌をかぞへその子この子にならふなのまだ寸ならぬ白百合の芽よ
   210
  (充满希望的年轻人,不要接受命运的摆布,请遵从内心,活出自我吧)[3]

在第190首诗中,"星星"指代登美子,"魔"和"鬼"象征封建制度。晶子十分同情登美子的遭遇,同时对她毫不反抗、接受命运的安排感到着急。在第209首诗中,登美子结婚后就不能再继续参加诗社活动,晶子对此表示担心。诗歌是登美子的精神支柱。失去精神支柱的登美子将如何度过余生呢?登美子结婚两年后,丈夫病死,之后三年,登美子患病而逝,享年31岁。看到好友悲惨的人生际遇,晶子更加确信命运应该掌握在自己手上,自己绝

---

[1] [日]与謝野晶子. 乱れ髪[M]. 今野寿美,訳註. 東京:角川文庫,2017:76.
[2] [日]与謝野晶子. 乱れ髪[M]. 今野寿美,訳註. 東京:角川文庫,2017:82.
[3] [日]与謝野晶子. 乱れ髪[M]. 今野寿美,訳註. 東京:角川文庫,2017:82.

不能像好友那样，任凭命运摆布。从另一个角度来讲，或许正是登美子的妥协，给了晶子追随铁干的勇气。在第210首诗中，晶子呼吁年轻人不要屈服于封建制度，不要任凭命运摆布，要勇敢追求自己的人生。这首诗直接反映了晶子对勇敢的新女性的向往。

综上所述，晶子将登美子的悲惨命运归结于封建制度的压迫和登美子的妥协这两个原因。在当时，像登美子那样遭遇不幸的女性多不胜数，晶子主张女性不要成为柔弱的代名词，应该像战士一样去争取自己的幸福。

(2) 对自立女性的向往。

关于"舞姫"这一章的研究，大多围绕晶子的王朝情绪展开。例如，逸见久美评价说："晶子将自己内心情感假托于舞姫，通过舞姫，充分展现了王朝的语言之美和情绪之美。"[1]还有学者指出晶子没有认识到舞姫之所以成为舞姫，其原因是晶子缺乏社会意识。但纵观全诗集，晶子明确说明了女性受压迫的原因，其中当然也包括以舞姫为代表的底层女性。

> ゆあみして泉を出でしわがはだにふるるはつらき人の世のきぬ 77
> （在泉水中沐浴时，我们都像神话中纯洁无瑕的女性。可是一旦出浴后，社会就会逼迫我们变成他们想让我们成为的样子）[2]

在这首诗中，晶子认为女性天生纯洁，没有任何罪过，社会却用各种非人的规则压迫和约束女性。在"白百合"一章中，晶子把导致登美子不幸的封建制度比作"魔""鬼"。

《乱发》中除了"舞姫"这一章外，其余每一章都涉及封建制度对女性的压迫，唯独在"舞姫"这一章中，晶子没有提及舞姫艰苦的生存环境，而是赞美舞姫的美丽。晶子故意避开社会要素，用纯粹且浪漫的文笔描绘了理想中的美丽女性。一方面，晶子赞美了舞姫华丽的服装、美丽的面容、高雅的气质。这一点跟晶子推崇女性外在美、追求外在美的观点是一致的。另一方面，更为重要的是，舞姫虽然处于社会最底层，但是依旧凭借自己的技艺自力更生。晶子内心极其欣赏自立、独立的女性，并将舞姫的自立精神铭刻在心，成为一生的心灵支柱。

1906年，晶子发表了同名诗集《舞姫》，该诗集记叙了她的日常生活，完美

---

[1] [日]逸见久美.与謝野晶子『乱れ髪』作品論集成Ⅲ[M].東京：大空社，1997：132.
[2] [日]与謝野晶子.乱れ髪[M].今野寿美，訳註.東京：角川文庫，2017：32.

地贯彻了《乱发》诗集中舞姬的自立精神。《舞姬》发行的时候,晶子已经是两个孩子的母亲,生活十分艰辛。尽管过着缺衣少食的窘迫日子,但只要创作诗歌,晶子就会忘记所有的烦心事,内心极其充实和幸福。在那样贫苦的生活中,她依然热爱诗歌,凭借自己的能力养育了 11 个孩子,努力维持家计。晶子或许觉得自己跟舞姬境遇相似,所以将诗集命名为《舞姬》。

综上所述,《乱发》中"舞姬"一章,是晶子自立精神的开端,1906 年发表的同名诗集《舞姬》,是晶子自立精神的升华。从《乱发》开始,晶子就表达了对自立女性的向往,并通过自己的实际行动主张女性要独立、自立,努力生存下去。

3. 对新型两性关系的追求

《乱发》中的诗歌大多是恋爱诗歌。一方面,和被动的传统女性不同,晶子积极主动靠近恋人,追求肉体和精神的双重契合。另一方面,晶子和铁干都喜欢诗歌,受铁干的影响,晶子积极创作,通过诗歌和铁干交流,追求精神上的共鸣。

另外,晶子不仅剖析女性,还用女性的视角观察男性。《乱发》中,男性多次以僧侣、道学者的身份出现,完全不在意身边的美丽少女。面对沉迷于无聊经书的僧侣和不近女色的道学者,晶子与其说是轻视他们,倒不如说是为他们感到悲哀。封建制度原本是约束和压迫女性的,但实际上束缚了所有人。男性一直高高在上,拥有控制女性的优越感,完全没有意识到自身也深受封建制度的毒害和压迫。从某种意义上来说,晶子将男性设定为僧侣和道学者,是呼吁男性反省自己的立场,并主张男性和女性联手对抗封建制度。

> 魔に向かふつるぎの束をにぎるには細き五つの御指と吸ひぬ
> 353
>
> (面对加害者,你勇敢举起双手反对。我轻轻地吻了吻你那双纤弱的手)[1]

这首诗高度赞美了跟封建制度做斗争的铁干。铁干受近代思想的影响,毕生主张个人的主体性。看到铁干孤独战斗的身影,晶子决心追随铁干,和他并肩作战。

从这首诗可以看出,晶子不但追求女性的解放,而且站在女性立场,观

---

[1] [日]与謝野晶子. 乱れ髪[M]. 今野寿美,訳註. 東京:角川文庫,2017:138.

察社会,也关注男性的生存环境。晶子认为,封建制度的本质是压迫人性,不分男女,只不过女性受到的压迫更重。晶子主张男性和女性应该携手同封建制度做斗争,争取作为人的权利和自由。

(三)《乱发》中女性意识的形成原因

每个人的精神世界多少会受成长环境的影响。与谢野晶子的家庭氛围对她的性格造成了极大影响。和与谢野铁干相识后,铁干丰富了晶子的内心世界。

1. 爱的缺失

与谢野晶子诞生时,家里已经有两个姐姐和一个哥哥。重男轻女的父亲对晶子的诞生并没有感到高兴,看都没看晶子一眼,就离家出走了一个星期。晶子的母亲为了不触怒父亲,将晶子寄养在亲戚家,直到晶子3岁才把她接回家来。而晶子的弟弟诞生后,父亲极其疼爱弟弟。从出生开始,晶子便因为性别被父亲差别对待,没有感受到一丁半点的父爱。

晶子的父亲跟其他的商人不一样,一点不关心店铺的经营,每天沉迷于文学世界,店铺的经营全部交给晶子的母亲打理。母亲每天都在店铺里忙碌,根本没有时间陪伴孩子成长。在晶子心里,母亲几乎没有多少存在感。纵观晶子的作品,与母亲相关的内容极少。在《我的生平》这篇文章里,晶子这样写道:"有一天,热衷西洋文化的父亲用西洋进口的石版画制作了一展屏风。其中有一幅画上画着一个孩子笑嘻嘻地向呼喊他的母亲走去的场景。我看到这幅画,马上就想到了自己那备受宠爱的弟弟。"[1]从这段简短的文字中,我们可以看出晶子缺少母亲的关爱。

晶子17岁的时候,她的姐姐遵从父命,跟自己不喜欢的人结婚了。姐姐出嫁时,希望晶子坚强地活下去。晶子看着因屈服于命运而悲伤的姐姐,深深感受到了作为女性的悲哀。姐姐出嫁后,晶子接替姐姐管理点心铺子的账务。其他女孩子都是出嫁后才辛苦操持家务,而晶子说:"自己从孩提时代开始就要照顾家业,伺候像公婆一样的父母。"[2]众所周知,在封建时代,"公婆"一般是坏心眼的代名词。晶子将原本最亲近的父母比作公婆,可以看出她和父母的关系,也可以看出晶子在家里的辛苦。

1900年8月,晶子认识铁干后,对铁干的爱慕之情与日俱增,并于次年

---

[1] [日]与谢野晶子. 私の生ひ立ち[M]. 東京:岩波書店,2018:39.
[2] [日]鹿野政直・香内信子. 与謝野晶子評論集[M]. 東京:岩波書店,1985:85.

离家出走追随铁干。关于这件事,思想陈旧的父母极其反对,就连接受过高等教育并在东京大学担任教授的哥哥也不理解,甚至提出跟晶子断绝兄妹关系。

晶子成长于这样一个重男轻女、缺乏关爱的家庭中。正因为没有感受过亲情的温暖,晶子才会更加爱自己。也正因为缺乏家人的关爱,晶子才会拼命追求爱情,填补情感的缺失。

2. 对死亡的不安感

在《乱发》中,晶子频繁使用"春光短暂""暮春"等表达。"春"既指代春天这个季节,也象征着青春和生命。晶子认为青春和生命稍纵即逝,应该在有限的时间里极大程度地享受当下的快乐,这背后深藏着晶子对死亡的认识和看法。

在《我的生平》一文中,晶子多次提及死亡。晶子8岁的时候,因好朋友去世而深受打击。10岁的时候,晶子亲眼看到,因为火灾,邻居一家只有一人幸免于难。11岁的时候,晶子的父亲给晶子、弟弟、妹妹每个人都做了一个西瓜灯笼。最先做好的灯笼最先变黑、变小。晶子感叹道:"最先出生的最先老去,最先死亡。"[1]晶子还记叙了自己舞蹈老师的死亡。自孩提时代开始,晶子就已经直面死亡,感受到了死亡的恐怖,这种对死亡的不安感影响了晶子一生。

不仅如此,晶子还总是感觉自己会英年早逝。在《我的贞操观》一文中,晶子这样写道:"我从小就有一种被死亡笼罩的不安感,我经常觉得,平时身体强壮的自己说不定反而会英年早逝。"[2]

从以上内容可以看出,晶子一直笼罩在死亡的阴影中。这种不安的感觉,绝对不是消极的人生观,反而给了晶子摆脱封建制度的束缚、尊重自己的本能、活出自我的勇气。因此,在《乱发》中,晶子仿佛抱着死亡的心理准备,讴歌青春、生命和爱情,充分体验珍贵的人生。

3. 书籍的影响

《乱发》中体现的与谢野晶子强烈的女性意识,和她细腻的情感及丰富的内心世界密切相关。可以说,晶子自我意识的觉醒很大程度上来源于她阅读过的书籍。

晶子出身在一个传统的商人之家,她的父亲和其他商人不一样,并不关

---

[1] [日]与谢野晶子.私の生ひ立ち[M].東京:岩波書店,2018:42.
[2] [日]鹿野政直・香内信子.与謝野晶子評論集[M].東京:岩波書店,1985:82.

心店铺的经营情况，反而沉迷于书籍和艺术中，并对孩子的教育很上心。因此，晶子能够接受高等教育，也能够涉猎群书。

读书体验丰富了晶子的内心世界，对她女性意识的形成起到了十分重要的作用。在《我的贞操观》一文中，晶子写道："我很羡慕天照大神纯洁高雅的一生。"[1]由此可以看出晶子看重女性的高雅。晶子也非常喜欢女性的才能被认可、女性作家活跃的平安时代。她被以紫式部的《源氏物语》为代表的女性文学深深吸引，渴望成为万众瞩目的女性作家。在那个时代，女性是男性的附属品，必须依靠男性才能生存。但是，紫式部等女性作家凭借自己的才情实现了生活自立，晶子倾心于她们的自立精神。晶子在阅读《源氏物语》的时候，经常把自己想象成故事里的人物，体验虚幻的爱情。她曾说通过阅读这些作品，她初次对爱情产生了想象。可以说晶子恋爱的觉醒最初源于古典文学，晶子将这种感觉延续到《乱发》里，细致地描绘了自己的恋爱体验。

晶子不仅喜欢古典文学，还广泛阅读近代文学。进入明治时期后，日本全面接受西方的近代思想，迈向近代化。在文学领域，天赋人权思想也成为一时的主题。晶子通过《帝国文学》《白草纸》《文学界》等杂志，了解了文坛的最新动向，邂逅了近代思想。在这些思想的影响下，晶子重新审视了女性的立场、地位和价值，反思了女性恶劣的生存环境。在《乱发》中，晶子站在女性的立场，主张女性解放。

综上所述，晶子通过读书，获得了精神自由。在书籍的丰富世界里，晶子正确认识了女性的生存环境，找到了女性应走的道路。

4. 与谢野铁干的影响

在认识丈夫与谢野铁干之前，晶子每天都忙于点心铺子的经营，过着单调的生活。被父母严格监视的晶子，虽然渴望爱情和自由，却一直没有机会。亲戚给晶子介绍对象时，晶子嫌弃地皱起眉头，因为她不想被别人安排自己的婚姻和人生。认识铁干后，晶子被铁干深深吸引，陷入爱情里无法自拔。

<u>その日より魂にわかれし我れむくろ美しいと見ば人にとびらえへ</u> 95

（自那天与你相遇，我便魂不守舍。与你分别后，我便成了行尸走

---

[1] [日]鹿野政直・香内信子. 与謝野晶子評論集[M]. 東京：岩波書店，1985：82.

肉。朋友啊，如果你觉得我美丽的话，请将我的心带到曾经的恋人身边吧）[1]

在认识铁干之前，晶子已阅读过他的诗歌。晶子刚开始创作诗歌时，习惯采用旧式诗歌形式。而铁干的诗歌形式自由，内容明朗，完全不受规则的限制。晶子明白这正是她一直追求的诗歌形式。

1900年，铁干针对旧式诗歌提出了新式诗歌，并提倡诗歌的革新。紧接着铁干创办《明星》杂志，在全国开展文学运动。铁干认为，诗歌不应该模仿古人，而应自己创作。诗歌有且只有一个标准，那就是作者自己。铁干所提倡的文学改革，其内涵是尊重个人的主体性。

同年，《明星》上面登载了一幅女性裸体画。封建道德家们以破坏风俗为由，禁止《明星》杂志发行。在这之前，裸体画早已经在文学作品里出现过，并没有被禁止。面对道德家们的挑衅，铁干毫不屈服地抗争到底。晶子从中看到了铁干高贵的人格，同时也认识到实现个人自由仍然任重道远。

第二年发生了"文坛照妖镜"事件，有人发表了一篇中伤、诽谤铁干的文章。文中写了很多毫无根据的事情。例如，污蔑铁干贩卖妻子、强奸少女、杀害少女等。这件事沉重打击了铁干和晶子。尽管如此，晶子毫不退缩，和铁干并肩作战，反抗无视个人意志的封建礼教。随后，晶子离家出走，追随铁干，并和铁干结婚。同年8月，晶子出版了《乱发》诗集。

综上所述，封建意识根深蒂固的家庭对晶子的性格和心理产生了巨大影响。少女时期的读书体验，引导晶子认识自我，扩展精神世界。和铁干相遇后，晶子开始从空想世界中苏醒过来，重新审视现实生活中的自我立场和自我价值。

（四）结语

与谢野晶子是日本近代文学史上最闪耀的女性作家之一。她一生都在细腻地感受自己的生命体验，敏锐地观察女性的生存环境。在那个时代，像晶子这样关注女性的作家极其稀少，可以说晶子是一位拥有强烈女性意识的作家。诗集《乱发》是晶子和铁干爱的结晶，也反映了晶子女性意识的萌芽。

《乱发》是日本近代短歌的杰作，也是晶子的代表作。该作品体现了女

---

[1] [日]与謝野晶子.乱れ髪[M].今野寿美,訳註.東京：角川文庫,2017：40.

性肉体与精神的双重觉醒。晶子的女性意识最开始体现为身体意识。当时,女性是男性的私有物,女性是被观察的客体。晶子在《乱发》中率先关注自己的身体,大胆讴歌自己的身体。同时晶子还关注身体感觉,主张全面解放女性的身体,体现了晶子的革命性和创新性。

在精神方面,晶子提倡自由恋爱。晶子通过观察其他女性的人生经历,提倡女性自强自立,同时提倡新型的两性观。在《乱发》中,晶子所描绘的两性关系不是男尊女卑的关系,而是男女携手对抗封建制度的合作关系。

女性意识是文学领域的一个重要课题,晶子早在一百多年前的明治时代,便已经思想觉醒。通过《乱发》诗集,晶子高声呼吁女性解放,可以说她是明治时期的新女性,是女性解放的先驱者。

第四章

冈本加乃子文学作品中的男性成像

一、冈本加乃子其人、其作及其所处的社会语境

日本大正末期到昭和初期,出现了大量的女性作家,其中冈本加乃子与同时代的宫本百合子、林芙美子一起,都是丝毫不逊色于男性作家的优秀代表。

冈本加乃子(1889—1939),小说家、歌人、佛教研究者。家里代代为幕府御用商,可谓出身豪族。她自幼喜好读书,16岁时创作的短歌便展露了其诗歌才华,其后在与谢野晶子主办的《明星》杂志上发表短歌。短歌创作的经历培育了其初期的女性意识,此后她不断在作品中赞美女性对自由和恋爱的追求。1910年,她与冈本一平结婚后加入《青踏》女性文学杂志社,并出版了自己首部歌集。之后,她与丈夫之间巨大的性格差异导致婚姻出现裂痕,为了摆脱这种绝望的状态,冈本加乃子便将目光投向了佛教,并且在佛教研究方面成绩斐然。1929年,她赴欧洲游历,在巴黎、柏林等地增广见闻,尤其看到欧洲女性大多自强自立,使得原本具有强烈自我肯定意识的她更加感受到女性生命的强劲。经过4年的游历生活之后,冈本加乃子回到日本,便开始文学创作。1936年,她凭借以芥川龙之介为原型的小说《病鹤》登上了文坛。此后,她笔耕不已,创作了大量优秀的作品。然而,中国的读者经常听闻宫本百合子和林芙美子这两位作家的名字,对冈本加乃子却知之甚少。国内也鲜有见到其作品的相关译著,关于她的研究书目和论文更是少之又少,而且在这数量有限的研究成果中,基本上是围绕其作品中的女性形象而展开的论述。

二、国内外学术界对冈本加乃子文学作品的学术认知回溯

与冈本加乃子相关的先行研究主要在日本进行,国内的相关研究十分少见。

在日本学界,研究者们从众多不同的角度对冈本加乃子及其作品展开了研究,其中以"生命""佛教思想""母性""河川"等作为关键词展开的研究占多数。

还有一类研究指出,冈本加乃子的人生与文学之间的紧密联系,她的思想和作品中人物的思想有所重叠,冈本加乃子的成长历程和其作品中人物的境遇有相同之处,他们认为冈本加乃子笔下的某些人物就是她自己经历的投影。具体来说,这一类研究得出三个结论:(1)"河川""女人""生命"是冈本加乃子文学的三个关键词。(2)冈本加乃子的佛教思想是以生的视角来审视生死,生生流转是基于缘起轮回的智慧。(3)冈本加乃子通过完整描绘一个女人的一生,来体现女人对生存、自由的渴望,同时也不回避女人必须面临的社会制度与文化规范的约束。

国内的先行研究主要围绕"生命"和"女性形象"这两个主题展开。通过对冈本加乃子代表作中的"生命力"的考察,从其笔下人物所具有的顽强生命力及女性的生存方式入手,认为她意在批判封建社会的男尊女卑和家父长制社会,并追求女性的解放与独立。而其笔下的女性敢于打破传统,具有旺盛的生命力,她们大多有着自己的职业和理想,经济独立,尽管不被世人所理解,但在面对家父长制的压迫时,仍然不屈不挠地进行抗争。可以说,冈本加乃子一直在不遗余力地讴歌健康向上、充满斗志的女性生命力。

由此可以看出,对于冈本加乃子的研究主要围绕其作品中的"生命""佛教思想""母性""河川"等关键词展开,以及其作品中的女性形象进行分析,然而对其作品中不可或缺的男性形象鲜有提及。

三、冈本加乃子文学作品中的男性成像

冈本加乃子的四篇代表作《寿司》《金鱼缭乱》《老妓抄》《花之劲》中塑造的男性主人公都有一个鲜明的特征,那就是"脆弱"。具体来说,可以将男性人物形象分为两类:一类是依赖女性的男性,另一类是软弱的男性。冈本加乃子所塑造的这类男性形象并不是孤立和偶然的存在,这与她的出身、人生

经历及女性主义思想的影响密切相关。

（一）依赖女性的男性

一般来说，文学作品中多把男性塑造为英雄般的存在，他们是女人的依靠、家庭的支撑。然而，冈本加乃子反其道而行之，在作品中塑造出完全不一样的男性形象。在她的作品中，男性对女性充满依赖，既有依赖母亲的男性，也有依赖恋人的男性。《寿司》和《金鱼缭乱》中的男性成像便是如此。

1. 对母亲的依赖

《寿司》里的阿凑是一个十分依赖母亲的男人。这部作品是冈本加乃子在去世前一个月发表的，小说以寿司店老板的女儿智世和店中常客阿凑之间的交流为中心来展开。阿凑是一个常常带着一丝忧愁的绅士，大家只知道他单身，却没人知道他的职业。阿凑的神秘吸引了寿司店老板的女儿智世的注意，一次偶然的机会，智世知道了阿凑与寿司之间的往事。原来阿凑小时候是个极度挑食的孩子，鱼、肉、甜食、蔬菜等一概不吃，只要吃进有色香味的食物，就会觉得身体好像被玷污了。对于这样一个孩子，家中只有他的母亲一直对他关爱有加。母亲为了让他能像其他人一样正常进食而煞费苦心。有一次，母亲让他坐在一个向阳的地方，用新买的工具给他做寿司。从蛋卷寿司到墨鱼寿司，对孩子来说这就像在玩过家家一样开心，每一个寿司看上去都无比好吃。以此为契机，阿凑的偏食被治好了，他成长为一个健康、俊秀的少年。

阿凑在家道中落的家庭中成长，从小就被一种不安感侵蚀着，有时候还会感受到来自身体某处的莫名悲伤。这种无形的不安与悲伤，随着阿凑的成长，慢慢演变成了他的极度偏食。由于极度的偏食，家里的人都说他是个怪小孩。由此可知，那个时候，他身边几乎没有可以理解他的人，连一起长大的哥哥姐姐也不愿和他这个怪小孩一起玩，彼时的他极度偏食，导致身体十分瘦弱，大家甚至担心他不能健康长大。在这个家里，只有母亲疼爱他。为了不让母亲担心，他装作没事的样子和大家吃同样的食物，但还是因无法下咽而立刻吐了出来。见此状，哥哥姐姐都流露出厌恶的表情。

……父亲只是冷眼看了他一下，立刻又装作没事般独自喝起酒来，母亲则是一边擦拭着他所吐出来的秽物，一边忿恨地看着父亲。

"你看到了吧，别把所有的过错都怪到我身上来，这个孩子本来就是这种体质。"

母亲虽然如此叹了口气,但是对于父亲,她还是很畏惧的。[1]

作为家人至亲,父亲及哥哥姐姐对他漠不关心,不仅如此,父亲还把孩子极度偏食怪罪到母亲身上。这一行为实际上是男性把不符合父权社会标榜的价值观的部分怪罪于女性,却从来不从自己身上寻找原因。幸运的是,这个孩子还有疼爱他的母亲在身边。母亲会担心他的身体,会为他擦拭呕吐物。在这个家里,只有母亲能给他温暖,能抚慰他的内心。因此,他对母亲的依赖便十分正常。

当然,孩子对母亲原本就有着原始的依赖。婴儿出生之前会在母亲的身体里待上280天左右,在这段时间里,胎儿从母体汲取营养,与母亲共同生活和呼吸。这种天然的联系让孩子在出生之后,自然而然与母亲更加亲近,自然而然会依赖母亲。随着孩子的成长,这种联系可能会弱化,但是在孩童时期,母亲依旧是一个安全、温暖的港湾,任何人都不可替代。在出生前,孩子与母亲之间便有着天然的羁绊。

"母亲。"
这个小孩嘴里所喊的母亲,并非他现在的亲生母亲。虽然在整个家里,他最喜欢的就是自己的亲生母亲,但是他总觉得除了这个亲生母亲之外,一定还有另一个可以让他称为"母亲"的女性存在……[2]

这里阿凑所叫的"母亲"其实是他出生之前与之共同呼吸和生活的母亲。在母亲身体里的时候,胎儿还没有自我意识。因而在他饿到意识模糊之时所叫的"母亲",其实是在他还没有自我意识之时的、日夜赖以生存的母亲,亦即他潜意识里的母亲。因为这个母亲是在他的自我意识萌生之前就存在的,所以他无法将这个母亲与自己每日见到的母亲视为同一个人。

母亲无比担心他的身体,绞尽脑汁想让他正常吃饭,健康成长,后来母亲发现鸡蛋和海苔适合他吃,便亲手为他做了寿司。

小孩吃了一个之后,涌上了一股很想用自己的身体去摩擦母亲身体的感动。寿司的美味程度,加上一股亲近感,犹如一阵温暖热流,充

---

[1] [日]冈本加乃子.老妓抄[M].萧云菁,译.重庆:重庆出版社,2020:58.
[2] [日]冈本加乃子.老妓抄[M].萧云菁,译.重庆:重庆出版社,2010:55.

满了小孩全身。[1]

每当母亲将做好的寿司放在餐盘上,小孩立刻伸手拿起来吃,这种感觉就好像当初在母亲身体里一般,整个世界只有他和母亲两个人。这时,"小孩突然觉得,平常他私底下偷偷呼唤的另一个幻想中的母亲,已经和眼前这个捏着寿司的母亲开始重叠在一起"[2]。

因为母亲的悉心照料,小孩在平常吃饭时,能够将鱼当成配菜吃下去。他的身体越来越健康,当他进入中学就读时,他已经成长为一个吸引少女们回头注目的强壮美少年了。

> 不可思议的是,原本对少年非常冷淡的父亲,突然开始对他产生兴趣,不仅吃晚餐时会让他坐在自己前面,与他一起喝起酒来,还会带他去打撞球,甚至会带他到茶店里去喝酒。[3]

家道的衰落象征着男性主导权的衰落。市川裕见子认为"父权崩塌"[4]的主要原因在于手握主导权的人失去了物质基础。在家道不断衰落的阿凑家里,其父亲的主导权也在不断被削弱。这时,为了守住自己的主导地位,父亲必须寻求支援。而已长成强壮美少年的阿凑无疑是不二选择,所以此时的父亲突然对阿凑有了兴趣,父亲想与阿凑结成同盟来共同对抗母亲所代表的女性在家中的力量。

> ……只是父亲看着自己俊俏的儿子身穿藏青底碎白花的棉白和服、嘴里含着酒杯时,就觉得非常陶醉,尤其是当儿子被其他女人高高捧在手心里时,他更觉得自己功不可没。[5]

即便家道衰落、主导权崩塌,父亲看到儿子被其他女人高高捧在手心时,仍然觉得很陶醉。虽然在家里他无法继续以前那般绝对主导,但是儿子被其他女人捧着,仍然能让他产生优越感和满足感。当儿子长到十六七岁

---

[1] [日]冈本加乃子. 老妓抄[M]. 萧云菁,译. 重庆:重庆出版社,2020:59.
[2] [日]冈本加乃子. 老妓抄[M]. 萧云菁,译. 重庆:重庆出版社,2020:62—63.
[3] [日]冈本加乃子. 老妓抄[M]. 萧云菁,译. 重庆:重庆出版社,2020:63—64.
[4] [日]增田裕美子・佐伯顺子. 日本文学の「女性性」[M]. 京都:思文閣,2011:22.
[5] [日]冈本加乃子. 老妓抄[M]. 萧云菁,译. 重庆:重庆出版社,2020:64.

时,却成为一个只知道沉溺酒色的人。由于母亲费尽心血,好不容易才将儿子养得如此健康又俊秀,因此她几近疯狂地怒斥父亲,认为他毁了自己的孩子。面对如此愤怒的母亲,父亲只是淡淡苦笑,完全不与她争执。

父亲的苦笑其实是在拒绝妻子进入他和儿子之间的男性世界。在这个世界里,父亲是绝对的主导者。而面对父母之间因他而引起的这种争吵,阿凑认为他们只不过是在发泄家道衰落的不满。这个时期的阿凑,与母亲之间的关系已经很冷淡了,甚至可以说,和母亲之间已经有了嫌隙。原因是什么呢?此时的阿凑已经进入青春期,有了男女意识,且其男性意识在不断强化,因而他希望能够摆脱对母亲的依赖。对于此时的阿凑来说,母亲已经不再是他的心灵支柱,因此他才说长大之后就不怎么喜欢吃寿司。对他而言,寿司就是母亲的化身,就是母亲所代表的女性力量的化身,对寿司的疏离就是他想摆脱对母亲依赖的证明。

阿凑进入青春期后主动与母亲疏远,对母亲的关爱也熟视无睹。他认为此前一直支撑着他的母爱已经消失,然而,事实并非母亲不再爱他,那只是他自己的主观臆断。阿凑和母亲疏远之后,再一次感受到了一种难以言状的难受。失去了母亲的支撑,他的内心又被感伤所占据,无法消散。

家道完全衰落,父母和哥哥姐姐也相继去世。在他年近五十时,因为一个小小的投机而致富,即使他不再工作也能一辈子不愁吃穿。可母亲的去世,让他的生活彻底失去了支撑,虽说之前他执意将母亲驱逐出自己的内心世界,但是那时母亲依然健在,只要他愿意打开自己的心扉,母亲依然是他的支撑。母亲过世后,他虽然衣食无忧,生活富裕,但他感受不到丝毫幸福。两度婚姻的失败,打碎了他想从女性身上获得如母亲般的支撑力量的美梦。因此,在第二任妻子过世之后,他没再踏入婚姻,而是开始了居无定所的生活。因为心无所依,所以生活难以安定下来。

"刚刚所说的这个故事里,一开始我称为小孩,后来又称为儿子的那个人,其实就是我。"[1]

在讲述自己的故事时,阿凑没有用第一人称,而是采用了第三人称,称自己为"小孩""儿子"。在这样称呼的时候,宛如母亲依然在自己身边,好像依旧能够感受到母亲的疼爱一般。他坦言自己也不确定是否真的喜欢吃寿

---

[1] [日]冈本加乃子.老妓抄[M].萧云菁,译.重庆:重庆出版社,2020:65.

司，但偶尔会萌生想吃的念头，因为寿司是自己唯一的慰藉。对他而言，寿司已然是母亲的化身，每次吃寿司的时候，就好像母亲在自己身边一样，依然能够感受到母亲的关爱。

自从与母亲疏远之后，阿凑对寿司的喜爱程度便降低了。但在经历了一系列的人生失败之后，他又回过头来想要寻求母亲的慰藉。然而此时母亲已经去世，只能依靠母亲曾为他做的寿司来找到曾经的感觉，找到母亲的关爱和慰藉。因此他每次在寿司店都是点固定的套餐，"通常总是从鲔鱼的中肚肉开始，接着是用酱汁卤过的食材所捏的寿司，然后渐渐转向清淡口味的寿司，如蓝色鱼鳞类的食材，最后再吃蛋卷寿司和海苔寿司"[1]。"蛋卷寿司和海苔寿司"正是母亲最初为他做的寿司，也正是这两种寿司，慢慢打开了阿凑的心门，使他变成一个正常的孩子。阿凑为了再次感受当初母亲对他的疼爱，每次都会以这两种寿司结束就餐。寿司是阿凑和母亲之间的连接桥梁，寄托着他对母亲的思念。

2. 对恋人的依赖

冈本加乃子的作品中不仅有依赖母亲的男性，还有依赖恋人的男性，如《金鱼缭乱》里的复一。复一是金鱼店老板的儿子，一直倾慕崖顶大宅子的小姐真佐子，这种倾慕后来变成支撑他的力量，让他一直投身于开发金鱼新品种的事业中。

虽然复一从学生时代开始就喜欢真佐子，但因为家世完全不同，他的心里有些许自卑感，这种自卑让他无法直接向真佐子表达心意。

在真佐子的鼓励和真佐子父亲的资助下，复一下定决心进行金鱼新品种的培育。后来得知真佐子结婚的消息之后，复一深受打击，曾一度放弃这份事业，过了一段自暴自弃的游荡日子。但是随后他决心培育出这世间绝无仅有的金鱼品种，并把这个作为自己的终身事业，为之付出一切也在所不惜。因为他认为真佐子和金鱼之间有着许多共同点。"真佐子和金鱼，那睁得大大的眼睛，总像清早刚睡醒般毫无防备的脸上，都有种俯视现实、超然批判现实、具有讽刺意味的直白。"[2]从某种意义上来说，在复一心里，金鱼已然成了真佐子的化身，是目前唯一能将他与真佐子联系在一起的东西。

他决心培育这世上前所未有的金鱼品种，只是为了实现真佐子的愿望。尽管如今真佐子已经结婚，但是他仍然爱着她。不过，随着岁月的更替和研

---

[1] [日]冈本加乃子. 老妓抄[M]. 萧云菁，译. 重庆：重庆出版社，2020：47.
[2] [日]石川淳. 日本现代文学全集 71·冈本かの子[M]. 東京：講談社，1966：218.

究的推进,他的心境也在不断变化。因得不到现实中的真佐子,他要培育出酷似真佐子的金鱼来作为替代品——这个愿望胜过了最初的决心。要得到真佐子那缥缈的美,除了借由金鱼的美丽来模拟,别无他法。

真佐子在生儿育女之后将生活重心转移到家庭,渐渐忘却曾经对他的新品种开发的期待。同时,真佐子的丈夫继承了家业之后,不再赞助复一金鱼新品种开发所需的经费。

> 复一感受到了真佐子的靠近,也许她已经忘记了托付自己的金鱼新品种开发之事。真佐子已经幻化成非现实的美女。思及此,复一不由得黯然神伤。[1]

在小说的结尾处,复一终于培育出更胜真佐子美貌的金鱼。看到金鱼那摇曳摆动的姿态,令人缭乱的不只是金鱼的美丽,还有那颗思念真佐子的心。由此可见,真佐子已内化为复一的精神信念,在没有赞助和期待之下,复一仍然凭借着这股信念实现了心中的理想。

《寿司》里的阿凑每次去寿司店必点母亲做过的两种寿司,以此追忆与母亲的生活点滴,体味母亲的关爱。《金鱼缭乱》中的复一将心中对所爱之人的感情化作动力和信念,支撑着他继续金鱼新品种的开发,最终获得了成功。无论是对母亲的依恋,还是对心爱姑娘的思慕,都可以成为男人坚定不移的精神支柱。

(二) 软弱的男性

无论是对母亲的依恋,还是对恋人的依恋,都已成为男人的信念,并支撑着他们的人生。在冈本加乃子的小说世界里,除了对女性无比依恋的男人外,还有一群意志力薄弱和生命力脆弱的男人形象,如《老妓抄》和《花之劲》中的男性。

1. 意志力薄弱

《老妓抄》描写了老妓资助年轻发明家柚木的故事,是冈本加乃子晚期最有名的一部力作。老妓平出园子被来家里帮忙修理电器的柚木深深吸引。老妓听他吐槽工作的无聊,讲述自己的发明梦想,看到有志难伸的柚木,这令她想起做艺伎时身不由己的心酸往事,老妓便毅然决定资助和照顾

---

[1] [日]石川淳.日本现代文学全集71·岡本かの子[M].東京:講談社,1966:227.

他,让他能安心发明。老妓想到自己前半生坑蒙了男人不少钱财,心有不安,抱着想要赎罪的心理照顾着柚木。

柚木对于老妓的资助安然接受,认为她赚的是男人的钱,用在自己身上也算一种赎罪。柚木终于过上衣食无忧的生活,便专心投入发明之中。每天工作累了,他就躺在长廊上,眺望着蔚蓝的天空,想象着自己的成功,此时的他充满了理想和活力。

可惜好景不长,半年之后,当他的研究有了一定进展时,柚木发现自己的发明早已被他人申请了专利,忙碌半天却毫无收获,便渐渐丧失了兴趣,开始怀疑自己的研究是否真的对社会有用。不仅如此,他还发现一心一意进行研究的日子太过枯燥乏味,曾经闪耀着光芒的理想就这样在单调的日常生活中被磨灭,柚木渐渐丧失了活力。对理想的憧憬是美好的,但现实是无情的。于是,他又开始怀念在电器店打工的无忧无虑的日子。

为了让柚木恢复斗志,重燃对生活的热情,老妓采取了一系列行动,但是收效甚微。柚木的理想信念从根本上发生了动摇,他认为自己原本就不是有大志向的人,只想过上普通人的生活,甚至开始怀疑老妓的动机不纯:她只是想把未竟的理想转移到自己身上。柚木愈加反感,最后再也不愿走进工作室,并且多次离家出走。但奇怪的是,他几次离家出走,都选择老妓容易找到的旅馆。

> 柚木即使来到这里也无法摆脱老妓编织的网,对于这样的自己,他认为是可笑的。当被困在其中时,他感到压抑和憋屈,一旦逃离,又觉得寂寞。内心深处希望被找到,于是自然而然选择易被找到的旅馆。采取这样的逃走方式,的确是可笑的。[1]

两个寂寞的人需要相互慰藉,同时也需要保持一定的距离。以老妓一定能找回他为前提的离家出走,可以说是如孩子般任性妄为的行为。在过上了衣食无忧的生活之后,他已经过不惯贫穷的日子。在强势的老妓面前,他想抗争,也想屈服。对柚木来说,老妓的意志和对理想的追求犹如一张无形的网,将他紧紧束缚在里面。但其实不知不觉之间,他已经将老妓视作母亲,孩子无论怎样犯错,母亲都会原谅和包容他。

---

[1] [日]瀬戸内晴美.昭和文学集第五卷・岡本かの子[M].東京:小学館,1986:709.

2. 生命力脆弱

《花之劲》题目里的"花"便是女性的隐喻，比喻女性看似柔弱，实质上充满韧劲。这部小说讲述新兴插花师父桂子历经艰辛最后获得成功的故事。桂子是一位浑身充满活力的女性，无论多么辛苦，都顽强拼搏并战胜困难。

该作品里的男性小布施是桂子远房亲戚家的儿子，也是桂子学画时的同门。他因怀才不遇、身体羸弱，长期接受桂子物质上的帮助。但他在绘画上总是急于求成，不脚踏实地，因画作卖不出去，便渐渐对自己产生了嫌弃。

当患上结核病、自知所剩日子不多时，他更是焦躁不安，在尝试西洋画失败之后，正值刮起东方艺术回归之风，于是小布施收起画具，改为水墨画的创作。小布施没有坚定的信念，生命力脆弱，加上一味跟风，其结果可想而知。碌碌无为的他陷入被动接受桂子资助的尴尬境地。每次见到桂子，他都露出"胆怯的神色"[1]。这是面对强者时的"胆怯"，也是对自我无能的憎恶。自从生病之后，卑怯感愈发强烈，最后更是自暴自弃。

两人之间差距愈发明显。桂子充满强劲的生命力，小布施则好高骛远，多次尝试都无法跨越逆境。原本两人之间已暗生情愫，但因为小布施的胆小懦弱，两人的关系一直处于友情阶段。事业上陷入困境的小布施甚至希望桂子也不会成功，意欲在精神上压制桂子。于是他开始挑剔桂子的牡丹画，并对桂子取得的成绩表达不满："你到底是一个女人，仅仅凭借这点就可以从根本上解决一切。"[2]小布施欲将桂子的"一切"都回收进"女人"这一性别规范里。他从画中读到了桂子的"野心"和"气魄"，这令同行的他感到压力和威胁。桂子的艺术热情和才华远胜于他，因此他本能上排斥桂子的成功。

> 对体力萎缩、只能虚张声势的男性来说，确立自我的女性令他感到负担——将女性强劲的素质视作男子的隶属之物，以此寻求自我的心理平衡。[3]

男人的本能即是"压抑、支配、管理女性的主体性和自我"[4]。面对全身心投入艺术之中的桂子，小布施不仅担心自己无法驾驭，更担心被对方旺盛的生命力影响，于是选择了逃避。他和桂子的侄女发生关系，试图将桂子

---

[1] [日]石川淳.日本現代文学全集 71·岡本かの子[M].東京：講談社，1966：167.
[2] [日]石川淳.日本現代文学全集 71·岡本かの子[M].東京：講談社，1966：168.
[3] [日]石川淳.日本現代文学全集 71·岡本かの子[M].東京：講談社，1966：167.
[4] [日]水田宗子.二十世紀の女性表現[M].東京：学芸書林，2003：11.

驱逐出自己的生活圈。桂子曾经为了他从海外寄回画作、为他介绍新兴画派等往事，如今也成了小布施的痛苦回忆。

桂子的弟子千子前来照顾病情恶化的他，两人发生了关系，千子怀上了他的孩子。小布施并不爱千子，仅仅是想留下自己存在过的痕迹。曾几何时，他也踌躇满志，想要出人头地，可才情欠缺的他并没有得到社会的认可，社会对他的评价是"一位有前途的未完成的画家"[1]。画作卖不出去，艺术之路遭遇挫折的他就像"未完成的人"一般，只能通过留下后代来实现自我完善。

无论是《老妓抄》里的柚木，还是《花之劲》里的小布施，他们都在经济上接受过女人的资助。他们由于无能和缺乏坚韧不拔的毅力，在事业上没有获得成功，最后消极认命，并且对援助自己的女性心生怨怼。这些作品里描绘的女人积极向上，优雅自信，在男女关系中处于优势；而作品里描绘的男人一遇挫折便萎靡颓废，在男女关系中处于劣势。男人想要摆脱这种关系，对女人不做"忠实的妻子"[2]的行为嗤之以鼻。对女人的依赖没有内化为他们心中的信念，反而令他们陷入痛苦、无法自拔。

（三）冈本加乃子文学作品中的男性成像原因

《寿司》和《金鱼缭乱》里的两位男性取得的成功离不开女性的支持。《寿司》中的阿凑在母亲的关怀下成功治好了偏食症，从此以后，母爱成为他人生的指路明灯，指引着他继续前进。《金鱼缭乱》中的复一在真佐子的支持下，终于培育出举世无双的美丽金鱼。这两位男性都不辜负母亲、恋人的期待，是事业成功的典范，但《老妓抄》和《花之劲》里的两位男人非常软弱。《老妓抄》中的柚木缺乏坚强的意志，做事半途而废，辜负了老妓对他寄予的厚望。《花之劲》中的小布施生命力脆弱，却想用"贤妻良母"来束缚能力强过于他的桂子。相比之下，作品中的女性都充满朝气，有远大理想，充分体现了冈本加乃子的两性观。为何在她的笔下男人这么弱小呢？这与作家个人的经历及当时女性主义的思潮有关。

1. 作家的人生经历

冈本加乃子家道殷实，作为长女，一出生便备受宠爱。她自小喜爱文学，在养父母家时，大量地涉猎东西方文化、艺术，14岁时进入上流社会子弟

[1] [日]石川淳.日本现代文学全集71·冈本かの子[M].东京：讲谈社，1966：167.
[2] [日]石川淳.日本现代文学全集71·冈本かの子[M].东京：讲谈社，1966：167.

云集的迹见女学校。该校校长迹见花蹊是当时有名的教育家、艺术家,对才学兼备的加乃子照顾有加,倾囊相授。加乃子后又接受马场孤蝶的指导,拥有极高的东西方文化素养。良好的家族背景和成长环境培养了加乃子的自我肯定意识和优越意识。

丈夫冈本一平将她视为偶像,曾为她画过一幅"宛如吉祥天"的加乃子人像。谈及创作此画的动机时,冈本一平说:"我在画此画时,一直认真思考:这个女人原本不该来到我这样品行低劣的贫穷人家,是因为走错了地方才来到我家受苦。应该称她为'坠入凡间的仙女'。对,就是'堕天女'。"[1] 丈夫坚信她是仙女转世,挖掘她的非凡才华便成了丈夫的一生追求。对于丈夫的支持,加乃子备感幸福。面对无私奉献的丈夫,加乃子更是信心倍增。

2. 女性主义思潮的影响

自古以来,在家父长制支配下的话语机制一直以男性为中心,将女性驱逐到外围,禁止女性发声。而女性主义旨在打破这个局面,谋求实现女性性别和话语的权利。社会性别规定其实是对女性的歧视,男人的喜好可以决定女性的存在价值。

冈本加乃子从少女时代起就深受女性主义思想的影响。首先,她成为进步知识女性平塚雷鸟主办的杂志《青踏》同人。《青踏》主张女性的自我确立、女权获得、自由恋爱等女性解放思想。青踏运动在当时的知识女性之间引起了巨大反响,培育了一大批进步的女性思想家。自《青踏》创刊伊始,加乃子便在上面发表短歌。《青踏》犹如黑暗中的明灯,照亮了在新婚生活中彷徨和犹豫的加乃子。

其次,作为歌坛名人,加乃子加入与谢野晶子的《明星》阵营,这段经历培养了她感性的艺术气质。与谢野晶子大胆讴歌女性、讴歌女性生命的特征被冈本加乃子继承并发扬光大。

最后,游历欧洲令加乃子增广见闻,丰富了她的人生体验。欧洲之行最大的收获是遇见了形形色色的欧洲女性,她们自信、自强、自立的身姿深深打动了加乃子,加深了她对女性问题的看法。20世纪初叶,欧洲的女性已经获得了选举权,而日本还处于家父长制的统治之下,女性被禁锢在家庭里,没有政治权利和经济能力。通过东西方文化的对比,加乃子感到了差距,确立了冲破传统的家父长制度的创作理念。她用华丽的辞藻来赞美女性的力

---

[1] [日]冈本一平. かの子の記[M]. 東京:日本図書センター,1992:55—56.

量,并将男人化作柔弱无能的形象,试图建构新型的男女关系。

(四) 结语

冈本加乃子作品里的男人都有一个共同的特征,那便是对女性的依赖。《寿司》里的阿凑随着男性意识的逐渐觉醒,开始疏远母亲,摆脱对母亲的依赖之后得以健康成长。等他终于长大成人,才发觉内心总是感到无所归依,这种寂寥难以排遣,最后回过头来依靠母亲,以寻求慰藉。《老妓抄》里的柚木在登场初期是一个快乐、无忧无虑的青年,憧憬着有一天可以依靠专利发财。在和老妓共同生活半年之后却变得意志消沉,他对自己的发明之梦开始产生怀疑,对赚钱也不再感兴趣,找不到人生价值和意义,想要摆脱老妓的掌控,却又因为没有生活能力而缺乏离开的勇气。《金鱼缭乱》里的复一是金鱼铺的公子,因爱而不得,便将对真佐子的思念寄托在金鱼身上。真佐子曾鼓励他开发新的品种,在真佐子嫁人之后,他与真佐子的感情无疾而终,他只好将所有精力都投入新品种的开发上,以排遣他对真佐子的满腔思念,因为"金鱼身上令他恍然之间看到真佐子的影子"[1]。他一心一意开发这世间从未有过的珍稀、美丽的金鱼品种,一切动力均源自真佐子。《花之劲》中的小布施是一个怀才不遇的画家,长期接受桂子的资助。他对桂子满怀爱意,却不得不臣服于强势的桂子。他意识到不平等的爱是可悲的,于是与桂子的侄女偷情,借以摆脱桂子带给他的心理压力。面对比自己强势的女人,尽管心怀不甘,他最终还是选择了放弃和退让。

在加乃子的笔下,男人或体弱多病,或心灵脆弱,与传统的强势男性形象迥然不同。其作品里的男性皆为拜倒在女性裙下、依靠女性生活的弱势男人,而女人则可以成为男人的坚强后盾和精神支柱。加乃子出身豪族,加之丈夫的宠爱,令她充满自信和自恋。她深受女性主义思潮的影响,不仅追求男女平等,更试图重新建构男女关系,让男人们崇拜女性,依靠女性。与男性作家笔下的男性形象不同,他们不再是上位者,不再是女人的支柱,这完全颠覆了人们对男女性别规范的认知。正因如此,冈本加乃子的男性成像便成为日本近代文学上一道独特的风景线。

---

[1] [日]石川淳.日本现代文学全集71·冈本かの子[M].東京:講談社,1966:218.

第五章

尾崎翠的"第七官界彷徨"

一、尾崎翠其人、其作及其所处的社会语境

尾崎翠(1896—1971)出生于日本鸟取县,1919年进入日本女子大学国文科学习,1971年因肺炎去世。尾崎翠的文学生涯仅限于前半生,1931年代表作《第七官界彷徨》的发表,使她获得了高度评价。但在1932年,尾崎翠因病退出了文坛。国内对尾崎翠的研究少之甚少,仅仅有对尾崎翠《第七官界彷徨》的写作结构和尾崎翠作品中的爱情故事的研究。

20世纪70年代左右,尾崎翠的作品得到了川端康成、花田清辉等多人的大力称赞。与此同时,日本掀起了尾崎翠文学的研究热潮,其文学作品被大量再版。日本方面对于尾崎翠的研究主要涉及两个方面。一是对于尾崎翠作品《第七官界彷徨》的研究,主要通过现代主义的视角,对第七官的定义进行探讨,并对作品中小野町子的去向进行分析。二是短篇小说作品论。以尾崎翠的《蟋蟀小姐》《步行》《地下室安东尼之一夜》等作品为研究对象的一些学术论文,进一步对尾崎翠作品中经常出现的兄妹之间的恋情进行分析和阐述。近年,有学者将吉屋信子与尾崎翠进行了比较研究,这些研究多立足于少女小说及少女文化的定义。

尾崎翠的父亲尾崎长太郎是一所学校的校长。在尾崎翠进入鸟取高等学校的那个冬天,她的父亲在酒宴结束的归途中摔倒而亡。父亲突然的离开,对少女时期的尾崎翠产生了很大的影响,她不得不依赖哥哥们。与此同时,尾崎翠作为家中长女,也承担着照顾母亲和妹妹的责任。在当时,日本

的社会制度是家父长制,父亲对女儿的未来有决定权。父亲不在的时候,则由兄长代行权力。因此,尾崎翠的生活及精神方面一直备受兄长们的庇护。尾崎翠在这样的家庭里生活,其内心十分渴望脱离家父长制。在她诸多作品中,脱离家父长制是其核心思想。

尾崎翠于1919年考入日本女子大学之后,次年因在商业杂志上发表文章而被学校退学。在大学期间,她与林芙美子成为好友。林芙美子不信任自己的父母,同时也不相信男人。与林芙美子的交往,对尾崎翠的恋爱观产生了一定的影响。

在35岁时,尾崎翠决定和小自己10岁的未婚夫高桥丈雄同居。但是,由于尾崎翠的神经症逐渐恶化,高桥便联系了尾崎翠的兄长。之后,长兄将尾崎翠强行带回了鸟取。当时的尾崎翠认为,一直很令她信赖的高桥私下与自己家人联系的行为是一种背叛。这段恋情对尾崎翠产生了很大的影响。

尾崎翠的《第七官界彷徨》极具黑色幽默,作品中描写的"人与人之间的恋爱"(从单恋到失恋)和"两性同体"[1]在她笔下都具有相同的特征。所谓两性同体的恋爱,即不需要别人,自己便可以完成的恋爱。从尾崎翠的作品里主人公的言行可以看出,尾崎翠深受奥地利心理学家弗洛伊德升华理论的影响。作品中所描写的自身即可完成的恋爱,是基于弗洛伊德的升华理论对女性"生育的性"的一种反抗。

二、国内外学术界对尾崎翠文学作品的学术认知回溯

近年,中日两国关于尾崎翠作品的研究在逐渐增多。国内这两年才开始对尾崎翠进行研究,日本则从多个不同的视角对其进行全方位研究。

作家论主要是根据尾崎翠生活的环境及当时的社会背景、个人经历,对其作品的特征进行分析。加藤幸子在《尾崎翠的感觉世界》中指出,尾崎翠认为的感觉世界是超越人类感觉范畴的世界。

作品论主要以她的作品为中心进行分析,讨论尾崎翠文学的特征。国内对于尾崎翠的研究少之又少,也鲜有其作品的中文译本。目前只有两份研究成果。一篇论文将尾崎翠作品中的恋爱故事分为三类,从少女的视角

---

[1] 两性同体指的是一个个体同时拥有雌性生殖器官和雄性生殖器官,植物的雌雄同体被称为雌雄同株,人的雌雄同体习惯被称为两性同体。

分析主人公们恋爱失败的原因，以此来论述尾崎翠独特的女性观。另一篇论文结合女性主义批评及现代主义批评的研究方法，深入剖析作家为烘托第七官界而进行的一系列的巧妙构思。

日本关于尾崎翠作品的研究最初主要围绕《第七官界彷徨》《步行》《蟋蟀小姐》等代表作展开。主要从以下几个方面着手。

（1）以《第七官界彷徨》《步行》《蟋蟀小姐》《地下室安东尼的一夜》等出现过诗作的作品为中心，对于诗作与病理的关系进行探讨。研究者通过对"第七官界"的分析，论述文中体现的"丧失感"及"悲伤感"。

（2）以小野町子为中心，对尾崎翠的"少女""妹妹"的形象进行研究，指出尾崎翠对"妹妹"的立场有着强烈的执着。

（3）以《蟋蟀小姐》和《第七官界彷徨》为中心，论述尾崎翠作品中体现的恋爱观，指出尾崎翠的先见性和现代性，并以此探究恋爱小说中体现的世界观。

尾崎翠提出的"第七官界"和"两性同体"的概念在当时极具前卫性。由于有早婚多产的政策，女性最重要的性别角色是生育。尾崎翠对于日本男女不平等及女性的社会性别规范极其反感。因此，她提出女性不用依赖男性，可以与自己的分身恋爱的"两性同体"观点，这便是尾崎翠的社会性别意识的体现。遗憾的是，她的作品并未引起大众和文坛的关注。直到1958年，严谷大四在《第七感的文学》一文中，通过与当时的新晋作家大江健三郎等比较，指出尾崎翠独特的文学手法的先驱性。1969年，花田清辉和平野谦推荐的《第七官界彷徨》被收录在《黑色幽默》中，从而掀起了有关尾崎翠的研究热潮，其作品中出现的思想和意识也开始受到人们的关注。川端康成曾高度评价《第七官界彷徨》的独树一帜。森泽夕子说尾崎翠的作品是将现实世界异质化的幻想小说，其中运用了女性幻想小说家的幻想手法。

三、尾崎翠的社会性别意识

《第七官界彷徨》是尾崎翠唯一的中长篇小说，其中所描写的"人类的恋爱"全部以失败告终。作品中的女性亦即尾崎翠本人的投影。主人公小野町子的家庭成员构成与尾崎翠相似，作品中所表现出的男女社会性别的明确分工极具代表性，作品中所描绘的"苔藓的恋爱"是尾崎翠首次提出关于"两性同体"的概念。

（一）生物性别与社会性别

一般认为,性别主要分为生物性别和社会性别,我们常说的性别是指生物学上的性别,也即男女生理上的差异（人的自然属性）,这种生物上的差别是自然存在的。目前可以通过外科手术来改变一个人的生物性别,但也仅仅局限于"男性"或者"女性"的生理范围内。

社会性别理论认为,影响性别发展的最重要因素不是生理方面,而是社会、文化和历史观念。我们在拥有这种社会性别规范的历史中,找到了自己在社会及家庭中的认同感,并无意识地按照这种性别规范生活。由于男性与女性在生理上的差异,人类社会从很早以前就开始根据性别划分男女在社会和家庭中的分工。在古代,男性主要负责狩猎,女性负责家务,这便是近现代社会产生性别和身份差异的原因,同时生物学上的差异也影响了这种社会分工。女性对父亲、丈夫、儿子产生依赖,在家里承担家务和生育的责任。男性象征着权力,是家庭的中心,为女性提供物质及精神上的保障。这种自然形成的家庭分工为社会性别的定位奠定了基础。因此,区分男性和女性不仅仅要从生物性别上区分,男性和女性身份、地位、价值的不同也决定了他们社会性别的不同。在人类漫长的历史发展过程中,社会生活要求个人的行动和角色必须符合其性别特征。因此,生物性别是自然产生的,而社会性别是后天形成的,所有的生物都拥有生物性别,但是只有人类才会拥有社会性别。

在社会发展中,女性与男性处于平等的主体地位。因此,在精神上,女性应该独立自主,摆脱依赖男性的软弱心理。在处理与男性的关系上,女性应当与男性结成彼此尊重、平等、友好相处的伙伴关系。

随着社会的不断发展,性别这个概念包含了男性意识和女性意识。但是从人类社会的长期发展进程来看,男性意识占绝对的支配地位。在这样的一种社会背景下,女性所面对的最大问题是如何意识到这种社会性别规范的不合理性。

（二）女性的失语

在《第七官界彷徨》中,主人公小野町子与大哥、二哥及表哥一起生活。大哥小野一助是一名医生,二哥二助每日醉心于苔藓的恋爱的研究,表哥佐田三五郎立志报考音乐学校。

如前文所述,社会性别是社会的、文化的性别。在我们所处的社会中,男性与女性扮演着不同的角色。而在现代社会中,任何一个国家都没有明确规定男性和女性的社会分工。但是在日常生活中,经常听到"男性化行为""女性化行为"这样的词语。语言不仅仅是交流的工具,更是操纵人的思想意识的工具。这意味着语言也受男权意识的影响,成为操纵女性的一种工具。因此,在男性支配话语权的社会背景下,女性必须遵守社会为女性所制定的各种规范。

尾崎翠的作品中所描写的女性都有一个共同的特点,即失语。失语是指因生理、病理等而导致的说话能力的丧失。这里所说的"失语"是指女性失去在公共场合说话的权利。彼时日本的家父长制度奉行的是女性应当沉默无语,沉默被当作女性应当具备的一种美德。在尾崎翠的作品中出现的女主人公都长相普通。《第七官界彷徨》中除了描写小野町子"有着红色的卷毛"外,对于邻家女性的衣着描述,所使用的词语为"全黑""黑色系",给人的感觉非常沉闷。在尾崎翠的另外一部作品《蟋蟀小姐》中,将蟋蟀小姐的外表描述为"仿佛旧衣服"。由于外表不起眼,与男性所喜欢的拥有美丽外表的女性形象大相径庭,这样的女性理所当然地被男性忽视。

作品中除小野町子之外,其他女性均没有姓名,都被称作"女孩"。虽然小野町子有自己的名字,但是家里的哥哥们称呼她为"我家的女孩",表哥三五郎则称她为"女孩"。新搬来的邻居也被称为"邻家女孩",同时,小野一助和柳浩六喜欢的女性患者也被称为"医院的女孩"。她们原本都拥有自己的名字,但是被刻意忽视,被统称为"女孩",这无疑是对这些女性个性的一种抹杀和剥夺。对于男性而言,将自己喜欢的对象和自己的妹妹都归为"女孩"这一类别之中,女性只是一种附属品。在尾崎翠的《蟋蟀小姐》中,蟋蟀小姐的名字始终都没有出现,至于原因,作品中是这样写的:

在我们这篇故事里,即使公布出主人公的名字,恐怕知道的人也为数不多吧。[1]

蟋蟀本身是喜欢鸣叫的昆虫,但是这篇作品中的蟋蟀小姐全文只说了"来根罗斯面包"这一句话。尾崎翠使用讽刺的手法,将寡言的女孩称为"蟋蟀小姐",更加反衬出蟋蟀小姐被人们忽视的现实。

名字是一个人区别于他人的重要标志。作品中"女孩"这一称呼便是对

---

[1] [日]水田宗子.日本现代女性文学集:作品卷[M].陈晖,等译.上海:上海译文出版社,2001:3.

女性的个体差异的否定。在传统社会性别文化的影响下,男女社会地位的差距越来越大。女性在未婚时需要顺从父亲,在结婚以后需要服从丈夫,在丈夫死后需要服从儿子。她们的一生都在男性的支配下度过,自己的人生无法做主,这也是女性的一种"失语"表现。

《第七官界彷徨》所描写的人与人之间的恋爱故事里,所有的人物都没有告知对方自己的想法,都是主动选择放弃从而失恋。精神科医生小野一助和柳浩六同时喜欢上漂亮且沉默寡言的女患者,但是都没有向对方表白。两人不断地进行关于女患者所有权的争论,最后,双方都自行选择放弃女患者。对于他们而言,恋爱只是一种竞争,当竞争对手放弃之后,另外一个人则丧失了斗志,于是放弃了对恋爱对象的追求。他们所谓的恋爱,完全不考虑女性的感受。换言之,女性不是恋爱的主体,而是男性的附属品。二助在看到喜欢的女人流泪后,误以为是对自己的同情,出于自尊,主动选择了放弃。这两场恋爱均以失恋告终。小野一助、柳浩六和小野二助的朋友在陷入一段感情的时候,并不考虑对方的想法,而是沉浸在自己的幻想中,去寻找符合他们对伴侣的要求的女性。而这样的女性或成为男人欲望的道具,或被男人的欲望完全吞噬,从而丧失自我。小野二助的朋友选择自己塑造的非真实存在的女性,不认可真实存在的、有自我意识的女性,因为拥有自我意识的女性无法心甘情愿地成为他们的附庸。

小野二助的朋友一直觉得和拥有肉体的女性谈恋爱是不洁的,因此,他沉迷于电影大屏幕中的女演员。相比于真实存在的女性,他选择和荧幕中的女演员谈非现实的恋爱。在古希腊神话中,皮格马利翁对现实生活中的女性感到失望,于是雕刻了一座精美的象牙少女像。在夜以继日的雕刻工作中,他深深地爱上了这座雕像,神明也被他的真心所打动,赋予了雕像生命,皮格马利翁和雕像结为了夫妻。神话中的伽拉泰亚是贤淑顺从的女性形象,是男性根据自己的愿望所创造的一件完美的"物品"。她的身上体现了创造者对于美和欲望的追求。伽拉泰亚没有自己的意志和要求,从"给予形象"到"给予生命",她一直处于"失语"的状态。作为"被塑造者",她的品质和价值完全由创造者决定。小野二助的朋友喜欢的女演员按照编剧所写的剧本进行表演,观众所了解的仅是她所扮演的角色。观众和女演员所饰演的角色产生共鸣,因而喜欢她,并以她扮演的理想女性为标准,来要求和评价现实生活中的女性的行为和价值。女性观众也将这种理想的女性形象作为一种标准,对其进行追求和模仿,这种规则也成为社会文化的一部分。通过世界文化的传播和影响,进而对文化教育的接受者形成一种强有力的束缚和制约,令女性本身也将自己看作男性附属物。在《第七官界彷徨》里,小野町子和邻家女孩便一直生活在对家族男性的顺从之中,尾崎翠真实描写了当时日本社会中女性的失语状态。

(三) 处于优位的男性

《第七官界彷徨》中的男性都拥有不错的职业。在小野家族中,长兄小野一助是研究分裂心理学的医生,二哥小野二助是研究苔藓的恋爱的农学院学生,表哥佐田三五郎是音乐学院的学生,这个家族中唯一的女性小野町子所扮演的角色则是"家庭的厨娘"。

这个家族里的男性们对于小野町子的关注仅仅为"能不能吃饭了"。在小野町子被佐田三五郎剪掉头发表现出悲伤时,他们也只是简单地问候一下,接着马上就来一句:"我好饿啊,可以吃饭了吗?"小野町子的喜怒哀乐与他们无关,他们唯一关注的事情就是能否按时吃饭。

小野町子一直梦想成为一位写出影响人类第七官诗作的女诗人,但是对她而言,实现梦想是一件很难的事情。明治时代以前,女性没有受教育的权利。明治时代以后,学校开始教授女性"贤妻良母"的思想。小野町子的祖母非常珍视她的"红色卷毛",但是这么被珍视的头发被三五郎剪掉了。当时的日本社会对于女性的性别规范是拥有长发,小野町子的短发明显不符合当时的女性规范。从某方面来讲,祖母象征着贤妻良母,但对于町子而言,剪掉长发,相当于从祖母所代表的价值观中脱离出来,她获得了更大的精神自由。

与小野一家住在一起的佐田三五郎是音乐学校的复读生。他与表妹小野町子都拥有对诗和音乐的感性。当三五郎犹豫是否与町子建立亲密关系的时候,他对邻居家刚搬过来的女孩也产生了好感,在町子和邻家女孩之间徘徊不定。在给町子剪发的时候,三五郎想亲吻町子。在邻家女孩送他乐谱时,他的心又开始向邻家女孩倾斜,犹豫不定的结果是他同时失去两个女孩。三五郎和小野町子是表兄妹关系,他们之间的恋情本就是禁忌之恋,从一开始就注定了失败。

三五郎和邻家女孩的恋爱则在女孩搬家后也戛然而止。当时在日本社会,男性处于社会优位,女性处于一种附属状态。邻家女孩和在女子宗教学校教授英语的老师住在一起,邻居一家人常常穿着黑色衣服,英语老师认为"所有的事物都应该规规矩矩"[1]。但小野家与邻居家的氛围完全不同,小

---

[1] [日]尾崎翠.第七官界彷徨・瑠璃玉の耳輪 他四篇[M].東京:岩波書店,2014:13.

野家一直都有音乐声和吵闹声，与一直安静的邻居家形成鲜明的对比。邻家女孩在给三五郎的信中写道：

> 我本来就喜欢唱歌，但我的家人不喜欢，所以我一直隐藏着自己。我的家人有早起早睡的习惯，但是我最近经常失眠。一直到深夜都在听从你们家传来的音乐。[1]

这里表明了邻家女孩对家庭的反叛和对音乐的喜爱。邻家女孩在家里是没有自由的，比如某次，她给三五郎买乐谱返回的时候，故意不坐车，而是走着回家，但是晚回家会被家人责罚。可以说邻居的家庭是当时家父长制的典型代表，邻家女孩经常倾听隔壁三五郎的琴声到半夜，这唤醒了她在心中隐藏多年的唱歌梦想。在和三五郎开始恋爱之后，邻家女孩告诉家人想穿海老茶色的衣服。她的异常言行使家人警觉，家人们将这一反常归因于小野家族。他们认为，女孩的失眠和这些特别的举动都是"神经病的前兆"，因此邻居决定搬家。邻家少女和三五郎的恋情也就不了了之。在当时的社会，女性无法自己决定重要的事情，必须和家中的男性商量，并且要服从。邻家女孩连和喜欢的人谈恋爱的自由也没有，她不得不听从家人的安排，一起搬家，远离小野家族。

正如上文所述，日本近代社会男性处于优位，"男主外，女主内"的社会性别规范占据上风。在这样的社会背景下，女性压抑着自己的欲望。小野家族的男性在外都专注自己的事业，发挥自己的才能。但是女性只能在家里做家务，她们没有说出自己梦想的勇气，也没有决定自己未来道路的权利。社会性别规范规定了男性等于职业人、女性等于家庭人的性别角色分工。这样一来，女性就会甘于做家庭主妇，在尊严被侵犯时，也只能选择忍耐。小野町子没有对任何人说过自己想成为一名诗人的梦想，总是回避着家人的目光，躲在角落里阅读和诗作相关的书籍。邻家女孩遇到了自己喜欢的男孩，体验到了恋爱的幸福滋味，但不得不遵守当时的社会性别规范。由于家族里男性的反对，她的恋爱无疾而终，她没有选择的自由。这与当时社会中男性处于优位的社会性别规范有着密不可分的关系。作品中的女性虽然反抗了这样的社会性别规范，但是都以失败告终。

---

[1] [日]尾崎翠. 第七官界彷徨・瑠璃玉の耳輪 他四篇[M]. 東京：岩波書店，2014：18.

（四）两性同体的恋爱

两性同体可以追溯到古希腊神话与传说。在西方神话、宗教和哲学中，经常看到"两性同体"这个概念。比如，在古希腊神话中，具有女性柔美和男性果敢的阴阳神赫马佛洛狄忒斯与智慧女神、战争女神及艺术女神雅典娜，都是两性同体之神的代表。

柏拉图在《会饮篇》中描述了人类的原始形态便是两性同体的"阴阳人"，他们具有两性性别特征和完整人格。精神分析学家把两性同体从神话传说发展到医学和心理学领域，涉及性取向或性别气质领域。弗洛伊德提出："对人类而言，纯粹的男性或者纯粹的女性，无论是在心理学的意义上还是在生物学的意义都是找不到的。相反，每个人都表示出自己所属性别的特征与异性特征的混合，表现出主动性和被动性的结合，不管这种特性是否与自己的生物特性符合。"[1]弗洛伊德的弟子荣格表示男性无意识地将自己的女性人格隐藏，同时，女性也无意识地将自己的男性人格隐藏。前者被称为"阿尼玛"，后者被称为"阿尼姆斯"。荣格将其放在与人格面具的补偿关系上来理解。陈丽羽、信慧敏认为："西方女性主义作家和批评家则把两性同体发展为追求完善人格和两性和谐的理论。美国的性别体系有二元式体系之称，它把两种社会性别——男性气质和女性气质完全对立起来。"[2]

《第七官界彷徨》描写了特别的恋爱，也就是小野二助所研究的苔藓的恋爱。苔藓的种类除了雌雄异株，还有自体受精的无性繁殖，也就是雌雄同株。小野二助培育的植物藓是雌雄同株的植物。雌雄同株亦即两性同体，这种生物不需要受精过程，自己可以完成下一代植物的培育。关于苔藓的恋爱，在作品中有这样一段描写：

> 既然人都恋爱了，苔藓不可能不恋爱。人类的恋爱可以说是苔藓类的遗传。（中略）苔藓是人类的先祖，这是进化论的猜想吧。（中略）人类在午睡醒来的时候，好像突然又拥有了苔藓的心理。就像在潮湿的地上，身体动弹不得。这不是恰好证明人类遗传了苔藓的性情吗？人只有在梦的世界中，才能回到几千万年前祖先的心理。[3]

---

[1] [奥]西格蒙德·弗洛伊德.性欲三论[M].赵蕾,宋景堂,译.北京:国际文化出版公司,2007:188.
[2] 陈丽羽,信慧敏.两性和谐之思:《逃离》中的双性同体解读[J].江苏第二师范学院学报(社会科学),2017(10):28.
[3] [日]尾崎翠.第七官界彷徨·瑠璃玉の耳輪 他四篇[M].東京:岩波書店,2014:23.

两性同体的恋爱主题在尾崎翠的另一部作品《蟋蟀小姐》中也有体现。作品中的诗人夏普便是《第七官界彷徨》中的苔藓拟人化的具象表现。夏普在与女诗人玛卡芦德恋爱时,写了许多以此为题材的诗歌。当作家夏普的心理是男性的时候,他就用属于夏普的笔给女诗人玛卡芦德写情书;当他的心理是女性的时候,她就拿起玛卡芦德的笔给夏普写情书。直至作家去世,人们才发现夏普和玛卡芦德是同一个人。两性同体的恋爱,是对自己的另一人格的爱。每个人身上都同时具备男性和女性的特质,最理想的状况是两种特质能够平衡、融合且共存。两性同体的恋爱是不需要借助于他人即可自我完成的恋爱,这便是苔藓的恋爱与夏普和玛卡芦德的恋爱的共通点。

诗人夏普这个名字也出现在了尾崎翠于1932年7月发表的《蟋蟀小姐》和1933年11月发表的《献给神的诗》这两部作品中。尾崎翠在鸟取高等女子学校读书时,最擅长的科目是英语,因此极有可能读过夏普的回忆录。在日本,第一位研究夏普的松村美子说夏普是女性的心和男性的心做斗争的鲜明例子。在《第七官界彷徨》一书中出现的女诗人,被尾崎翠称为"分裂诗人",《蟋蟀小姐》中的玛卡芦德也是一位异国女诗人,她们都喜欢写关于风、烟及空气的诗作。由此可见,《蟋蟀小姐》中的诗人玛卡芦德是以《第七官界彷徨》中的异国女诗人为原型。尾崎翠从雌雄同体的苔藓的恋爱中得到启示,以此为原型,创作了夏普和玛卡芦德,两性同体的恋爱是不需要其他人就可以完成的。从这一点来看,这是与《第七官界彷徨》中所描写的苔藓的恋爱有共通之处的。因此,对于两性同体的人而言,不需要其他人,自己就可以拥有爱情,整个过程与其他人没有任何关联。

(五)自我完结的恋爱

在这部作品中,人与人之间的恋爱都是自我完结的恋爱。小野町子与佐田三五郎的接吻是《第七官界彷徨》中唯一的爱情画面。三五郎一边剪町子的头发,一边和她接吻,两人的接吻是从小就养成的习惯。在祖母看来,町子和三五郎是兄妹。这两个人如果恋爱,那是有违伦理的事情。在日本,像三五郎和町子这样的表兄妹原本是允许结婚的,但因为祖母,町子压抑了自己对三五郎的感情,他们之间的恋情受到了"近亲乱伦"认知的阻碍。

对于小野町子而言,三五郎不仅仅是表哥,还是恋人般的存在。町子的梦想是写一首关于第七官的诗,她只对三五郎说过这件事。町子从未对三五郎说过喜欢他这样的话。但是当三五郎和邻家女孩关系亲密时,"小野町子仿佛要与三五郎断绝关系似的,把三五郎给的领带裁了下来,换成坐垫"[1]。町子的"眼泪掉到了地上",犹如吃醋般的行为意味着町子爱而不自知。

与小野町子的恋爱有关的另一人是小野一助的同事柳浩六。三五郎剪掉了小野町子的头发,恰好创造了一个契机,让町子和柳浩六产生了交集。在《第七官界彷徨》的结尾处,町子受哥哥一助的委托,将日记交给柳浩六。柳浩六将町子称为"与我喜欢的女诗人很像的女孩",正因如此,町子喜欢上了柳浩六。柳浩六为町子买了一条项链后,就去远方旅行了,与町子再也没有见过面。后来,町子在笔记本上写道:

> 这是一首充满哀愁的情诗,就好像送我项链的人在遥远的旅途中一样。[2]

在《二十日大根》这篇文章的序文中,小野二助描写了与公寓的女孩之间的恋情始末。二助在看到女孩流泪时,将其理解为对自己的同情,因此单方面宣布自己失恋,此后便全身心投入苔藓的恋爱研究中,并且开始讨厌女孩子哭泣。

尾崎翠作品中所描写的人与人之间的恋爱,最终都以失恋为告终。他们从未将自己的感情告诉对方,而是独自选择了放弃,单方面认为自己失恋了。一助和柳浩六未对女性患者表白过,整个过程中只有他们二人对女性患者所有权的争论。三五郎和町子虽曾接吻,但是从未清楚地向对方表达过感情。在那之后,虽然三五郎与"蜜桔"一样的邻家女孩坠入爱河,但是在女孩搬家后也没有联系过对方,便断然宣布失恋。当柳浩六决定出去旅行时,小野町子没有选择将自己的感情表达出来,而是单方面陷入失恋的忧伤之中。主人公们和自己喜欢的人的距离也越来越远。比如,小野二助喜欢的女孩搬离了一直住着的房子,小野町子喜欢的柳浩六也选择了去远方旅行。可以说,需要与他人肉体结合才能完成的恋爱都被回避。作品中唯一成功的恋爱是苔藓的恋爱,这个恋爱是人工所创造的恋爱,苔藓不需要与其他植物结合,可以独自完成自体受精并且繁衍后代。

日本的女性解放运动始于明治时代,虽然男女平等等进步思想迅猛发

---

[1] [日]尾崎翠.第七官界彷徨・瑠璃玉の耳輪 他四篇[M].東京:岩波書店,2014:46.
[2] [日]尾崎翠.第七官界彷徨・瑠璃玉の耳輪 他四篇[M].東京:岩波書店,2014:53.

展,但是日本社会的男尊女卑思想依然存在。在政治方面,受到法国天赋人权思想的影响,废除士农工商身份制度及公民平等的思想得到了广泛宣传。但是,所谓的平等只提及男性群体,女性并未包含在其中。在教育方面,日本政府承认男女在生物性别上的差异,对男性的教育是为了加强军事力量,从而达到尽快实现国家富强的目的。对于女性的教育则主要在生儿育女方面,要求她们为建设现代化的日本养育人才。日本男性利用性别的差异,向女性灌输生育的重要性,将女性束缚在家里,期待她们成为贤妻良母。

尾崎翠作品中所描写的女性均十分普通,甚至可以说非常不起眼,完全不符合男性所喜欢的女性形象。她描写的女性都对自己的长相感到自卑,尾崎翠本人也曾对自己的长相没有信心。

在《第七官界彷徨》中,小野町子对于失恋有这样的看法:

> 失恋是一件痛苦的事情吗?痛苦能让人学习到很多东西吗?失恋的二助用这样的热情开始关于肥料的学习,一助如果现在也失恋的话,也会开始写与心理学相关的论文吧。原来失恋是一种在人类身上发挥强大作用的力量啊。如果是这样,三五郎想成为音乐家的话,他就必须失恋,我要写第七官的诗作的话,也必须失恋。而且,在我看来,失恋是一件非常珍贵的事情。[1]

尾崎翠将三五郎和小野町子的恋爱从一开始就设定为不能成功的恋爱。弗洛伊德升华理论中的所谓"升华",就是把被压抑于潜意识中的性本能冲动解放出来,转移到社会所允许或所要求的方面上,从而使本能欲望既可得到满足,又不与社会道德及习俗相违背。因此,小野町子一直压抑着对三五郎的感情。小野町子读了小野一助关于分裂心理学的书之后,说了一句"即使写诗也必须失恋"。根据升华理论,女性作为艺术家必须避免和生育紧紧相连的恋爱。女艺术家的恋爱,必须远离其他人的肉体,因此,这也就为接下来不依赖他人,自己进行一段恋爱做出了铺垫。如果恋爱,便会结婚,然后面临着生儿育女,根据弗洛伊德升华理论,这是一种对女性创作能力的抑制。

弗洛伊德的升华理论认为,每个个体都有一个欲力系统,这是与生俱来的。升华则是一种方式,在艺术、科学、文学领域中,有的人之所以有贡献,

---

[1] [日]尾崎翠.第七官界彷徨・瑠璃玉の耳輪 他四篇[M].東京:岩波書店,2014:33.

是由于他们先天本能所具有的心理能量升华的结果。较之于男性,女性更受压迫,所以女性应该更具创造力。但在现实生活中,女性艺术家寥寥无几,其原因是社会对女性的制约和对女性生儿育女的性别桎梏。女性被赋予的最大价值是孕育孩子,完全没有创作艺术的必要。创作艺术升华的欲力,会因为生儿育女而消失。尾崎翠基于升华理论,描写了和自己分身恋爱的两性同体的恋爱与苔藓的恋爱。这种恋爱与暗恋所导致的失恋相同,都不需要他人的参与,可以将其归为独自即可完成的恋爱。在尾崎翠的作品中所描写的这种另类恋爱,体现了她对家父长制的反抗。三五郎与小野町子属于生活在同一个艺术世界的人,成为一名女诗人是町子的愿望,三五郎给予了町子很大的支持。因为町子与三五郎接过吻,所以三五郎会产生得到町子肉体的欲望。如果两人恋爱,町子便会体验结婚、怀孕及生育等,也就意味着她回归到家父长制社会的樊篱中去。为了实现升华,即使町子摆脱了祖母的影响,她也依然压抑着对三五郎的爱慕之心。

当得不到真正想要的东西时,我们可以创造性地利用这种挫折感来让自己在其他方面得到更大的提升。当小野町子意识到自己对柳浩六的感情时,柳浩六已经离开,从此以后再难相见。可以说,与町子相关的失恋都以单方面的相思开始,并以单方面的失恋结束,她独自一人完成整个恋爱过程。从升华理论来看,这种自我完结的恋爱方式是成为女艺术家的必然条件。女性想要成为艺术家,必须回避与结婚、生育相关的恋爱。恋爱是必要的,但是要回避他人的肉体,因此作品中描述了几个爱而不得的故事。

(六)结语

"日本传统观念认为,女人的身体便是生儿育女、传宗接代的工具,这一肉体记忆是以男性为中心的社会强行灌输给女性的。"[1]对于当时的社会而言,女性拒绝生儿育女有违社会规范。在第一次世界大战以后,女性的社会角色发生了很大的变化。当时的日本政府因为劳动力不足,颁布了许多政策鼓励女性生育,对早婚多产行为也给予了奖励。政府主张的多产报国思想,让女性沦为生育的工具。文学是现实的镜子,生活在这种社会背景下的尾崎翠毫无疑问也受到这种思想的影响。她否定女性的生育的性,认为女性可以从身体和精神中解放出来,她在作品中对失败恋爱的描写正是对将女性看作生育工具的社会规范的一种反抗。

---

[1] 黄芳.论日本现代女性作家对肉体记忆与精神记忆的重塑[J].外国语文,2017(5):20.

明治以来，日本实行家父长制，为了维护这种制度，女性结婚生子成为不可缺少的条件。在当时的社会背景下，女性最大的社会价值就是其具有的生育的性。尾崎翠在作品中描述了几种恋爱，如对女演员的非现实恋爱、小野町子和三五郎的恋爱、小野一助和女病人的恋爱，这些恋爱表现都突显了女性在这些感情中的失语。两性同体的恋爱与生儿育女没有任何关系，尾崎翠用这种特殊形式的恋爱，表达了对日本当时社会背景下将女性沦为生育工具的一种反抗。

第六章

宇野千代追求自立的踌躇与彷徨

一、宇野千代其人、其作及其所处的社会语境

宇野千代(1897—1996)出生于山口县,有过5次婚姻,但均以离婚收场。她的第一次婚姻只持续了10天,可谓敢爱敢恨,率性而为。第二次婚姻是和前夫的弟弟藤村忠结婚,并从京都搬到北海道。在北海道期间,宇野千代开始创作小说,1921年以《脂粉的颜》获得《时事新报》悬念小说一等奖。之后对作家尾崎士郎一见钟情,在未离婚的状态下直接和对方在东京开始同居生活。最后一任丈夫是北原武夫。

宇野千代在20世纪50年代继续创作。1957年凭借《阿藩》获得第五届野间文艺奖。1963年到1966年,在《新潮》上连载《刺伤》这部小说。1972年,千代接连发表《一个女人的故事》等作品,同年获得第二十八届艺术院奖。两年后在《文艺春秋》上发表《雨声》,该作品广受欢迎。宇野千代晚年写作风格相对成熟,这一时期创作的《阿藩》《刺伤》《一个女人的故事》《雨声》《活着》等均是她的代表性作品。

宇野千代活跃于大正、昭和、平成时期,集图书编辑者、服装设计师、实业家于一身,可谓多才多艺。大正时期,随着社会的发展和环境的剧烈变化,女性的诉求也有了新的发展,特别是对政治的诉求。和明治时期不一样,这一时期的女性不是孤军作战,她们组队联合,共同努力,向充满封建思想的日本社会发起了挑战。1911年9月,以平塚雷鸟为首的18名作家以日本第一个女性文学组织"青踏社"作为大本营,通过文学作品对政府宣扬的

贤妻良母规范做出反抗，向日本女性传达新时代女性应自强自立的思想。《青踏》提倡女性应该从封建传统中解放出来，追求自我的生存价值。这本杂志为女性作家提供了文学创作的场所，对日本近代女性作家产生了深刻的影响。这个时期的女性作家尤其强调经济自立，如山川菊荣和平塚雷鸟等认为经济自立是女性自立的前提。进入20世纪60年代之后，女性的自立已经成为该运动的中心课题。20世纪70年代到80年代，《女性及其自立》《成为自立的女性——从我的人生开始》《自立的女性学》《女性要自立》等书名中带有"自立"一词的作品相继出版，掀起了一股探讨女性自立的热潮。总的来说，女性的经济自立是其自立不可缺少的条件，在此基础上进一步追求社会性的自立和精神上的自立，以及反对违反女性意愿的性行为和强迫性生育等。在这样的时代背景下，宇野千代通过文学创作和开办公司实现了经济上的自立，通过女性意识的觉醒和从传统束缚中的解放实现了精神上的自立。另外，她也通过这些经历获得了自信，找到了作为女性的生存价值。因此，宇野千代基于自身丰富的经历，创作了《刺伤》《一个女人的故事》《雨声》这三部作品，塑造了在追求自立的过程中经历踌躇与彷徨之后，最终走向自立之路的女性形象。

二、国内外学术界对宇野千代文学作品的学术认知回溯

国内关于宇野千代的研究相对较少，大多把千代放在战后的女性作家这个框架内进行，主要从以下几个方面开展研究。

（1）分析作品中的女性形象，归纳宇野千代所追求的理想女性形象的共同特点。

（2）分析宇野千代的生活及感情经历，论述宇野千代的女性独立意识，特别是感情独立和思想独立的形成过程及原因。

（3）分析宇野千代对社会附加给女性贤妻良母形象的抗争意识。

日本关于宇野千代的研究成果颇多，但是鲜有关于自立方面的研究。尾行明子关注没有被收录进《宇野千代全集》中的初期作品，从而修正由其晚年自传小说中分析出的作品人物形象。

在作品研究中，关于《色忏悔》的研究以荒井真理亚最为出色。她从小说的说话方式进行分析，充分论述了这部作品的魅力，此外还详细地分析了《色忏悔》的形成过程。上田绿则认为《刺伤》是一部作家虽有理想但绝不会付诸现实的作品。

三、宇野千代追求自立的踌躇与彷徨

宇野千代写作风格几经转变,首先从现实主义作家变身为偶像作家,再转变为自传体小说家。在日本女性主义思潮、自身艰难的生活及感情经历的影响下,宇野千代的女性意识觉醒后,她不断地追求爱情及自由,以此来冲破社会给女性附加的贤妻良母形象,体现女性追求自身意义的价值。宇野千代在虚构的文学世界中描写自己的人生,是一位重视自我体验的作家。受欧洲现实主义文学的影响,她追求细节的真实性、人物的典型性、叙述的客观性,并将现实生活的人物或者形象典型化,通过对其进行客观的叙述,从而表达自己的观点。在她的作品中出现的女性形象虽然只是母亲、妻子、女儿,且她们的地位十分被动,但正是这样被动的女性形象的频繁出现,反而体现出作家本身的抗争意识。

和北原的分手,激发了宇野千代的创作欲望。《刺伤》是以她和北原武夫的生活经历为素材创作的作品。而《一个女人的故事》来源于她以作家的身份出道前后的人生经历。《雨声》是她在面对北原武夫之死时,再一次回顾过去生活的作品。三部作品可谓宇野千代个人生活的写照,从中可以窥见一个女人在经历多次婚姻失败之后自强不息、倔强的影子。

(一)《刺伤》——自立的彷徨

宇野千代39岁时,认识了日本第一本时尚杂志的创刊者北原武夫。丧妻的北原当时独自抚养患有骨疽的幼女。在千代的劝说下,北原开始了作家的生活,同时参与了《风格》杂志社的编辑工作。之后,千代在42岁时与小她10岁的北原结婚。由于战事,《风格》杂志一度解散。"二战"结束后,《风格》再次发刊并取得了巨大的成功。在《刺伤》中,宇野千代以"妻子"的身份道出她与北原的生活和离别的原委,诉说一个女性在婚姻生活中受到的"刺伤"。

1. 家庭和事业上强大的表象

《刺伤》里的"妻子"是一位事业心很强的女性。在战争结束后,夫妇两人一直想要做点什么。当听闻有人愿意提供资金时,"妻子"毫不犹豫地接受了邀请,开始重新创办《风格》杂志。从这一点来看,"妻子"是一位不依赖丈夫,在事业上有上进心和决断力的女性。复刊后的杂志取得了意外的成功,公司有人建议成立自己的事务所时,她马上赞成,并开始寻找适合的地方。

> 在经营公司的时候,购买黑市的纸时,我们看到所需的东西公开地、毫不遮掩地被搬走,心情犹如孩子一般。不是我们,是我。[1]
>
> 我们在便利的街区中心寻找合适的地方。不,不是我们,是我。在这个时候,丈夫也只是赞成我的想法,没有表达自己的意志。[2]

"妻子"在决定公司事情的时候具有主导权。从以上段落中反复强调"是我"这一点可以看出,她是一位不依赖丈夫的自立女性。在决定事务所地址的时候,"妻子"的意见最为重要。在杂志大获成功后,她立即向丈夫建议开办新的杂志,并制订了发展计划,这些都是在没有和丈夫商量的情况之下做出的决定。这个独断的计划在之后也如她预想的那样顺利推进,丈夫有发言权,但没有决定权。从以上几点来看,公司全靠"妻子"的一己之力支撑着。换而言之,比起丈夫,"妻子"在工作上占有更重要的地位。

在家庭方面,"妻子"也是一位强势的女性。与普通的夫妻关系相比,她意识到他们夫妻俩的关系有点不同寻常。也许是比丈夫年长 10 岁的缘故,她在家务事上总是非常独断。不仅如此,"妻子"的占有欲很强,对丈夫各方面的事情都想操控。"妻子"看到丈夫和舞女跳舞便十分嫉妒,去舞场原本是为了放松,但她满脑子都是丈夫和舞女跳舞的画面,她自欺欺人地认为丈夫避免和自己跳舞并非因为自己不再年轻、不再有魅力,仅仅是因为对方舞技高超。"妻子"想要丈夫的身边只有自己,强烈地想控制丈夫、独占丈夫。但因为年龄上的自卑,她内心充满嫉妒却无法说出口来。虽然在工作和家庭方面可以看到"妻子"不依赖丈夫的自立形象,但这种自立是不彻底的。"妻子"想要按照自己的想法操纵丈夫,既没有信任丈夫,也没有自信。

2. 在痛苦的情感中彷徨、挣扎

与在家庭和事业上的强势相比,"妻子"不过是一位在痛苦的情感中彷徨、挣扎的脆弱女性。在日常生活中,她似乎已经忘记比丈夫大 10 岁这件事,但实际上一直十分介怀,嫉妒丈夫和女孩跳舞便是其在意的表现。本来去舞场和舞女跳舞是一件十分正常的事,但"妻子"对丈夫和别人跳舞感到嫉妒。她想"要是再年轻一点,或许就不会毫不遮掩地表露嫉妒之心了吧"[3]。年龄差距带来的自卑使得"妻子"苦不堪言,曾幻想假如自己的舞

---

[1] [日]宇野千代. 宇野千代全集第六卷[M]. 東京:中央公論社,1977:10.
[2] [日]宇野千代. 宇野千代全集第六卷[M]. 東京:中央公論社,1977:13.
[3] [日]宇野千代. 宇野千代全集第六卷[M]. 東京:中央公論社,1977:19.

技如舞女那般的话,丈夫也许就会和自己跳舞。于是,"妻子"不断进行自我催眠,明知自己的行为滑稽可笑,但仍然坚持学习舞蹈。提高舞技以便能和丈夫共舞,满怀妒意却无法与丈夫明言,"妻子"爱得十分卑微。

在夫妻关系中,"妻子"一直处于弱势。当被身边的人问及丈夫带情人去热海之事时,她佯装不知,从心底抗拒想起这件事情,而实际上隐藏着她无能为力的恐惧。真正独立的女性一旦遇到丈夫出轨,都会选择勇敢面对,她明知这事,却装聋作哑,逃避的态度给了丈夫更加任性妄为的机会。

因为怯懦,"妻子"选择了自我欺骗,不去了解真相,一直期待着丈夫能回到自己的身边。后来,她终于意识到自己的行为不过是懦弱的表现。从拒绝谈及丈夫出轨的事情之始,她清楚地知道那是逃避行为,但当时自欺欺人地认为是因为相信丈夫。她用尽各种方法来摆脱这件事带来的困扰,比如,通过购物来暂时忘记自己的嫉妒和丈夫的出轨,提议开办新的杂志,想通过忙碌的工作来麻痹自己等,但都收效甚微。

在寒冷的某一天,警察来到了公司,怀疑这里藏了很多驻军的物资,特来调查。一阵骚乱之后,"妻子"给在热海家中的丈夫打了一通电话。

> 骚乱之后,我一个人被留下来了。对了,得通知丈夫。如果说是当时这么想的,其实都是谎言。借这骚乱,我终于能毫不犹豫地往热海的家里打电话了。说是去热海的家,但其实我一直怀疑他和情人一起去了其他地方。并没有因此打电话去确认,而是等发生了不得不通知丈夫的事情时,才借此机会打了电话,这种说法对于当时的我来说是乐意的。[1]

从上述段落可以窥见"妻子"在夫妻关系中胆怯卑微的姿态。公司遇到事情时,和丈夫一起商量本是一般夫妻的正常处理方式,却成了"妻子"打电话查明丈夫是否和其他女人在一起的借口,从中也能感受到她想要逃离现实,不愿相信丈夫出轨的内心的纠结。得知丈夫确实没有撒谎时,那一瞬间"妻子"安心了下来。在知道丈夫也很担心自己的时候,"妻子"心里涌上一种难以言说的喜悦,让她几乎忘乎所以。当公司陷入困境时,夫妻两人只能一起住在旅店。那期间,"妻子"的心里充满和丈夫待在一起的喜悦。"妻子"将自己姿态放低,为男人喜为男人悲,外强中干,感情卑微到尘埃里。

---

[1] [日]宇野千代.宇野千代全集第六卷[M].東京:中央公論社,1977:27.

"妻子"也曾想要从这种状态中脱离出来,比如,接受朋友的邀请去巴黎。坐上飞机飞往巴黎的"妻子"终于和丈夫处于不同的空间,离开丈夫后她的心情变得轻松起来,不再担心自己的情绪会被丈夫的事左右。身处巴黎的"妻子"感受到了在国外生活的快乐,随之意识到离开丈夫是一件多么轻松愉快的事情。然而好景不长,在收到丈夫的信件之后,"妻子"选择了原谅,并回到了他的身边。可是,丈夫本性难移,再次出轨,又一次令她陷入痛苦的境地。

遭遇丈夫一次又一次的背叛,"妻子"仍然没有想过离婚,这是她在爱情方面没有自立的表现。感情上的过度付出不一定有回报,也许反倒不会有好的结果。丈夫提出离婚时,她故作平静地回道:"如果你想那么做的话,我是没问题的。"[1]但不一会儿,她便被悲伤的情绪淹没。在意识到必须面对离婚的局面时,她感到一阵恐惧,心中泛起尖锐的痛,大叫着不要分手。即使被丈夫无数次伤害,她仍然没有离开的勇气。女性没有义务一味忍受他人带来的痛苦,"妻子"虽然想过从困境中解脱出来,但马上又反悔,结果只能在痛苦的爱情当中徘徊不定、委曲求全。由此可见,在夫妻关系上,"妻子"完全没有主导权,家庭和事业上的强势只是一种表象,她在情感上十分依赖丈夫,不能算是一个真正独立自主的女性。

3. 自我深刻的反省
作品中引用了蝎子和乌龟的寓言故事。

> 有一次,蝎子拜托正要出海的乌龟,让自己坐在它的背上一起出海。乌龟拒绝道:"你出海了就会刺我吧?"蝎子听了以后说道:"如果刺了你,我也会一起沉入大海啊。"乌龟最终被说服,让蝎子坐在它背上一起出海。然而,蝎子并没有遵守诺言。游到大海中央的时候,蝎子果然用它的螯绕过乌龟的甲壳刺向了乌龟的腹部。"呀,还是刺伤了我,但你也会一起溺水而死啊。"听到乌龟的话,蝎子悲伤地回道:"我知道啊,但是刺伤是我的本性,不得不刺。请你饶恕我吧。"[2]

这是一则因悲哀的习性最终刺向同伴的蝎子和明知如此依然选择与其为伴的乌龟的寓言故事。蝎子和乌龟都可以看作"妻子"的化身。在寓言故

---

[1] [日]宇野千代. 宇野千代全集第六卷[M]. 東京:中央公論社,1977:97.
[2] [日]宇野千代. 宇野千代全集第六卷[M]. 東京:中央公論社,1977:37.

事中,乌龟是被害者,与被丈夫背叛的"妻子"的形象重合。事实上,乌龟不仅是被害者,也是加害者。乌龟在明知蝎子的恶习之下,仍然选择让它坐到自己的背上,导致被刺的结局可以说是自作自受。如果乌龟拒绝蝎子的要求,便可幸免于难。"妻子"明明知道丈夫的背叛,却佯装不知。不知、不看、不听,对于她而言就等于没有这回事。虽想改变现状,却没有实际、有效的行动,提心吊胆地守着无爱的婚姻,最终落得被抛弃的下场。可以说"妻子"的作茧自缚推动了这一结局的发生。如果她能够突破爱情的陷阱,就算分手,也许会是另一番心境。

用螯刺伤乌龟是蝎子作为加害者的证据。蝎子明知刺伤乌龟自己也会一同沉入大海,但依然无法摆脱自己的恶习,这一莽撞的行为最终导致了自己的死亡。"妻子"纵容丈夫的行为与蝎子同出一辙。为了修复两人的关系,"妻子"也做出了和蝎子一样莽撞的行为。

> 如果有比热海的家更宽敞、更适宜居住的家的话,或许丈夫就不会去热海的家。不,让丈夫再也没有去热海的借口,从而减少他和情人见面的次数。[1]

在"妻子"的想法中,如果在东京有更适宜居住的家,丈夫便没有借口去热海和情人幽会。于是,为了修建新家,她挪用了公司的资金。同时加上新办的杂志受挫,公司为此蒙受了巨大损失。"妻子"的行为和蝎子一样,莽撞而无用。"在之后才知道这一孩子气般的类推是多么的愚蠢。"[2]无视公司的困境,挪用公司的资金修建房子,从而将公司推入深渊,"妻子"既是受害者,也是造成这一切的加害者。

从"妻子"意识到自己既是受害者也是加害者这一点便能看出她的反省意识。在两人感情的维系上,并非完全是丈夫的错,"妻子"的处理也欠妥。这样的自我反省可以说是"妻子"精神自立的萌芽。一直将自己放在受害者位置上的话,便无法从分手的悲伤中走出来,甚至有可能会变成偏执、仇世的女人。幸运的是在最后,"我们的分手极其自然地进行,就像秋天一到,树叶就会从树上掉落一样"[3]。她平静地接受了两人离婚的结局。深刻的反省挽救了

---

[1] [日]宇野千代.宇野千代全集第六卷[M].東京:中央公論社,1977:40.
[2] [日]宇野千代.宇野千代全集第六卷[M].東京:中央公論社,1977:40.
[3] [日]宇野千代.宇野千代全集第六卷[M].東京:中央公論社,1977:96.

"妻子",让她不再强求不属于自己的感情。最后,她微笑着目送丈夫离开,想着他再也不会回到这个家里,此时"心里泛起与悲伤无关的另一种情绪,既然离开后的生活如丈夫所愿,那么对于我来说,也是心之所向"[1]。

(二)《一个女人的故事》——自立的追求

《一个女人的故事》中的主人公吉野一枝在父亲离世之前,一直生活在传统的家父长制的家里。父亲不仅嗜赌如命,还没有固定的工作,生活费几乎全靠老家的接济,因此生活十分艰苦。对于一枝来说,严肃、呆板的父亲的话就是命令,必须立刻执行。在她14岁时,父亲去世了。摆脱父亲束缚的一枝如同脱缰的野马,做出了一系列离经叛道的事情。比如,和学校的教师谈了一场师生恋,在对某个男人一见钟情之后立即抛下丈夫与其同居,等等。一枝就这样过着自由放浪的生活,以此表达对严厉的父亲的反抗。

1. 对严厉父亲的反抗

一枝父亲家里世世代代做酿酒生意,并且相当有名。但其父亲是一个放浪形骸、碌碌无为的男人。在一枝2岁的时候,母亲因病去世。一枝4岁的时候,家里迎来了继母。对于这位继母来说,和一枝父亲在一起也非常不幸,她曾因忍受不了回过娘家。在传统的家父长制中长大的父亲将自己置于家里最高的地位,妻子和孩子等家庭成员都无法反抗其绝对的权威。

对于一枝来说,父亲说的话犹如圣旨,不管自己多么不乐意,都必须按照父亲的命令去做。两人之间不像父女关系,更像主仆关系。父亲有时很晚从外面回来,还会让一枝去买酒,完全随心所欲地使唤一枝。更有甚者,他还对一枝做过下面这件十分过分的事情。

> 是上学之后发生的事了。一枝总是穿着草鞋去上学,偶尔回来的路上会遇到下雨。一枝就只能把衣服下摆卷高,光着脚回去。因为她记得父亲曾说过:"脚打湿了不会腐烂,但草鞋会。"到了冬天,遇上下雪也是同样的做法。一枝手上拿着草鞋,光脚踩着雪回去。[2]

即使是父亲玩笑般的话,一枝也必须遵从。无论父亲吩咐什么,一枝都不得违背。一枝不能反抗,父亲的严酷可见一斑。

---

[1] [日]宇野千代.宇野千代全集第六卷[M].東京:中央公論社,1977:101.
[2] [日]宇野千代.宇野千代全集第七卷[M].東京:中央公論社,1978:17.

某日,一枝从姨妈家返回时天已黑,于是表哥经一将她送到她家附近。父亲看到一枝大晚上和男人走在一起时勃然大怒。虽然是他命令一枝去姨妈家里,但表哥送一枝回家之事不如他意,他便感到愤怒。以"那么晚还和经一走在一起"[1]为由,让一枝嫁给表哥。一枝将其当成惩罚,没有任何抵抗地接受了父亲的安排。由此可见,在家父长制的家庭中父亲拥有绝对的主导权和支配力。作为女儿的一枝,别说行动上违抗父亲,连想都不曾想过。

在姨妈家的生活对于一枝来说,是新奇的体验。经一每天傍晚都会出去,姨父和姨妈从不责备,一枝嫁到姨妈家时年仅 13 岁,对这件事完全无法理解。一枝毕竟年幼,在和姨妈一起逛街的时候,脑海中不经意间浮现出娘家的情景,想要回家的愿望特别强烈,于是选择回到家中,直到父亲离世。摆脱父亲的束缚之后,一枝不再愿意回到姨妈家。这段婚姻是父亲强加给她的,尽管反抗是在父亲去世后才得以实现的,但从某种意义上来说,也算是忤逆父亲的一种表现。

和原来的生活相比,在姨妈家的生活轻松很多,但她依然爱着自己的家。然而,只要父亲还活着,他就像高山一样不可逾越。一枝以看望父亲为由住在家里的行为可以视作她开始反抗的苗头。在父亲去世后,压在头上的大山终于消失了,一枝按照自己的意愿选择留在家里,可以说这件事唤醒了一枝的反抗精神。一枝生活的时代是明治末期,那时父亲在家里拥有绝对的支配权。只有在父亲死后,一枝才第一次按照自己的意愿选择人生的道路。

2. 对美好爱情的追求

在一枝年少的时候,女性地位十分低下。政府大力宣扬贤妻良母、男主外女主内的社会规范,将女性牢牢困在家里。虽然女性也能在社会上工作,但提供给她们的工作种类很少,而且女性在感情和婚姻方面也没有自主权。即使在这样的社会背景下,一枝却和其他的女性不同,敢于追求美好的爱情。

一枝从女子学校毕业后去了川下村的小学校执教。在那里,她和同学校的教员筱田产生了感情。但是,当他们的关系被人发现之后,一枝就被学校辞退了,一枝无奈之下去了朝鲜。

对于一枝来说,两人的分开是迫不得已的事情,因此,即使去了朝鲜,一枝相信她对筱田的感情也不会改变。所以当一枝收到筱田的分手信时,十分惊讶。筱田在信中说,他也因为和一枝的恋情被调到了其他学校,筱田认为这是

---

[1] [日]宇野千代. 宇野千代全集第七卷[M]. 東京:中央公論社,1978:29.

对他们的惩罚。收到分手信后,一枝立马回国,去筱田那里当面询问分手理由。当她确认眼前的这个男人不再爱自己之后,便毅然决然地离开了。

之后,一枝回到老家,在那里遇见了姨妈的小儿子让二,两人婚后定居在北海道。在那期间,一枝开始了文学创作。第一次投稿的作品就获得了一等奖,受此鼓励,一枝继续创作,但第二次的投稿一直没有收到回信。为此,一枝决定亲自前往东京,当面询问编辑部。在那里,一枝与尾崎士郎一见钟情,双双坠入爱河。

> 那一瞬间,一枝产生错觉,感到在自己长时间不经意的枯燥生活中,某种感情满溢,如决堤般流入。[1]

一枝被尾崎吸引得无法抑制自己的感情,将北海道的让二忘得一干二净,脑海中全是尾崎的身影,这让一枝回想起小时候在演出结束时看到离场的演员们那种依依不舍的感觉。在世人的眼里,已经结婚的一枝和尾崎同居这件事便是禁忌,但即便如此,一枝仍然听从自己的本心,抛弃所有,勇敢地和尾崎在一起。实际上,对于一枝来说,让二更像是她的家人,两人并非因为爱情而结合。因此,在遇到真正喜欢的人时,她便毅然不顾伦理道德,这种看似不道德的行为透露出一枝对精神自立的追求。一枝全然不顾他人的看法,遇到喜欢的人就大胆追求,在精神层面上已经实现了自立。

3. 对自我生活的追求

一枝父亲去世之后,家里生活变得十分拮据,但一枝并不觉得这是苦难。因为父亲的去世让她从压抑的生活中解放出来,可以追求自己理想的生活是一件十分幸运的事情,例如,她按照自己的意愿选择和让二同居,等等。所以是自己做的决定,因此无论遇到什么困难,她都坦然面对。让二的父亲从法院退休后,不再给让二汇钱,两人的生活一度陷入困境,但一枝对这样的生活十分满足。

> 这个生活该拿来和其他的哪种生活比较才好呢?一枝认为那是自己的生活,因此,不仅一点儿不在意,还时不时会通过自己的努力克服困难,甚至觉得贫穷也是一件愉快的事。[2]

---

[1] [日]宇野千代. 宇野千代全集第七卷[M]. 東京:中央公論社,1978:109.
[2] [日]宇野千代. 宇野千代全集第七卷[M]. 東京:中央公論社,1978:90—91.

自己做的选择自己承担结果,一枝没有一句抱怨,她一直不停地工作,期待自己能有所成就。写作最初的目的是赚钱,第一次投稿拿到稿费时,一枝十分激动,她夜以继日地开始撰写新的小说,但第二次投稿后过了三个月还没有任何回音。一枝对自己创作的作品相当自信,她认为即便自己的作品没被采用,也绝非是因为自己写得不好。抱着这样的想法,一枝毫不犹豫地去了东京。由此可见,她是一位自信、能掌控自己人生的女性。

为了追求自己的生活,一枝可以抛弃一切。和尾崎同居之后,便将让二在内的过往全部舍弃,可谓相当具有决断力。她无视他人的看法,只听从自己的心声。她做了决定后,也从不后悔,从中可以窥见其背后隐藏的自强自立的心理。

和尾崎分手后,一枝一度情绪低落,交往了很多男人。比如,为了取材,一枝与从巴黎回来的画家田边同居过。在这期间,一枝把和男人的交往当作游戏一般。

> 睡在一枝身边的男人将她抱住,但她已经不记得睡在她身边的是谁了。等到天亮,一枝在得知那是住在白田坡上那间红房顶的小洋楼中的夫妻当中的年轻男人时,她也不觉得狼狈。[1]

和尾崎的分手令一枝十分受伤,曾有一段时间过着极度颓废的日子。幸运的是,她最终从这种颓废的状态中走了出来,凭借自己的意志告别了和田边的同居生活。如果说和田边的同居是堕落的表现,那么最终的分开就是进取的证明,这一行为体现了一枝在精神上的自立。不念过往、不惧将来才是女人该有的洒脱和气魄。面对困境,虽然会暂时颓废,但总归会在某一天重新振作,对生活再次充满期待,一枝是一位果敢、坚强的女性。

(三)《雨声》——自立的成熟

《雨声》是宇野千代在最后一任丈夫北原武夫去世后创作的小说。小说由主人公吉野一枝(因文中多称呼其为老师,下文用老师来指代主人公)于东京会馆中被昔日恋人的儿子叫"阿姨"开始。宇野千代围绕着北原(文中为吉村),用"老师"的语气娓娓道出两人的情感纠葛,体现出成熟女人面对生死处之不惊的人生哲学。

---

[1] [日]宇野千代.宇野千代全集第七卷[M].東京:中央公論社,1978:140.

1. 对过往的释然

"老师"受人之托将几盆红叶送给去年春天开始因病回家休养的吉村,虽然来到吉村家门口,但最终没有进入。自从和吉村分手后,"老师"便再也没有去过他家。对于"老师"来说,离开自己的吉村早已不是昔日亲密无间的丈夫,同时,她也深知对于吉村来说自己也已成为他者。因为两人的关系已经改变,所以再无进去的必要,只让随行者把礼物送进去。"老师"不再执着于吉村,对两人的分开便也能坦然接受。

得知吉村去世是"老师"在整修老家的时候,虽然大感震惊,但还是决定不去东京吊唁。

> 在接到那通电话时,我也不知道为什么不飞奔回去,回去和吉村做最后的道别。如果我在东京的话,也许会飞奔过去。是因为来了这么远的地方才不去的吗?不,不是的。即使在东京我也不会去。就像去年的秋天,带着漆树的花盆去吉村家时,自己只身坐在车里,在外面等着,只让随行的女孩去送一样。[1]

从上述段落中可以看出"老师"对过去的释然。她虽然对吉村的去世感到惋惜,但既然已经分开 10 年,对方是生是死,都与自己无关了。离婚后,"老师"于吉村而言已成为他者,作为他者的自己,再也没有身份去送吉村最后一程。一旦分开,"老师"便不再受过往的束缚,逝者已逝,生者如斯。"老师"对吉村之死并不感到难过,只以平常心处之。曾经那么贪恋的过去,她终于彻底划清了界限。不纠结,不停留,不困囿于过往。这样释然的态度,可以说是"老师"在感情自立方面的成熟体现。

2. 人生态度的变化

年轻时的"老师"是恋爱脑,和吉村在一起的时候,将人生的希望全部寄托在男人身上,完全丧失自我。和吉村分开后,"老师"果断地和过去告别,开始放飞自我。当她想到如果把盆栽送给生病的吉村,他定会高兴,便欣然去送盆栽。与压抑的过去相比,现在的她已然成长,一切以自己为前提。

> 为什么对进吉村家很犹豫呢?用世人的话来说,进入自己前夫和其他女人的家是一件很奇怪的事。但让我犹豫的不是这个原因。无论

---

[1] [日]宇野千代. 宇野千代全集第八卷[M]. 東京:中央公論社,1977:209.

何时我都是想到什么就去做什么,这是我的毛病。在他家外等着是一开始就决定了的。[1]

在以上的段落中,"毛病"这个词便是她将自己放在首位的象征,完全不介意他人的看法,随心所欲的做法证明"老师"已经进入精神上的自立阶段。

另外,"老师"已能直面自己的嫉妒和怯懦。某日在电话中得知吉村夫妇同浴时,那个场景突然浮现在她的眼前。为此,"老师"对自己的心境做了剖析。

虽然已经分开七八年了,和普通的男女相比,相信自己也有更洒脱的心情,但居然还有这样的感觉。但即使本人不那么认为,产生这样的感觉确实可以看出我的心里潜藏着嫉妒,这种嫉妒如幻影般存在。[2]

"老师"虽然不再执着于对吉村的感情,但为何还会对吉村的妻子产生嫉妒呢?换作以前,她会把嫉妒深藏心底,但现在已经能够坦然承认自己的嫉妒心,然后选择遗忘。

吉村和其他女人有一个私生子,他每个月都会给那个女人寄钱。得知此事的"老师",对此感到恶心的同时,还有着某种窃喜:那女人不过是要钱,和吉村没有更深的关系。仅对女人心生厌恶,而无视丈夫的出轨,以此自我治愈是相当怯懦的行为。意识到这是一种自欺欺人的做法之后,她不再无视自己的怯懦,并开始坦然接受自己的过往,不再选择逃避,这象征着"老师"已经进入自立的成熟阶段。

3. 女性的深度自省

与前两部作品相比,《雨声》自省程度更为深刻。年近 80 岁的宇野千代在这部小说中,深度解析了自己与吉村的关系。战争伊始,吉村突然被召集去往爪哇岛。在那里,他和一位混血的荷兰姑娘相恋并同居。"老师"现在提及此事,仿佛在听别人闲聊一般,感觉十分有趣。和吉村初次相见,她便对他一见钟情,即使两人年龄相差 10 岁,经历也天差地别,还是毅然和吉村在一起。然而,吉村不过是因为舍不得"老师"那么炙热的感情而选择和她在一起,换言之,吉村并不是非她不可。"老师"就这样站在第三者

---

[1] [日]宇野千代. 宇野千代全集第八卷[M]. 東京:中央公論社,1977:134.
[2] [日]宇野千代. 宇野千代全集第八卷[M]. 東京:中央公論社,1977:136—137.

的角度，冷静地分析自己和吉村曾经的恋情。因为爱他，所以尽管他出轨，她还是选择容忍。也正因为爱他，所以分手对"老师"来讲并非易事。尽管被吉村无数次伤害，她仍然选择独自忍受悲伤。而现在，她开始对过往的自己进行反省。

吉村有一个患有骨疽的女儿雪子，他将女儿看病一事拜托给了"老师"。女儿病危时，吉村还留宿在雪子的亲身母亲家，对她不管不顾。这不是吉村对她隐瞒的唯一的一件事。当然，"老师"也对吉村有所隐瞒。在找修建事务所的地址时，"老师"瞒着吉村，完全按照自己的想法行事，给夫妻之间留下了龃龉。婚姻需要两个人共同经营和维系，"老师"在开公司这样重大的事情上没有和吉村商量，肯定会令两人之间产生嫌隙。现在的"老师"终于意识到了这一点，被吉村抛弃，自己身上也有原因。

公司被投诉存在偷税问题，清算之后发现需要补缴近亿元的税款，最终无力回天，公司倒闭了。两人经过多年的努力，终于将借款全部还清时，也迎来了分手的时刻。在前一部作品《刺伤》中，妻子表面上冷静地接受了丈夫提出的分手一事，但在意识到这不是开玩笑时，开始大喊不要，直到最后，妻子都未能接受两人分手的事实。到了《雨声》，分手场景的处理就截然不同了。

> 离开房间又回来的吉村将一张写着什么的纸在我面前展开。那是离婚申请书，我默默地看着它。然后拿起笔签下自己的名字，并盖了章。在吉村拉上门离开房间后，我一动不动地坐在那里，无声地哭泣，泪流不止。不是因为不愿离别而哭泣，非要说的话，那是出于一种"好歹一起生活了这么久啊"的哀惜之泪。[1]

既没有激烈的反应，也没有大喊大叫，在分手那天终于来临时，"老师"虽然万般不舍，但因为早有心理准备，所以能够坦然面对这件事。如今，她已经明白勉强在一起生活下去对双方都不好。爱情讲究的是你情我愿，在一起时全情投入，分手时应该洒脱和决绝。从《雨声》中的分手描写可以看出"老师"对事物的看法变得成熟。对过去之事的深刻反省，可以说是"老师"精神上的觉醒和成长。

---

[1] [日]宇野千代.宇野千代全集第八卷[M].東京：中央公論社，1977：226.

（四）自立女性形象的特征及成因

1. 自立女性形象的特征

宇野千代的三部自传式作品分别展示了三位女性不同程度的自立状况。

在经济方面，三位女性都非常自立。"妻子"创立了《风格》杂志社，是一位事业成功的女性。吉野一枝工作经历丰富，在工作中她认识到了金钱的重要性，从此开始主动追求经济上的自立，例如写小说获取稿费。而"老师"从一开始便已实现经济自立，能够按照自己的意志选择人生之路。

感情方面的态度则呈现不同的表现方式。"妻子"面对丈夫的出轨，选择逃避，默默忍受痛苦，从不考虑离婚。但最终离婚时，"妻子"也没有挽留提出离婚的丈夫。"妻子"的感情自立在最后才体现出来，且并非所愿。一枝被男人抛弃后，选择去质问男人缘由。她听从自己的本心，不管他人的看法，主动追求爱情。"老师"已学会平静地接受分手，意识到对于分手后的恋人，自己已然成为他者，于是开始正视以前的嫉妒和胆怯。"老师"重视自我感受，专注当下生活。

三位女性都追求精神自立，并能自我反省，思考现状，从而坦然接受现实，但程度上有所不同。"妻子"通过蝎子和乌龟的寓言故事来进行自我反省。在感情上，"妻子"是受害者，也是加害者，分手双方均有责任。一枝在和尾崎分手后，曾一度颓废不已，但当她意识到自己必须从这样的状态中走出来时，便开始反省过去，主动自我救赎。"老师"在回顾和吉村修罗场般的生活时，对感情的不对称进行了反省，理解了嫉妒和怯懦的自己，与自己和解。再一次回顾和吉村的分手，"老师"不仅冷静接受，还对吉村表达歉意。

综上，"妻子"的自立是不完全的，一枝进入了主动追求自立的阶段，"老师"则已经踏入自立的成熟阶段。换而言之，三部作品中的主人公从不完全的自立，经过主动追求自立，最终实现自立。其他女性作家笔下的女性形象大多将感情失败原因归咎于男人，并因此产生憎恨男人的想法。她们通常将女性放在受害者的位置上去考虑恋爱失败的原因。而宇野千代作品中的女性认为一段失败的感情通常两人都有责任，她们通过自我反省获得成长。

2. 自立女性形象的成因

这三部作品均基于宇野千代个人的情感经历所作，可以说作品中人物的故事和宇野千代的人生密不可分。宇野千代的家庭是酿酒世家，父亲去世后,千代的家庭陷入贫困状态。看到母亲通过变卖父亲的遗物来维持家计时,千代开始意识到金钱的重要性。之后,她做过临时教员等各种各样的工作。即使生活艰辛,千代还是继续工作,努力寻求经济上的自立。不幸的童年生活给宇野千代的一生带来了深刻的影响,也因此促使她形成了独立自主的人生观。

宇野千代的几次婚姻生活对她的人生观、爱情观影响巨大。她的处女作《脂粉的颜》获得了一等奖,得到了预料之外的奖金,她意识到自己可以获得经济上的自立。文学创作的成功给了她自信,她的女性意识开始觉醒。她为了爱情舍弃表哥藤村,但藤村对于千代的背叛行为没有任何怨言,这种态度对千代的爱情观影响至深。晚年的千代指出,藤村教会了她爱的自尊,因此,当她发现真心错付的时候,会毫不犹豫地离开,不会挽留抛弃自己的男人。

在第二段婚姻里,宇野千代事事以丈夫尾崎为先,将一辈子的小心翼翼都用在了那段时间,逐渐迷失了自我。当尾崎和其他女人纠缠而与她离婚时,虽然她很痛苦,但也因此摆脱了对尾崎的依赖,找回了自我,实现了感情的自立。之后遇到画家东乡青儿,他不在意千代的肤色,喜欢她的素颜,千代也因此认可了黑皮肤、素颜的自己。通过和东乡的同居,千代认识并接受了真正的自我,自立的爱情观也变得愈发成熟。千代与最后一任丈夫北原武夫一起走过了20年的婚姻生活,在这段婚姻中,她经历了爱情的幸福、公司成功的快乐、公司破产的痛苦等,最后仍以离婚收场。宇野千代在《活着》中回顾自己曲折的情感经历时反思:"从前透过浪漫的迷雾看不清的事情,现在仿佛像雾散后的晴空一般看得清清楚楚,因而感到很不可思议。"[1]宇野千代以旁观者的身份进行了自我反省,并对自身接受和包容,从而达到了精神上自立的成熟阶段。

宇野千代通过文学创作和开办公司实现了经济上的自立,通过女性意识的觉醒和从传统束缚中的解放实现了爱情和精神上的自立,并通过这些经历获得了自信,找到了作为女性的生存价值。

3. 宇野千代的思想变化

从这三部作品中可以看出宇野千代的思想变化轨迹,那就是逐渐进入感情、精神上自立的成熟阶段,并且自我反省的倾向也越来越强。

提倡经济自立的平塚雷鸟曾说:"女性知识分子避开封建婚姻,即使只

---

[1] [日]上田みどり.家父長社会における宇野千代の作品の表れる情念—英米女性作家との比較研究試論[J].広島経済大学研究論集,2004,27(3):5.

是选择同居,由于没有实现经济上的独立,会背负家庭和社会双重重担。苦恼于经济困难、生活不安的当今女性知识分子,有必要和无产阶级妇女共同建立一条统一的战线。"[1]另外,日本制定了尊重个人基本人权和在法律保障下人人平等的宪法,形成了女性参政权保障、民法修正、男女共学、劳动基准法、税收制度等战后社会的法律框架。1946年,宇野千代重建了公司,实现经济自立的她也给小说中的女性赋予了这种追求自立的特征。

战后的日本朝着新时代发展。天皇的权威逐渐消散,民主解放的思潮逐渐兴起,女性解放运动方兴未艾。20世纪60年代的女性解放与经济自立有很大的内在联系,到了70年代,女性解放的姿态变得多样化。《妇人解放》提出女性是自由的,所谓的自由就是能以自己的意志决定行动。有自己的生活态度、人格等,在没有"作为女人""因为是女人"这类偏见的情况下,能够以男女共同的客观标准来确认自己和他人,从中可以看出与经济自立没有直接关系的女性解放思想的登场亮相,通过实现精神上的自立来实现女性解放。宇野千代在这种社会思潮的影响下,塑造出感情自立、精神自立的女性人物,从而宣传女性解放思想。

20世纪70年代前后,社会性别论正在广泛传播。社会性别论认为,女性这种性别定义源自社会与文化,由人类的意识所创造。因此,对于被赋予固定印象的女性来说,了解自己的价值,寻求独立,拥有个性和多样性,作为独立的人格进入社会便十分重要,亦即要打破社会给女性强加的刻板形象,简单地说,就是成为自己。在《雨声》里,宇野千代从一个冷静的旁观者视角,讲述过去修罗场一般的生活,接受过去那个懦弱的、不完美的自己,同时通过自我的反省,再次回顾自身,重新认识自我。宇野千代笔下的"老师"通过对自身的深刻反省达到了精神上自立的成熟阶段。同时代的女性作家野上弥生子曾透过《雨声》的字里行间,感受到不再为男人喜、为男人悲的鲜活的宇野千代:"宇野在这部小说里看似很爱北原,但实际上宇野爱的是宇野自己。"[2]女人学会爱自己便是自立自强的明证。

(五)结语

宇野千代在其精彩的一生中,一直在不断追求自立,笔下的女性形象也同样呈现出追求自立的特征。

---

[1] [日]藤井隆至.日本史小百科·〈近代〉経済思想[M].東京:東京堂出版,1998:112.
[2] [日]宇野千代.宇野千代全集第八巻[M].東京:中央公論社,1977:263.

第一，她们都追求经济上的自立。不管是《刺伤》里的"妻子"，还是《一个女人的故事》里的吉野一枝，抑或是《雨声》里的主人公"老师"，每个人都认识到在追求自立时金钱的重要性和必要性。

第二，她们都追求感情上的自立。《刺伤》里的"妻子"和《雨声》里的主人公"老师"都不会强行挽留去意已决的恋人。在分开之后，她们都能清楚地认识到，对于他们而言，自己已经成为不相关的他者。《一个女人的故事》里的吉野一枝一旦遇到喜欢的人，便可以为他抛弃一切。一枝还未离婚便和其他男性同居，在许多人眼里是不道德的行为，但是一枝不介意旁人的眼光，只遵从内心所想。

第三，她们都追求精神上的自立，并通过对自身的反省来加以实现。《刺伤》里的"妻子"认识到自己既是这场痛苦婚姻的受害者也是加害者，以此来反省自身。在《一个女人的故事》里，一枝和尾崎分开之后，陷入颓废，但最终依靠自己的力量得以救赎，以积极的态度继续生活。《雨声》里的主人公"老师"则直面过去懦弱、充满嫉妒心的自己，与自己和解，借此完成自我的成长。

宇野千代在不断强调经济独立的同时，逐渐往感情上、精神上的成熟特别是自我反省的方面转变，且自我反省的力度渐渐加强。进入20世纪80年代，随着女性主义的蓬勃发展，自立逐渐成为其中心课题。受此影响，宇野千代描写"妻子"最初的彷徨无助、一枝的率性而为、"老师"的释然，完成了一个女人的蜕变，实现了自立，成功地塑造了感情上、精神上自立的女性形象。

第七章

松谷美代子童话中的异界

一、松谷美代子其人、其作及其所处的社会语境

松谷美代子(1926—2015)是日本著名的女性童话作家,被誉为日本现代儿童文学的创作担当,也是日本获儿童文学奖最多的女作家之一。她生于东京,毕业于东洋高等女子学校,尊坪田让治为师。1943年,她创作的第一部童话《变为贝壳的孩子》问世,1951年该作品获得了日本儿童文学新秀奖,1960年民间故事《龙子太郎》获讲谈社儿童文学新人奖,1994年凭借《来自那个世界的火——直树和裕子的物语》获小学馆文学奖。除在日本国内获奖外,她还获过国际"IBBY"优秀图书奖等。

此外,作为绘本作家和民间文学研究者,松谷美代子还创作了绘本《不见了,不见了》、民间故事《日本远古传说》《日本传说》《日本民间故事》《现代民间故事考》等。她研究日本各地的口头文学,收集了大量的民间故事,凭借多年实践积累的经验,开辟了当代民间故事的新体裁。

二、国内外学术界对松谷美代子文学作品的学术认知回溯

国内对于松谷美代子及其作品的研究屈指可数。相对于国内研究的匮乏,日本学者对于松谷美代子的研究相对活跃。主要分为两大类:一类是对于松谷美代子生平经历的研究;另一类则是基于她创作的儿童文学作品及民间故事进行的研究,即作品论。

日本对于松谷美代子的研究始于20世纪60年代,至今依然活跃。比如关英雄的《松谷美代子论》(1969)、古俣裕介的《现代儿童文学作家论》(1983)、田中莹一的《松谷美代子民间故事作品》(1988)和《松谷美代子论:家族的成熟与生命长河》(2003)、伊藤香织的《〈两个伊达〉论:时间认识和战争认识》(2004)、堀畑真纪子的《〈两个伊达〉论:椅子的命运和津子的命运》(2006)、藤崎文音的《〈两个伊达〉作品论:儿童文学的力量》(2016)等,从社会背景、写作手法、个人经历等方面对松谷美代子生平及其作品《两个伊达》进行了论述与分析。

三、松谷美代子童话中的异界

1969年,松谷美代子的童话《两个伊达》作为长篇故事集《直树和裕子的物语》中的首篇发表。这则童话涉及广岛原子弹爆炸,通过描写一只会走路的椅子,向从未经历过战争的人们传达了战争的恐怖。通过这部作品,作者构造了一个连接现在和过去、超越时间和空间的世界,即异界。在传达历史与战争的同时,也体现出了作者对于自我的认识与自身儿童观的变化。

另外,因为是采访和改编的民间故事,松谷美代子的童话常常被看作民间梦幻故事。《两个伊达》这则童话确实具有民间故事的特点和梦幻性,但是只要对作者20世纪60年代前后的作品进行对比和分析,就会发现作者通过自身的经历和儿童观的变化等,其作品的思想内容也在随之改变。

(一)异界

1. 异界的定义

异界,指不属于现代人所熟悉的另一个世界,是一个全新的未知的世界,一个与现实世界相隔的空间。"与现实世界相隔的异界"经常出现在科幻小说、童话故事、推理小说等文学作品中,尤其是在儿童文学作品中有许多关于异界的描述。例如,宫泽贤治[1]的《要求繁多的餐厅》中出现的"猫妖"所居住的与人类世界共存的异次元世界,安房直子的《狐狸的窗户》中有打猎少年迷路的蓝色桔梗田和小狐狸用手指划出的不同空间。而《两个伊达》中的异界,则主要体现在"走路的椅子"所在的洋楼、古老的山城、外公家后面的森林等。在儿童文学中,异界的不寻常总是通过童话的创作方式和

---

[1] [日]宫泽贤治(1896—1933),日本昭和时代早期的诗人、童话作家。

幻想来表达的。

2.《两个伊达》中的异界

《两个伊达》中出现的异界与宫泽贤治和安房直子描绘的异界略有不同。"走路的椅子"生活的异界就在人类生活的世界边缘。在作品中,椅子活动的洋楼位于外公家的后门。它并没有完全脱离日常世界,而是被日常世界所包围。因为椅子与直树等日常生活中的人在时间感知上存在差异,往往被区分为两个不同的世界,但如果换个角度来看,实际上是同一个世界。椅子所走的洋楼,并非直树和裕子幻想出来的空间,它是真实的空间。"因为乘新干线从东京到新大阪用了三个小时零十分,在新大阪换车到花浦,又用了五个小时,加起来是一次长达八个小时零十分钟的旅行。"[1]故事从一开始就介绍了目的地"花浦"。地名"花浦"虽然是虚构的,但通过后来的故事发展可以确定是在广岛近郊。而通过这个不存在的地名,异界的形象首次浮现。外公的房子在遥远的山区,远离现代文明。花浦的历史和外公家偏远的地理位置为后面直树和裕子进入另一个世界并与椅子相遇埋下了伏笔。

故事中直树第一次遇见椅子时,周围的空气变成了果冻,直树无法发出声音,这一系列怪异的现象是现代科学无法解释的。还有后来直树所见的玄关前杂乱的草木、浓厚的暮色,都勾勒出异界的怪异。伊藤香织认为,这一描写是"通过'深沉的暮色''恶魔''地狱'等非日常的词汇来区别和强调椅子所在世界的非凡性"[2]。《两个伊达》所描绘的异界并不是幻想的产物,而是人类世界的一部分。科学无法阐明的事物,需要人们以童话的形式去理解,而日常世界中存在的奥秘、诡异,代表着非凡的事物。松谷美代子从小就受到民间故事的影响,不知不觉中将这些民间故事融入她的文学作品,尤其是童话故事。

(二)异界与现实

《两个伊达》里出现的花浦小镇位于原子弹爆炸区广岛的近郊。正如作者创作的"直树和裕子的故事"系列作品所示,这是哥哥直树和妹妹裕子的冒险故事。之所以称为"冒险故事",是因为两兄妹在远离城市的偏远空间,

---

[1] [日]松谷美代子.两个伊达[M].彭懿,译.南宁:接力出版社,2004:1.
[2] [日]伊藤かおり.『ふたりのイーダ』論—時間認識と戦争認識[J].白百合児童文化,2004(13):98.

经历了日常生活中无法体验的怪异事件。松谷美代子创造异界来讲述在"走路的椅子"和"说话的椅子"存在的神秘异空间中的"发现""丧失""成长"。

哥哥直树上小学四年级，妹妹裕子两岁零十一个月。与此相似的还有《龙猫》和《纳尼亚传奇》，都是讲述兄妹经历神秘空间的奇遇。事实上，这种兄妹情的设定早已出现在松谷美代子的第一部童话集《变成贝壳的孩子》中。与《两个伊达》不同的是，这部作品没有给出具体的年龄，两兄妹之间是保护与被保护的关系，两个人互相为对方着想，此处也能反映出现实生活中松谷美代子与她两个哥哥之间的兄妹情深。

1. 两个伊达

在这则名为《两个伊达》的童话中，出现的两个人物裕子伊达和津子伊达，被相同的绰号"伊达"偶然地联系在一起。为什么是两个伊达？藤崎文音总结为两点："一是拆除时间之墙。向未经战争的人讲述战争时会有障碍，那就是时间的隔阂。通过创作'两个伊达'而产生的时空幻想，来拆除时间的壁垒。二是把战争经历者与未经历战争的人放在同等立场。"[1]亦即作者有意施展童话创作结构上的技巧。

在散文《走路的椅子》中，作者谈及了创作时出现的"两个伊达"。

> 十二月十二日。随着津子登场，事态发生转变。虽是预料之外，但我觉得就这样也很好。
>
> 真的是津子突然告诉我："我就是伊达，你还不明白吗？"我恍然醒悟。原本以为的一个伊达变成两个。一百零四页一气呵成。[2]

从这段叙述中可以看出，一个伊达变成了两个伊达，津子即另一个伊达的想法，是在创作过程中自然而然地浮现在作者脑海里的。

故事中裕子总是称自己为"伊达"，妈妈和直树也是如此称呼她。裕子的行为令人感觉她好像曾经在这里住过，比如，一个人去洋楼跟椅子玩，拿毯子就像拿自己的东西一样。这些行为被椅子误认为裕子就是自己等了多年的伊达，从而将过去和现在自然而然地联系在一起。直树通过在洋楼看到的日历、外公和津子的谈话等，对过去原子弹爆炸事件有了认识。不过，

---

[1] [日]藤崎文音.『ふたりのイーダ』作品論—児童文学が持つ力[J]. 成蹊国文, 2016(49): 192.
[2] [日]松谷みよ子. 松谷みよ子の本第10巻　エッセイ[M]. 東京: 講談社, 1996: 246.

直树和裕子对伊达（津子）悲伤的认知有年龄上的盲区。直树是小学四年级的学生，尽管他掌握了一些知识，但对战争和原子弹爆炸等缺乏了解。后来他遇见了津子，找到了椅子等待多年的伊达，却没能认清津子就是原子弹爆炸受害者的事实。裕子是一个幼儿，缺乏常识，对事物也没有辨别能力。例如，"伊达"这个词及道歉的姿势等都是直树教的。直树兄妹和津子无论在时间、空间和人生经历上都不可能平等。

裕子伊达有一个实实在在的家庭，如妈妈、哥哥、外公和外婆。相比之下，津子伊达在战争中失去了爸爸，失去了因疾病去世的妈妈，在原子弹爆炸中又失去了与她相依为命的爷爷。津子伊达虽然现在被养父母收养，但失去至亲的痛苦是裕子无法体验到的。裕子还是幼儿，津子已经成年，两者在认知上存在很大差异。例如，裕子粘着妈妈给她讲故事，去洋楼时，也可以把它当成自己的家在里面自由玩耍。裕子感受不到周围环境的变化引发的诡异和恐惧，她用一颗纯粹的心感知一切，任何事物对她来说都有一种亲切感。因此，对于裕子来说，异界是与日常世界无异的熟悉的空间。

2. 走路的椅子

根据松谷自身的说法，"走路的椅子"这一想法是自然而然产生的。直树在护城河边遇到的椅子是裕子能坐下的一把小椅子，但令人惊讶的是，这把看似普通的椅子可以走路和说话。这是直树生活的世界中不可能发生的事情，作者曾说过："大概是对伊达无限积累的爱，让椅子动了起来。"[1]换句话说，"日积月累的思念"化作椅子移动，思念是无形的、抽象的，而椅子是实在的、具体的，作者将两者通过民间奇幻故事联系起来，这便是"走路的椅子"的象征性。

椅子的告白让我们知道它是爷爷为了小伊达做的。爷爷抚养失去双亲的伊达，将这份爱悉数倾注在椅子上。虽说"走路的椅子"令人毛骨悚然，但在《两个伊达》这则童话中，恐惧感全然消失，取而代之的是像朋友一样的亲切和温暖。在作品中，椅子仿佛是异界的使者，把直树、裕子和津子带入它的回忆之中。尽管椅子的世界有异界的性质，却带有现实世界的亲切感。

---

[1] [日]松谷みよ子.松谷みよ子の本第10卷　エッセイ[M].東京:講談社,1996:246.

（三）异界传递的信息

松谷美代子在《两个伊达》中通过"走路的椅子"创造了一个民间故事般的异界，其特征之一是人类生活的现实世界与异界有所重叠。比如，椅子住的洋楼就在直树外公家附近，椅子在护城河旁行走，直树、裕子、津子三人都能自由来往于现实世界和异界。特征之二是自始至终知道这一异界的只有直树、裕子和津子，妈妈、外公、外婆直到最后都不知道椅子的存在。即使在同一个世界，大人们也只能看到日常事物，不知道这两个空间有所交集。椅子行走生活的异界和人们生活的现实世界表里一体，椅子虽身在异界，却对现实世界充满了爱。

可以说，松谷美代子所描绘的《两个伊达》中的异界是一个友好、安定、丰富的日常生活空间，几乎不会让人产生恐惧感和疏离感。除原子弹和战争的恐怖之外，在那陌生的空间里积累的是人与自然的联系和友爱。无论你是被时间还是被空间所隔开，都在传递着跨越时空的爱。

1. 丧失与希望

津子伊达的爸爸死于战争，妈妈死于疾病，只剩下爷爷和小伊达相依为命，伊达唯一的朋友是爷爷做的椅子。然而在1945年8月6日上午，爷爷带着伊达外出后就再也没能回来，剩下的只有椅子和空空荡荡的洋楼。椅子没有时间概念，它将伊达离开的那一天视为"昨天"。"昨天"虽然只是一个普通的时间词汇，但对于椅子来说，它是一个永恒的时间，对深化作品主题起着重要作用。"昨天"是哪一天？椅子、直树和读者都不知道，后来，当得知这一天是广岛原子弹投下的日子时，直树被吓破了胆。

直树多次告诉椅子，伊达和他的爷爷死于原子弹爆炸，但椅子无法接受，它相信直树的妹妹裕子就是伊达，因为裕子一直自称"伊达"，在洋楼里的时候，就像在自己的家里一样。椅子跟裕子玩耍，就像跟伊达玩耍一样，可以想象椅子在见到裕子后是多么开心和幸福。"走路的椅子"是因为对伊达深厚的感情和爱而幻化出来的，它相信伊达还活着，相信总有一天伊达会回来。直到直树遇到津子，解开了日历之谜，并认为伊达可能在与爷爷离开后死于原子弹爆炸。直树告诉椅子，即使伊达还活着，她也不是两岁的孩子。在确认裕子背上没有那三颗痣后，椅子彻底绝望了，一下子散落到地上。对于椅子来说，这是第二次丧失。第一次丧失是伊达和外公从1945年8月6日离家，第二次丧失是终于等回来的伊达却不是真正的伊达。

而对于津子来说,这份丧失感从战争中失去爸爸时就已经存在。而后妈妈又死于疾病,连相依为命的爷爷也因为原子弹爆炸而死去。失去爷爷时,她才3岁,独自在广岛彷徨,穿着破烂的衣服,没有防空袋或防空兜帽,手里牢牢地握着一个红色花纹图案的布袋。她被失去自己孩子的养父母收养长大,但因受原子弹爆炸的影响而被诊断出白血病。因原子弹爆炸而失去家人的悲伤、确诊白血病后的绝望,使得津子的人生充满了丧失感。虽然命运悲惨,但与直树兄妹及椅子的相遇给她带来了希望。津子以为自己是孤身一人,但实际上,有一把椅子在同一个地方等了她20年。得知此事后的津子重拾了对生活的希望。"我一定会好起来的。绝对不会死的……我要生一个小女孩,让她坐在那把椅子上"[1]。津子对明天的这些宣言让读者们感动不已。通过直树和裕子,椅子找到了它的"昨天"。"现在"津子重新组装散掉的椅子,"将来"把它给自己的女儿使用。随着时间的流逝,通过过去、现在和将来,松谷美代子描绘了战争和原子弹爆炸的恐怖及由此带来的悲伤,同时也描绘了人与人之间、人与自然之间纯洁的爱的力量。

2. 爱与传承

作为松谷美代子文学作品的主题之一,"传承"一词经常被提及。古俣裕介认为"松谷在《两个伊达》中将战争和原子弹爆炸作为'现代民间故事'讲述给了后人"[2]。然而从前面的论述来看,"民间奇幻""民间传说""现代民间故事"等说法似乎不足以解释《两个伊达》的童话主题。当然,作为这则童话轴心的椅子既可以走路,也可以说话,椅子居住的洋楼和周围的世界与日常世界有时间差,这是一个用所谓的科学无法解开的谜团。此外,外公作证说:"是啊,妖怪,妖怪……嗯,护城河里住着河童呀。传说过去一到夜里,河童就会变成一个美丽的女人出来恶作剧,不是骗人,就是找人摔跤。"[3]古老民间故事中出现的神秘事物确实存在。因此,即使直树和裕子在现实世界中遇到神秘的"走路的椅子",也往往被视为民间传说中的事件。

《两个伊达》作为现代民间故事,想要人们认识并传承人与人、人与物、人与自然之间的联系。松谷文学的另一个关键词是"生命之流"。被公认为传承手段和方法之一的"生命之流",在作品里有如下描述。

---

[1] [日]松谷美代子.两个伊达[M].彭懿,译.南宁:接力出版社,2004:189.
[2] [日]古俣裕介.现代儿童文学作家论[J].国文学:解释と鑑赏,1983,48(14):130.
[3] [日]松谷美代子.两个伊达[M].彭懿,译.南宁:接力出版社,2004:25.

"一个还不到三岁的孩子,一个人想着什么才写下了这些吧!我认为,人啊,还是在婴儿的时候就已经什么都知道了。长大了,脑子就被人世间的俗事一点点地取代了,宝贵的东西一点点地忘掉了。"[1]

"我认为存在着所谓的生命的长河。浮在河上的一个个水泡,就是人类的一个个生命。人一旦死了,就又回归到生命的长河里去了。水泡,就是水。人连自己都不知道,自己曾经是生命长河里的一部分。"[2]

换句话说,幼儿对出生前(前世)有记忆,这是超越血缘关系的。年仅两岁零十一个月大的裕子正是如此,她与前世的联系十分紧密。因为她没有时间和空间的概念,一个人去了洋楼,在洋楼时像在自己家一样,给人一种裕子还记得前世的错觉。故事的谜团在津子写给直树的信中解开,裕子的一系列不可思议的行为却依然充满迷津,给读者留下了说明不足的印象。但是,从这里的"生命长河"这一视点来看,裕子所有不自然的部分就都变得自然了。可以说,它不仅仅有来自血缘的遗传,还有来自更广泛意义的传承。

在《两个伊达》中,除了从父母到孩子的"血脉传承"外,还有裕子不可思议的行为等,是超越单纯的"血脉"和"遗传"的存在。这是一种超越"生命""时间""空间"的传承的表现形式。传承既可以通过生命,也可以通过事物来实现。走路的神秘椅子是已故爸爸、妈妈和爷爷对伊达的舐犊之爱,这份爱让椅子动了起来。作者采用民间传说这种手段,在作品中创造了一个异界,并赋予椅子以人类的行为和性格。另外,裕子和津子都自称"伊达",洋房20年后依旧如故,如每年都会举行灯笼漂流,裕子唱着津子小时候的儿歌,等等。即使时代不同,文化也会通过不同形式传承下去。

3. 自我认识与成长

通过研究得知,《两个伊达》里的空间移动和时间设定都是真实的,故事中出现的直树和裕子也被认为作者本人的两个孩子。作品中直树与妹妹裕子年龄相差8岁左右,而松谷美代子的长女与次女的年龄差也是8岁左右。至于男孩直树,是因为有一位算命先生告知作者会生一个男孩,所以男孩直树的设定很大程度上是作者有意而为。

---

[1] [日]松谷美代子.两个伊达[M].彭懿,译.南宁:接力出版社,2004:85.
[2] [日]松谷美代子.两个伊达[M].彭懿,译.南宁:接力出版社,2004:86—87.

另外,作品中关于妈妈的描写,从故事一开始就已经明确为作者现实生活的投影。例如,妈妈总是忙于采访工作,裕子1岁时被送到托儿所,等等,这些情节均与真实生活重叠。尽管如此,我们也不难在作品中看到母爱。不管工作多么繁忙,妈妈都不想让发烧的直树独自待着,到了出差的地方会给直树寄明信片。即使妈妈在远方,直树看到明信片,也能感受到妈妈深深的爱。在这个故事中,妈妈和外公等成年人从未踏入孩子们的世界,由始至终都不知道直树遇到的另一个世界的存在。这不是因为大人们对孩子不关心,而是为了让孩子拥有自己独特的世界而特意为之。

《两个伊达》之前的作品中出现的孩子都是被妈妈支配的存在。例如,在《小百百出生时》(1963)、《裤衩歌》(1964)、《被舔了影子的小百百》(1968)中,妈妈对自己的孩子拥有完全的掌控权,她们觉得自己的意志代表孩子的意志。作为妈妈,她总是为自己能支配孩子感到自豪和满足。田中莹一认为:"在母子关系中,支配和自我牺牲似乎有很大的不同,但在这两种情况下,妈妈都将孩子包裹在自己的内部,在表达爱意方面没有区别。"[1]然而,在1969年创作的《两个伊达》中,以妈妈为主导的观点已经彻底发生了改变。在1970年创作的《小茜茜的第一个朋友》中,直到最后妈妈都不知道茜茜有双胞胎的朋友。

"应该保证孩子们拥有一个父母无法窥探的独特世界,并在这个世界生存,从而形成自己的人格。"[2]田中莹一指出了松谷美代子对儿童的认知,即孩子应该拥有的独特世界是培养和形成人格、个性的关键。忙于采访和创作活动的松谷,从长女要求讲述小时候的故事一事中受到启发,把这一体验写到了作品中。不仅孩子在成长,妈妈也在成长。

从兄妹二人遇到了妈妈不知道的椅子、在异界冒险一事可以看出母子之间产生了一定的距离感,但不能说是对大人的批判。只有保持距离感,孩子和大人才可以建立平等的关系,这种距离感保证了孩子能拥有自己的世界。于是,直树从这样的间隙中逃脱出来,到达了椅子居住的洋楼的世界。换言之,《两个伊达》中描绘的异界,隐喻了大人留给孩子的独特空间。

(四)结语

《两个伊达》常常被看作一部反战小说,认为它传达了战争和原子弹爆

---

[1] [日]田中莖一.松谷みよ子論—家族の成熟と「いのちの流れ」[J].文教国文学,2003(48):6.
[2] [日]田中莖一.松谷みよ子論—家族の成熟と「いのちの流れ」[J].文教国文学,2003(48):6.

炸的悲惨和由此带来的恐怖。例如，古俣裕介和伊藤香织都认为该作品是在传递反战的信息。其实，《两个伊达》不仅具备了反战文学的元素，还捕捉到了松谷美代子儿童观的变化。这在我们解开故事轴心"走路的椅子"和"两个伊达"的真实身份之谜时得到证实。

  此外，松谷美代子以奇特的手法创造了一个看似民间奇幻故事的异界。至于创作的契机，她提到是自然而然产生的，并非故意将神秘融入儿童文学。《两个伊达》中出现的另一个世界并不是作者有意构建的，而是随着作者自身的成长和现实经验的积累而自然创造出来的。松谷年少时父亲因车祸而离世，她在战争中度过童年，后来她一边写童话，一边熬过痛苦的日子。在长野遇见恩师坪田让治之后，她才真正走上了童话创作之路。与濑川拓男结婚后不久，她又因肺结核做了右肺切除手术，之后，生下大女儿和二女儿，41岁时与丈夫离婚。她经历战争、疾病、离婚的绝望与失落，同时，她也因为生育和养育孩子而感受到爱与希望，这都对《两个伊达》的创作产生了深远的影响。作品中的椅子和伊达可以说是作者真实经历的投影。每个人都在寻找回归的地方，无论是椅子、伊达，还是松谷本人，思念之人所在的地方便是归宿。椅子的归宿是伊达和爷爷所在的地方，津子的归宿是椅子和爷爷所在的地方，直树和裕子的归宿是妈妈所在的地方。作品中，椅子自毁，津子决定住回洋楼，直树和裕子跟着妈妈回到东京，他们都找到了各自的归宿。《两个伊达》这部作品所展现的不仅是对战争的批判与丧失生命的恐惧，还有对爱、希望与文化的传承。

第八章

林芙美子文学作品中的浮云意识

一、林芙美子其人、其作及其所处的社会语境

林芙美子(1903—1951)是日本昭和时期三大女性作家之一。提起林芙美子,必定会想到她留下的名言:"花儿命短,唯多艰辛。"[1]林芙美子的人生既短暂又充满苦难。

林芙美子1903年12月出生在山口县下关市田中町,是父亲宫田麻太郎和母亲林菊的私生女。8岁时,父亲宫田麻太郎生意上取得成功,生性风流多情的他很快喜欢上一位艺妓而抛弃了她们母女俩。后来,遭遇背叛的母亲又与小20岁的小商贩走到一起。林芙美子幼年和养父一起在九州、四国、关西等地辗转流浪,一家人居无定所,过着四处漂泊的日子。1916年,林芙美子一家辗转到广岛的尾道,在那里住了6年,才就此结束了四海为家的第一次漂泊流浪。这6年当中他们也搬了无数次家,但相对于以往来说,这已经是稳定和幸福的日子了。13岁时,林芙美子插入尾道市第二小学五年级读书。在这所学校里,她认识了改变其人生轨迹的小林老师。正因为小林老师独具慧眼的发现和精心培养,林芙美子的文学才华才得以挖掘出来,同时她那独特的流浪生活经历给她日后的创作提供了丰富的素材,这也成为她的自传性作品《放浪记》的创作契机。对林芙美子来说,尾道是她成长过程中最重要的地方,在这里她结识了第一个恋人冈野军一。19岁时,她追随恋人来到东京,和冈野军一开始东京

---

[1] 李晓光.解析林芙美子文学的流行符号:贯穿一生的平民情怀[D].上海:上海外国语大学,2010:2.

的同居生活。军一是大户人家的长子,他与芙美子的相恋遭到了家里人的强烈反对,因此,军一大学毕业后回家探亲便一去不返,他的不告而辞令林芙美子深受打击,并深深影响了林芙美子的人生观及以后的感情生活。被抛弃的芙美子开始在东京四处打工,她做过女佣、售货员、事务员、咖啡馆女招待、保姆等,受尽万般屈辱和饥寒交迫之苦,这是她人生中的第二次精神流浪。

1923年,林芙美子认识了新剧演员田边若男,通过田边的介绍认识了很多朋友,开始了她最初的诗歌创作。可惜与田边的婚姻维持了两个月便告分手。1925年,林芙美子再嫁诗人野村吉哉,但好景不长,野村由于患病而性情大变,开始对林芙美子拳打脚踢,林芙美子不堪暴力与凌辱,最终和野村分手。由于身心备受打击,林芙美子对男性产生失望之际,但机缘巧合,她认识了画家手冢绿敏。手冢绿敏温柔善良,两人婚后一直感情融洽,相濡以沫,平凡、安定地过着快乐的日子。林芙美子的一生经历了几次情感的变故,但她并没有放弃对文学的喜爱和追求,一直坚持创作。文学成了她精神的寄托,她靠写作维持生活。一直以来流浪的痛苦经历与长期的过度疲劳,导致林芙美子身患各种疾病,她于1951年6月28日去世。

林芙美子的一生跨越了日本明治、大正、昭和三个时期,其文学作品也横跨诗歌、传记、小说、散文、戏剧等诸多领域。林芙美子一生颠沛流离,却笔耕不辍,共创作了270多部不同体裁的文学作品。纵观林芙美子的文学历程,诗歌是她初入文坛时的写作体裁。1928年,长谷川时雨创办了女性解放杂志《女人艺术》,为女性作家提供了舞台,将一批女性作家推上了文坛。林芙美子借此平台创作了大量文学作品,1929年出版了第一部诗集《看见苍马》。她将自己的流浪经历和生活感受作为创作素材,付诸笔端,于1930年发表了长篇自传体小说《放浪记》,并凭借这部作品一举确立了其流行作家的地位。随着西方自由主义思潮的涌入和近代日本女性运动的蓬勃发展,林芙美子创作后期跳出了自传式的文学体裁,开始了其独特的女性书写。同时,随着第二次世界大战日本的战败,这一时期林芙美子的作品中描写战败后荒凉破败、底层人民的悲惨生活及荒败世态下艰难生存的女性形象。其中1948年创作的短篇小说《晚菊》获得第三届女子文学奖,她去世前三个月呕心沥血完成的长篇小说《浮云》成为其女性书写最具代表性的作品。

二、国内外学术界对林芙美子文学作品的学术认知回溯

对于林芙美子女性文学作品的研究主要有两个方面,即作家论和作品

论。作家论主要围绕作家的出生环境、社会背景、成长经历等,探讨作家人格形成及其反映在作品中的女性意识;作品论主要通过对林芙美子的部分文学作品进行分析,探讨"林文学"别具一格的女性特点。

1. 日本学者的林芙美子研究综述

日本学者对林芙美子的研究早于国内。通过对国立情报学研究所的数据库进行检索统计和分析发现,日本对林芙美子的研究已有80多年的发展历程。但20世纪90年代以前,日本对林芙美子的研究处于相对低谷的状态,直到进入2000年以后,对林芙美子的研究才呈现不断增长的趋势,从社会性别理论、叙事学、结构主义理论等入手,对林芙美子的研究不断得到深化。具有代表性的林芙美子传记有中村光夫的《林芙美子和她的世界》(1983)。在这部传记里,中村指出,林芙美子充分利用其所具有的女性特点构建了自己的文学。小田切秀雄探讨了时代语境与林芙美子文学的关联性,从女流文学史分析了女性主义个人意识的觉醒。森英一在《林芙美子的形成——轨迹和作品》(1992)里,按照年代顺序对林芙美子的诗歌、战争作品、长篇小说等进行了考察,分析林芙美子文学创作各个时期的代表作品。高山凉子的《林芙美子及其时代》(2010)和尾形明子的《华丽的孤独作家·林芙美子》(2012)从林芙美子的成长历程、恋爱经历、职业生涯等几方面着手,结合其文学创作,从不同维度对林芙美子的人生经历和文学作品进行了较为全面的解读。

作品论则主要集中在林芙美子的《放浪记》《晚菊》《浮云》这三部最具代表性的作品上,从都市文学、女性文学等文学理论导入,关注日本近代女性作家的自我表现和女性意识。水田宗子从女性主义的视角对这三部小说进行了全方位的分析,指出在近代日本的社会属性下,家庭是女性冲不破的樊篱,凸显了男女非对称地位,并分析了林芙美子文学的历史意义和思想内涵,该研究成果最具代表性。

2. 中国学者的林芙美子研究综述

相较于日本学者对林芙美子文学研究取得了大量可观的研究成果,国内学者对于林芙美子的研究尚处在起步和探索阶段,研究者较少,研究的领域不够深入,关于林芙美子的研究专著也十分匮乏。作为国内林芙美子文学研究的第一本专著,杨本明的《同时代女性的言说——林芙美子的文学世界》(2017)一书较全面、系统地解读了林芙美子的整个文学创作。该专著以五部作品为研究对象,从四个维度探讨了林芙美子文学中的女性书写,指出林芙美子文学世界中女性书写的内在关联和重要意义。通过文献检索和整理发现，我国大多以林芙美子的作品《浮云》《放浪记》为主要研究对象展开。研究视角集中表现在以下几个方面。

（1）战争文学视角。对曾经作为"笔部队"一员的林芙美子创作的作品进行了严厉的批判，认为其再现了战争失败后日本人的虚无感和战后混乱的世态。

（2）林芙美子的爱情观研究。受林芙美子自身的感情经历、母亲的感情经历的影响，从对爱情的期待与现实的残酷两个视角出发，勾勒出林芙美子的爱情蓝图。

（3）社会性别、女性主义视角。关注女性形象，从女性角度分析作品形象，揭示日本父权社会制度中女性生存之路的艰难，以及女性对自由独立意识的寻求。

（4）比较文学视角。将林芙美子文学作品与我国女性作家张爱玲文学作品中的母女关系等进行比较研究，将林芙美子文学作品与萧红文学作品中的女性主义意识的异同进行比较研究。

三、林芙美子文学中的浮云意识

林芙美子作为日本文坛的一位先驱女作家，其地位和作品不可小觑。以爱情为主题的长篇小说《浮云》深受读者的喜爱，可谓集结了林芙美子晚年更加成熟的女性写作技巧，是她毕生心血的辞世之作，日本文坛给予了很高的评价，也是研究林芙美子女性文学中触及最多的作品。平林泰子认为这是林芙美子从二十四五岁一直到去世这些年间，在文学的理想、憧憬、修炼、教养、思想和经验等所有基础上创作出的里程碑式的作品。毋庸置疑，这部作品是林芙美子创作最极致的展现，不愧为其集大成之作。

《浮云》以战后混乱而颓废的日本社会为背景，以女主人公雪子与富冈之间的波澜曲折、跌宕起伏的凄美爱情故事为主线，着重刻画了一个命运坎坷的女性形象。林芙美子用细腻的笔触、独特的女性视角展现了女主人公雪子从对爱情产生幻想、在现实中的沦落、为爱寻死中再生、梦的破灭的追爱过程，将这四个心境的变化一步步生动、细致地描绘出来，这种变化恰恰反映出雪子对爱情的态度。林芙美子从女性视角塑造了一个在物质世界艰难生存、在精神世界寻求自由的女性形象，可以说该作品是林芙美子女性主义思想的集中体现。

(一)《浮云》中女主人公雪子的情感历程

1. 对爱充满青涩的幻想

主人公幸田雪子从静冈到东京求学,寄居在唯一的亲戚伊庭杉夫的家里。伊庭杉夫虽有家室,但在雪子入住后不久就侵犯了她,生活的窘迫使得雪子除了无声的屈服之外别无他法。在林芙美子的笔下,父权制度下女性的悲惨命运从一开始就埋下了伏笔。为了逃离这段长达三年的畸形关系,雪子毕业后毅然选择报名从军,作为随军的打字员离开了东京,来到了越南大叻,表明在强大父权制度下想要追求自由、与传统相抗争的意识已经萌芽。大叻高原绿草丛生,百花齐放,景色宜人。这里没有战争,只有广袤的森林、静静流淌的时间,一切充满了自然向上的生命力,对于长期在战争中艰苦生活的雪子来说,大叻高原宛如世外桃源一般,她在此过上了悠闲的生活。

> 高原上暮霭缭绕,道旁栽种的寒樱不时从卡车外掠过,阶梯状台地的树林里,零星分布着别墅式样的宅邸。有的别墅里盛开着深红色的三角梅,也有的在网球场周围种着一圈金合欢树。盛开金色花朵的金合欢散发着若有若无的香气。在经过一旁的卡车上也能闻到。雪子犹如身在梦境。[1]

林芙美子将大叻的宜人景色进行非现实般的描写,与现实中的、处于战乱中的日本形成了鲜明的对比,营造了一个美好的环境氛围,为雪子心境的转变提供了背景条件。贫苦的生活及与伊庭之间无法摆脱的不伦关系,使得雪子身心疲惫,但在大叻,雪子邂逅了自己的梦中王子——农林技师富冈兼吾,对富冈的情愫在世外桃源般的环境中暗生,雪子第一次尝到了爱情的滋味。尽管富冈已有家室,在当地还跟一个女佣有着纠缠不清的关系,但雪子毫不在乎,陷入了对富冈的爱恋。两人的感情在这世外桃源迅速升温,这使得雪子对富冈充满了期待,幻想着两人幸福的恋爱生活,憧憬着两人美好的未来。

电影评论家曾对改编成电影的《浮云》发表过感想:"太平洋战争对大多数日本人而言确实是悲惨的经历,但是,也有一部分人觉得那段时光最值得留恋。因为,只有在战争中,他们才度过了充实的人生,在战后却失魂落魄。

---

[1] [日]林芙美子.浮云[M].吴菲,译.上海:复旦大学出版社,2011:16.

这个故事中的一对恋人就是如此。"[1]确实如此,战争对每个平民百姓来说都是残酷的。但远离战争的在大叻的生活和昔日完全不同,这使得雪子对生活燃起了希望,对恋爱充满了幻想,对未来充满了向往。在这里,林芙美子描绘了一个追求自由、渴望恋爱的单纯的女性形象。对感情简单、纯粹的追求,足以满足女性的精神需求。

2. 不惜为爱而沦落

美好的爱情幻想终究不长,战败后,两人分别回到了日本国内。在残酷的现实下,单纯的爱的幻想化成了水中的泡影。富冈的家里有一直等待着他归来的妻子,富冈根本无法兑现原本与雪子的承诺。爱情无法再回到从前,而雪子无法忘怀两人在大叻时的美好时光,于是她对富冈的失望与日俱增,一步步走上了为爱沦落的道路。

雪子从世外桃源般的乐园回到现实残酷的日本。林芙美子借助雪子的视线,描绘出了战败后荒凉、黑暗的东京景象。在《浮云》的开头这样写道:

> 冷雨夹着湿乎乎的雪花拍打着浴室昏暗蒙尘的窗户,在雪子孤独的心里引发了万千思绪。起风了。雪子打开污迹斑驳的玻璃窗仰望阴沉的天空,那是多年不见的故国的萧瑟天空。[2]

眼前的景色一片荒凉,所有的一切都笼罩在黑暗之中。雪子不得不认命,开始一种无奈而压抑的生活。如今映入眼帘的东京和她当初离开时完全不同,高潮退去之后余下的空虚令雪子对以后的生活感到了深深的不安和孤独。透过雪子的眼光,林芙美子让我们看到了战败后日本社会的贫困和萧瑟,同时也表现了女性无依无靠的孤独与寂寞。

> 雪子站在拥挤的人丛中,也茫然眺望着周围的战败惨象。或是因为夜色阴暗,每一张脸都显得那么苍白,那么无力。无数了无生气的面孔在车厢中叠加,简直像一趟搬运奴隶的列车。雪子也感受到一丝丝来自这些面孔的不安的反射。(中略)连车窗外灰暗的山河,也只是连绵不断地延伸着,呈现出一派惨烈的景象。[3]

---

[1] 李晓光.解析林芙美子文学的流行符号:贯穿一生的平民情怀[D].上海:上海外国语大学,2010:75.
[2] [日]林芙美子.浮云[M].吴菲,译.上海:复旦大学出版社,2011:1.
[3] [日]林芙美子.浮云[M].吴菲,译.上海:复旦大学出版社,2011:4.

林芙美子不仅描写了战后东京荒凉的自然景色,也通过对人物的描写,表现了战后人们对生活的绝望和茫然。每一张脸都显得那么苍白,那么无力。因为战争,人们的价值观、道德观,甚至人生观都发生了巨大改变。战争使得人们丧失了灵魂,只剩下躯壳,人们很难融入战败后的生活,陷入茫然和绝望,无法自拔。

　　在这样荒凉的环境下,雪子想要见到富冈的愿望愈发强烈,富冈之前对她许下了的爱的承诺,是她回到日本后唯一的期待和依赖,她想从富冈那里寻求些许安慰和温暖。雪子认为,只要能见面,两人之间的问题就能够得到解决。然而再次出现在雪子面前的富冈与在大叻时的他判若两人。有家室的富冈很清楚大叻高原上那种无忧无虑的生活无法延续到如今满目疮痍的日本,他打算和雪子断绝来往。富冈的冷漠使雪子感到失望,雪子对爱情的幻想开始破灭,她借酒消愁、走投无路,靠变卖伊庭的物品勉强维持生计,偶然认识的一个美国军人,在雪子孤独无助的时候给予了她物质上的援助,而雪子也自甘堕落,成为他的情妇,一步步开始沦落。

　　林芙美子将这个混乱时代下女性的悲惨命运深刻地刻画了出来。雪子的沦落让我们痛心疾首,也令我们深思。一个弱小的女子,在废墟般的东京无依无靠,恋人远去,只能向现实妥协。对爱情的追忆,也犹如浮云一般,残酷的现实和破灭的爱情,使她一步步陷入了深渊。

3. 因爱而再次回归理性

　　战败后的日本,人们的心境发生了翻天覆地的变化。富冈也变得与大叻时候的他判若两人。富冈对雪子的不负责任让她从残酷的现实中清醒过来,然而作为一名女性,在社会上孤独无助,根本无法融入现实生活,迫于无奈,沦落为在日美军的情妇,生活才得以艰难维持。富冈回归家庭后靠着一己之力支撑着整个大家庭的生活,但事业遭遇失败,他对生活开始厌倦、绝望,体味到深深的挫败感。走投无路的富冈找到了雪子,看到现在比自己过得好的雪子,心生嫉妒之情,产生了寻死的念头。于是,他带上雪子,远离荒乱的东京,去往温泉圣地伊香保,打算一同殉情。

　　伊香保是小说中另一个重要的舞台,可以说两人在此殉情的描写将故事推向了高潮,也成为两人爱情的转换点。对于雪子来说,伊香保是对她沦落的一种救赎,更是她命运的转折点。富冈为了逃避现实而提出两人一同寻死,出于对过去美好的爱情难以忘怀,雪子立马同意了。在她看来,一同殉情是对两人爱情最好的追忆,是对爱情的升华。各怀心事的两人来到了伊香保之后,便敞开心扉,回忆起了在越南大叻时候的甜蜜生活,与现在苦难生活之间的落差使得二人失去了生的希望,死亡便是最好的救赎。

  雪子也喝醉了,有一句没一句地跟着哼着,同时感慨万千地回想起在佛印的点点滴滴。而今回想过去,也于事无补了。然而在远方逝去的美梦总是令人怀念。

  雪子紧紧依偎在富冈怀里,嘴里不停地小声喊着寂寞。[1]

  然而,当真正谈论死亡的时候,雪子不禁产生了对死亡的恐惧,她对这个世界仍然存有眷恋,想死的念头开始消散,清醒过来的两人开始考虑返回东京,开始各自不同的再生之路。为筹集返回东京的路费,富冈变卖手表而认识了小酒馆的老板清吉和他的妻子阿世。伊香保原本为两人殉情的场所,阿世的出现使故事发生了转变。富冈被阿世的魅力所吸引,陷入与阿世的恋情。阿世让他重新燃起了对生的希望,自杀未遂的富冈对新生活充满了信心,生命得到了再生。阿世的出现让雪子明白,与富冈一起曾经的美好早已是过去的事了。本以为一同殉情是对两人爱情的升华,但阿世的出现让富冈重新燃起了希望,伤心绝望的雪子再次回到了东京。正当雪子决意与富冈断绝往来时,却得知怀有了身孕。雪子毅然决定打掉孩子,为此,她找到了如今已成为邪教头目的伊庭。虽然雪子对伊庭曾经侵犯自己的行为和现在借教会名义骗钱的行为深感厌恶,但迫于无奈,身体虚弱的雪子也只能一时受他照顾,帮着伊庭打理着教会,重新开始了自己的艰苦生活。

  伊香保作为故事推进的转折之地,不论对雪子还是对富冈来说,都是两人人生中的重要场所。两人本打算一同到伊香保殉情而死,却因为对死的恐惧、对生的留恋,更重要的是因为阿世的出现,两人的生活都发生了巨大转变。富冈因与阿世的恋情,生命得到了再生。雪子却对富冈的不负责任、无情与自私而伤心绝望,被迫开始新的生活。林芙美子为我们呈现了一个无情而自私的男性形象,也刻画了一个深情而悲哀的女性形象。

4. 爱的幻灭犹如浮云

  几度绝望的雪子决意与无情且自私的富冈断绝关系,开始帮着伊庭打理教会事务。过了一段时间,阿世被清吉杀死,富冈妻子因重病而死,落魄的富冈只好找雪子借钱安葬亡妻。看到如此落魄的富冈,想到他的妻子和阿世都已不在人世,雪子以为自己可以毫无顾虑地和富冈在一起了。富冈

---

[1] [日]林芙美子.浮云[M].吴菲,译.上海:复旦大学出版社,2011:101.

的再次出现,唤起了雪子对过去美好爱情生活的记忆,她心生爱怜,埋藏在心中的爱火再次燃烧了起来。而此时,富冈正打算安顿了家人之后,独自一人离开东京到遥远的屋久岛任职。得知消息的雪子想到历经了重重苦难,如今两人终于可以在一起了,她绝不能错过这样的机会,于是盗走了伊庭金库里的巨款,追随富冈的脚步,一同前往屋久岛,再次寻找两人曾经的美好回忆。

> 雪子只带了几样轻便的随身用品,也没跟阿姨说一声,就离开了家。雪子已不打算再回这个家了。抱着不惜毁掉自己生活的决心,雪子做的第一件事是乘着出租车去了富冈的住处。[1]

林芙美子描写出了一个为爱执着、勇敢追求爱情的女性。虽然雪子也有过因苦难而堕落的时候,但她对富冈的爱一直深藏心中,从未改变。正因为如此,当富冈在妻子和阿世死后再次找到她时,她又对富冈燃起希望,不顾前路艰辛,毫不犹豫地盗走金库里的钱,不顾一切地追随富冈,满怀希望地踏上新的旅程,却未曾料到这场执着追求的旅程成为雪子生命的终点。

远离东京的屋久岛被浓绿的森林覆盖,让人感到身心都受到大自然的洗礼和召唤。这里的一切似乎与大叻时代的高原景色相似,无意中唤起了两人对大叻时的美好记忆。林芙美子将小说的最后舞台设定在环境相似的屋久岛,或许也怀着幻想爱再次出现的美好愿望吧。然而,现实是残酷的。在前往屋久岛的途中路过鹿儿岛时,由于连续阴雨连绵,加之堕胎后一直身体虚弱,雪子患了重病。病床上的雪子回忆起过去甜蜜的爱情生活,预感到自己的不祥命运,自己和富冈的新生活才刚刚开始,她对这个世界还充满眷恋,却逃不出死亡的命运。最终,在连绵的阴雨中,雪子孤独寂寞地离开了。所有一切对爱情的幻想和美好的愿望都随之飞灰湮灭。

可以说,雪子对富冈的爱以一见钟情开始,以为爱献身而结束。在雪子的心中,对富冈的爱片刻也未曾改变。她对富冈的爱简单执着,至死不渝。雪子居无定所,心甘情愿地追随着富冈,虽然生活窘迫,却始终深爱着富冈。雪子憧憬着和富冈过上自由、浪漫的生活,但这始终是一个如浮云一般缥缈的梦。

---

[1] [日]林芙美子.浮云[M].吴菲,译.上海:复旦大学出版社,2011:217.

小说以雪子的死亡而告终，林芙美子通过对雪子一生曲折经历的描写，展现出了当时社会的悲凉，更描绘出了一个女性生活的艰辛。尽管如此，雪子仍然充满着对爱情的渴望，坚持不懈地追求自己爱的人。对于雪子来说，无论战后的生活多么艰难，一个人多么寂寞，哪怕经受了无情且自私的富冈多次的伤害，心中也一直放不下对富冈的爱。这正是林芙美子的爱情观和人生观，既是对爱情的赞颂，也是对女性的悲哀的感叹。

（二）富冈在《浮云》中的现实主义塑形

小说描写了女性如浮云一样缥缈的爱情故事及最后悲惨的结局。林芙美子用细腻的笔触将雪子这一女性形象描写得栩栩如生，但不能忽略林芙美子对男性形象进行了刻画。对富冈这一人物形象的描写，反映出富冈对爱情的看法乃至那个时代男性的爱情观。可以说通过对富冈这一人物形象的塑造，小说主题更加丰满。

1. 从幻影通往现实彷徨

富冈作为农林技官来到了遥远的大叻高原。这里环境优美，工作轻松，生活悠闲。在这片异乡的土地上，虽然生活无忧无虑，富冈内心却是空虚的。已婚的富冈每日思念着在日本的妻子，并与其保持着书信往来。即便如此，在大叻高原，空虚寂寞的富冈与当地的一个女佣有着不伦关系。雪子的到来，让他似乎看到了妻子的影子。而雪子对他也一见钟情，不顾富冈已有家室，两人很快开始了恋情。

> 幸田雪子年轻结实的身体，跟妻子邦子有着某种相似。而能够传达言语间的微妙之处，是个意外的发现，这尤其令富冈为之心动。同一人种的男女之间才能相通的言语以及生活习惯上的亲近感，此时此地因幸田雪子的到来而显现。[1]

与雪子全心全意的爱不同，对于富冈来说，孤独的他不过是从雪子那寻找丝丝寄托，雪子对他来说仅仅是妻子的替代品。富冈与两三个女性同时保持着纠缠不清的关系完全是不负责任的渣男行为。这也从侧面看出，在混乱的战争背景下，人们内心充满了空虚感和寂寞感。这种无处寄托的虚无感让富冈在雪子身上找到一点安慰。无论如何，大叻世外桃源般的环境

---

[1] [日]林芙美子.浮云[M].吴菲，译.上海：复旦大学出版社，2011：30.

和不必负责任的悠闲生活,成为富冈难忘的回忆。

战争结束后,富冈回到东京,面对荒凉的日本现状,他一时难以接受。回归家庭后,富冈靠着自己一人的力量艰难地支撑着家庭,消极的生活态度与在大叻时的潇洒形象简直判若两人。在残酷的现实面前,他不得不选择和雪子分开。富冈清楚地意识到,大叻时期自由自在的恋爱在混乱的日本本土根本无法延续。两人所幻想的美好未来在如今的现实社会里只不过是虚无缥缈的梦幻。家里有一直等待着他归来的妻子和父母,他不能把经历磨难的家庭弃之不顾。现实的残酷将富冈从越南大叻世外桃源般的生活中拉回来,环境的落差使富冈一时难以接受,无法融入现实生活,与雪子的感情也随着日本的战败而结束了。面对现实,富冈感到绝望,借着花天酒地的生活让自己忘却一切。

2. 从现实到逃避的歧路

战败后的日本,人们变得冷漠和绝望。所有的人似乎都丧失了灵魂,只留下了一副空空的躯壳。他们无力反抗,对生活渐渐失望和妥协。富冈的生活也十分艰辛,生意失败,早已没有了在大叻时的英姿。富冈开始选择逃避,他借助回忆曾经无忧无虑的悠闲生活、甜蜜美好的感情生活来逃避现实。在如此巨大的落差面前,富冈迷失了自我及对生的渴望,无法接受的现实的空虚感和孤独感深深地缠绕着他。于是,富冈找到了雪子,看到雪子仍然坚强生活的模样,对女性那种得天独厚、可以不受外界影响的生命力产生了一种近乎羡慕和嫉妒之情,再比较自己如今落魄卑微的处境,他不由得暗自沮丧。

在与雪子谈话和喝酒中,他借着酒劲,鼓起勇气,说想要抛开一切的束缚,带着雪子逃离这战败后的一片荒凉的日本。为了逃避现实,逃避一切,富冈产生了死的念头。"为人的悲哀,就像漂泊无依的浮云。富冈已全然丧失了继续生存的信心。"[1]这是小说中第一次出现"浮云"二字,浮云象征着缥缈不定、无依无靠的"人们的悲哀"。对生活失去信心的富冈想与雪子一起寻死,从某种意义上来说,富冈对雪子并非真爱,雪子只不过是他填补孤独空虚、寻求心灵安慰的道具。富冈逃避现实时,便想拉上雪子一起寻死,他不禁为自己产生这样的想法而感到震惊。但他并没有反省,而是将其归为宿命。

---

[1] [日]林芙美子.浮云[M].吴菲,译.上海:复旦大学出版社,2011:93.

富冈空想着杀死这个女人的情形。就像一出无声戏，仿佛看见雪子浑身是血的样子，浮现在一片模糊的虚幻中。明知这想法极其危险，但是，有勇气沉入这危险想象，那感觉甚至是舒爽的。杀死她，然后，自己也死在她的身旁。仅此而已。[1]

连富冈自己都觉得滑稽。为了带女人自杀，竟特地跑来，想把这里当作装模作样寻死的舞台。[2]

富冈自私自利的形象就这样清晰地展现在读者的面前。回到日本后，富冈明知和雪子的关系不可能继续，却自私地认为把雪子拉来陪他一起死是她的宿命。作为男性，他对待感情不专一、不负责任，人性的自私和劣根性表现得淋漓尽致。或许，在战败这样一种时代背景下，不仅是富冈，任何一个经历过残酷战争的男性，他们所承担的社会角色使得他们背负着家庭和社会带来的无形压力，导致在面对感情时，爱情便不再那么纯粹。

3. 在逃避中逐渐正视现实

富冈带着一心一意爱着他的雪子，来到伊香保这个温泉小镇，打算以死来逃避现实。林芙美子在这一部分对于富冈的心理活动着墨较多，通过细致的心理描写，突出富冈内心的自私及人性的弱点。富冈为了逃避现实，已做好了与雪子一起寻死的心理准备。而一心爱着富冈的雪子天真地认为是以死来证明两人的爱，是两人爱情的升华。可在富冈眼里，雪子只不过是他的死的道具而已。面对一无所知的雪子，富冈开始意识到自己的自私，开始反省自己，并发出这样的感叹："为什么要让女人陪伴着去死呢？只不过让她充当富冈之死的道具罢了。这想法可谓自私卑劣。我就是这样的人……"[3]

意想不到的是，本是两人一起来寻死的伊香保，却成为两人命运的转折点。在伊香保，因连绵阴雨他们一直被困在旅馆，两人从在大叻时的美好回忆，聊到了寻死的方法。在一整晚的聊天中，两人一点点产生了对死亡的恐惧和对这个世界的留恋，渐渐打消了寻死的念头，开始计划返回东京。为了凑路费，富冈变卖了手表，认识了小酒馆的老板清吉和他的妻子阿世，被清吉好意留宿。阿世的出现成为富冈重生的转机，带给富冈生的希望，使得富

---

[1] [日]林芙美子.浮云[M].吴菲,译.上海：复旦大学出版社,2011：98.
[2] [日]林芙美子.浮云[M].吴菲,译.上海：复旦大学出版社,2011：100.
[3] [日]林芙美子.浮云[M].吴菲,译.上海：复旦大学出版社,2011：102.

冈从逃避现实中得到了再生。

富冈被阿世深深吸引,一步步靠近阿世,同时也得到了阿世的回应。富冈不顾雪子的存在,又陷入了与阿世的情感纠葛之中。阿世的登场使富冈燃起了对未来生活的希望,而富冈对雪子丝毫没有内疚之意。与阿世的邂逅更加衬托了富冈的自私。其实,富冈对阿世的感情也非真正的爱,他不过是贪图阿世年轻的身体,想从阿世的身上寻找新的慰藉。从对富冈的描写中可以看出,富冈也意识到自己的无情与自私和对感情的不负责任。逃避现实而寻死的富冈最终因阿世的出现,获得了重生的契机,陷入了新的恋情,从而踏上了新的道路。

4. 赎罪的良心发现与心理历程

富冈从伊香保回到东京时,阿世不顾一切追随富冈而来。富冈抛下妻子和雪子,和阿世开始了新的生活。但这样的日子并不长久,愤怒的清吉找到出走的阿世并将她杀死,自己也因此入狱。阿世的被杀、清吉的入狱,这一切都因富冈而起,富冈对于阿世的死感到愧疚,对于清吉的入狱感到自责,渐渐意识到自己所作所为的卑劣。在无限的自责之中,他开始借酒消愁,原本靠阿世而重新燃起对生活的希望再一次破灭,富冈深深认识到自己的罪恶。不久,在战争中历经磨难的富冈的妻子也因久治不愈的疾病去世,长久以来没有以一个丈夫的身份来好好对待和照顾妻子,富冈更加感到内疚。为了妥善处理妻子的后事,穷途末路的富冈再次找到雪子,虽不愿开口借钱却也无奈向雪子和盘托出。想到与自己有关的女性都遭遇不幸的命运,富冈深刻反省认为独自生活才是一种救赎,于是产生了赎罪的念头,决定一个人远离东京这一伤心之地,远赴屋久岛孤零零地生活。

得知富冈要远走的消息,雪子重新燃起对富冈的爱,于是从伊庭的金库中盗走了一大笔钱,跟随富冈远走。富冈只好带着雪子一起踏上了去屋久岛的路途。虽然屋久岛是日本最边远的小岛,富冈却并没有产生流放到孤岛的感觉,反而像是被植被茂密的森林所召唤,身心都受到洗礼一般。在前往赴任的途中,因为一直阴雨不断,雪子因旅途劳累和长期的身体虚弱,身患重病,最终未能挺过难关,结束了悲惨的一生。雪子的死,让富冈更加感到自己罪恶深重。

> 对自己这样一个男人,到底为什么会有人愿意倾注如此热情?阿世也径自死了。和阿蓉早已天各一方。邦子没能挨过贫困的折磨。只有雪子,与病魔搏斗中,仍跟随自己来到这里……随之而来的,是自责

的煎熬中不堪承受的悲哀和想念。[1]

像自己这样自私无情的男人,有着一个如此深爱自己的女人,不论生活多么艰难,不论如何被男人玩弄感情,她对自己的感情从未变过,可最终仍然逃不过死亡的命运。失去雪子的富冈伤心欲绝,终于认识到雪子才是自己一生最重要的女人。如今雪子死去,今后的路变得更加迷茫。身边所有的人都离世了,想要赎罪却无从赎起,富冈再次陷入深深的无助和自责之中。

富冈想象着自己宛如浮云的身影。那是一片不知将会在何时、何处,消逝于瞬息之间的浮云。[2]

小说结尾处的这段话可以说是林芙美子对富冈一生的评价及对小说的总结,孤独一人的富冈感到未来犹如浮云般虚无和缥缈。林芙美子形象地刻画出了在战争的阴影下对感情不负责任的失败的男性形象,同时也反映了战争的残酷和女性命运的悲哀。

(三)《浮云》中的战败世相及虚无主义人生观

1.《浮云》中的战败世相

从《浮云》的创作背景来看,小说是在第二次世界大战及战后完成的,因此两位主人公的感情历程的变迁与日本的战败深深相关。中村光夫认为这部小说完美地描写了战争失败后日本人的绝望和丧失感,并且如实地再现了战争失败后日本人的虚无感和战后混乱的世态。小说中男女主人公的爱情纠葛正是在战后颓废混乱的时代背景下产生的。因此,荒芜的战败世相无疑是导致爱情破灭的重要因素之一。

雪子和富冈在回国以后都没能找到合适的工作,没有固定收入,生活十分艰辛。虽然雪子一直决心要找一份工作养活自己,但是在战后萧条的背景下,这根本就是奢求。于是,她不得已做了妓女,后来又做了邪教团体的会计,最后从教会偷了一笔钱逃走。同样,富冈因为厌倦了机关工作的枯燥乏味,辞去了农林省的职务,计划自己做生意。但是,当时黑市猖獗,他的生意不仅毫无起色,还最终卖掉了房子,自己变得一文不名。他的妻

---

[1] [日]林芙美子.浮云[M].吴菲,译.上海:复旦大学出版社,2011:254.
[2] [日]林芙美子.浮云[M].吴菲,译.上海:复旦大学出版社,2011:275.

子也因为长期的贫困而营养不良,患重病后无钱医治,凄凉地死在老家。富冈回去奔丧时,连给妻子买棺木的钱都没有。后来,他只好靠给出版社写一些在越南工作的见闻和回忆赚些稿费谋生。最终,他不得不离开东京,到遥远的屋久岛谋了个差事。事实上,男女主人公在工作上的不顺利和生活上的不顺心正是造成他们爱情悲剧的根源,而且最根本的源头在于日本发动的那场旷日持久的侵略战争和战败后社会的动荡不安。他们的辗转经历仿佛一个毫无意义的轮回,如浮云一样飘忽不定。这种经历绝非他们主动使然,而是背后那个无形且强大的时代推手所造成的。他们只是被那个混乱的时代、被那场残酷的战争所牵连。他们生逢乱世,如浮云般被动地卷入漩涡之中,最终被抛入深渊。

作品中有一个细节描写让人印象深刻。两人在殉情路上遇到的旅馆老板是一个经历了很多磨难的人,在战争中失去了自己的家园和唯一的孩子,不得不与妻子分手。他恨这场战争。战争首先改变了人们的爱情观:对恋人的爱、对家庭的爱都被磨灭殆尽。更加悲惨的是,战争使人们丧失了自我。战争结束后,他们已经不具备作为人的最基本的东西——灵魂,人们的灵魂已经随着战争消失了,只剩下了一个躯壳。

战败后被遣返回国的人内心孤独,精神空虚,完全失去了生活的目标,这是当时整个社会人们的精神状态。作者利用大范围的环境描写给读者展示了主人公被遣返回国的不协调感,塑造了一个孤独者——雪子,整篇小说都没有提及她的家人,只有衫夫在生活上对她略有照顾。雪子在一个陌生环境里开始了新的生活,而正由于始终无法完全融入这种生活,他们的故事不得不以悲剧收场。因此,有人说浮云的灰暗本质就是幻想,而这里的幻想是主人公们对战时在大呦那一段美好生活的理想化,这使得他们与战后的日本社会格格不入。战争失败了,战争使他们失去了一切,唯有愁云惨雾笼罩着战后的日本。人们生活在失去亲人的悲痛中,徘徊在寻找工作的无望中,挣扎在生与死的边缘,这便是浮云的重要隐喻,一切源于战争、毁于战争。战争过后,依然阴霾满天。那场如浮云般飘浮而去的战争,给人们的心灵蒙上了挥之不去的阴影。

《浮云》这部小说的内容源于一个梦也终于一个梦。这个梦是主人公在远离战火的大呦享受到的美好爱情,这个梦惊醒于战后一片废墟的日本,这个梦终止在远离东京的无人小岛。战争促成了这个梦,也毁灭了这个梦。

2.《浮云》所宣泄的黑暗的虚无主义人生观

在战后荒败与混乱的时代背景下,主人公们因为战争,不仅失去了居所,还丧失了精神世界的家园。战败所带来的挫折感,使他们陷入了虚无、孤独的世界。正因为在这样的时代背景下,小说无法走出贯穿始终的黑暗。

读完这部小说,脑海中始终浮现出男女主人公晦暗的表情、飘忽不定的身影,不禁让人感叹世事的艰难、爱情的艰难和人生的虚无。不论是雪子还是富冈,他们是当时日本社会的缩影,他们的遭遇绝对不是偶然的、单一的,而是具有代表性的。当时整个日本笼罩在一片阴霾之中,日本的前途也如浮云般缥缈不定。

有学者认为《浮云》是显示林芙美子人生哲学的作品。这种人生哲学就是人的存在如浮云般短暂和没有依靠。林芙美子经历了幼年、少年和青春时代的苦难,承受了生活、情感、事业各个层面的跌宕起伏,目睹了战争的疯狂和残酷。当她的目光停留在日本战后荒凉的废墟上时,感到的只有空虚和幻灭。雪子的一生历经辗转,正是林芙美子人生经历的真实写照。这部作品充满凄凉和萧索,但这部作品所达到的思想高度可以说是林芙美子人生观的总结。战争的虚无、战后的动荡、男女主人公的辗转经历及爱情的虚幻如梦都如浮云般压在人们心头,挥之不去。富冈在埋葬雪子之后彷徨无助和孤单寂寞的身影便是林芙美子所感悟到的人生观:人类的命运犹如空中流淌的浮云,人生就像浮云般虚无缥缈。

(四)结语

《浮云》以雪子和富冈为视点人物,以两人从美好邂逅开始的爱情经历为焦点,描写了一个美好又悲哀的爱情故事。林芙美子曾在小说的后记中写道,人们看不见的、在空间中流淌的浮云便是人类的命运。雪子与富冈在大叻的美好相遇是两人命运的邂逅,整篇小说随着这份邂逅而流转,描写了男女之间难舍难分的情感纠葛,也成为两人无法逃脱的命运。

雪子对富冈的感情片刻未曾忘记,大叻的甜蜜回忆成为雪子心中的幻想,一直萦绕在雪子心中。在战后衰败的现实下,雪子虽然曾经堕落,对富冈不断失望,但对富冈的爱从未改变,甚至为爱赔上了性命。可以说,雪子对富冈的爱以一见钟情开始,以为情献身结束,她对富冈的爱简单执着,至死不渝。她始终深爱着富冈并一直大胆追求,憧憬着和富冈过上自由浪漫的生活,但这始终是一个如浮云一般缥缈的梦。

相反,富冈对雪子一开始因同乡人产生好感而相恋。战败后他们回国,现实的残酷让他清楚地认识到两人的关系不可能延续。富冈对生活感到绝望,为了逃避现实,他拉上雪子踏上寻死的道路,却因年轻的阿世的出现燃起了新的希望。他对雪子的感情,不过是一颗空虚的心灵想寻找些许慰藉。两人的感情只存在于世外桃源的越南大叻。由于战争,所有人的心境都变了。富冈自私地在两三个女人之间纠缠不清,聊以慰藉心灵的空虚和寂寞,充分表现了男人对感情的不负责任和自私无情,一个个女性的死去让富冈最终心怀内疚,最后孤身一人的他终于意识到,人生其实就像浮云一样,虚无缥缈。

  所谓"浮云",亦即人生的象征。林芙美子将小说命名为《浮云》,形象地反映了她的虚无主义人生观。同时,通过对男女主人公栩栩如生的刻画,也深刻反映了男性、女性对爱情的不同认识。女性的爱情可谓无私和单纯,一旦陷入爱情,便毫无保留地付出一切。而男性的爱情,在社会的压力下,则表现为自私、无情、不负责任。林芙美子从女性的视角形象地刻画了男性的世界,真实反映了男女非对称的爱情观和其虚无主义人生观。

第九章

河野多惠子的超现实主义世界

一、河野多惠子其人、其作及其所处的社会语境

在日本现代文学女性作家中,河野多惠子(1926—2015)以女性的独特精神世界表述与细致考究的文笔获得日本文学界的广泛认可。伴随着20世纪60年代日本女性主义第二次浪潮的发展,1961年河野多惠子发表了处女作《搜罗幼儿》,这部作品以女性独特的性爱体验和精神体验引起了日本文坛的广泛关注。1963年短篇小说《蟹》获得了芥川龙之介文学奖。河野多惠子独特的文笔起源于中学时期,她喜爱阅读谷崎润一郎和泉镜花的文学作品,从谷崎润一郎的作品中抽离并继承了虐恋特质,同时从泉镜花的文学作品中继承了非现实世界刻画的特点,构成了其独树一帜的创作风格。30岁才步入文坛的河野多惠子厚积薄发,1977年发表的《谷崎润一郎与肯定的欲望》获得了读卖文学奖,历时10年创作的作品《木乃伊猎奇谈》于1991年获得野间文艺奖。河野多惠子基于自己的战争体验、不孕体验和肺结核治疗经历,创作出体现"反母性""女性的特殊性感觉""女性主体性"等文学特质的作品,引起海内外女性主义研究者的广泛关注,并获得了大家的一致认同。

河野多惠子在50多年的文学生涯中创作了40多部小说,并且多次获得芥川奖和川端奖等日本文坛知名奖项。受谷崎润一郎文学中的施虐、受虐表达及泉镜花文学中的神秘主义影响,河野多惠子的文学作品中充斥着虐恋情节和浓厚的超现实主义色彩。战争的体验也对河野多惠子产生了巨大

的影响，她在文学创作中尽情宣泄孤独感和丧失感，这也是日本战时和战后社会精神层面的一个缩影。1957年，河野多惠子因肺结核久治不愈而失去了生育能力，基于自己的不孕，她的文学作品中经常出现无法怀孕和不愿怀孕的女性形象，通过描写患不孕症的女性所面临的社会压力和心理问题，刻画游离在社会边缘的女性形象，从而揭示女性在社会层面和精神层面的"第二性"。在此之上，河野多惠子还通过施虐与受虐主体倒置的表现手法，创造出崭新的女性身体性的表达方式，从而实现由生育性的生物属性表达到意识想象等精神表达的转变，展现出女性主体性意识的恢复。

在女性主义第二次浪潮迅猛发展之际，河野多惠子于1968年发表了作品《不意之声》。河野多惠子的创作风格虽然是超现实主义，但其作品又带有现实主义特点，并且通过写实的细节描写来表现其超现实主义。在《不意之声》中，河野多惠子聚焦在贤妻良母传统社会价值评判标准下的不孕症女性身上。在日本近现代社会观念中，女性大多与被动紧密关联，处于被动地位的女性应该如何实现对男权中心社会的反抗便成为近现代女性主义作家的重要议题。对于这个问题，河野多惠子在小说中通过分配施虐与受虐角色，实现了女性主体性意识的恢复。《不意之声》中吁希子通过在现实生活中担任受虐角色，但又在幻想世界中采取施虐行为，展现了女性主体性意识的恢复。河野多惠子在1990年发表的《木乃伊猎奇谈》中突破了她一直以来停留在幻想中的施虐者女性形象的设定，直接构建在现实生活中的女性施虐者形象，彻底颠覆了男权中心社会对女性作为被动者的传统定义，这样的颠覆不仅没有带来男女关系的破灭，反而在此基础上构建了新型的男女共生的家庭关系。在日本尊崇贤妻良母、男尊女卑的传统社会价值评判标准的重压下，和新时代强烈的反母性、厌男等女性主义潮流中，河野多惠子自始至终都在思考女性该如何与自己达成和解、保持独立，同时也在寻求与男性达成和解，从而构建男女共生的家庭关系的方法。

二、国内外学术界对河野多惠子文学作品的学术认知回溯

迄今为止，日本文学界对于河野多惠子的研究十分丰富。以河野多惠子作品评论为核心的研究内容主要体现在浦西河彦所著的《河野多惠子文艺事典·书志》。日本方面的研究成果主要为以河野多惠子的小说为研究对象的作品论，研究角度多种多样，如以女性主义、心理学、存在主义等为出发点，剖析其作品中所展现的文学特色和文化特点。从女性主义角度研究

的主要内容是论证其作品中表现的"反母性""女性主体性""女性的特殊性感觉"等女性主义观点;从心理学角度的研究采用弗洛伊德精神分析学说分析正常成长过程被中断后对女性的心理影响及精神出现异常的原因与出路;从存在主义角度论证河野多惠子文学作品中人在现实世界存在和非现实世界存在的表现特点。

由于河野多惠子的文学作品只有获得芥川奖的《蟹》被译成中文引进国内,其他优秀的文学作品没有引进国内,因此,国内对于河野多惠子作品的研究主要集中于以女性主义视角研究其早期小说的阶段。在国内的河野多惠子文学研究中,以作家论为中心的研究成果较少,主要研究河野多惠子的早期文学作品,分析河野多惠子的早期文学特质。此外,相较于作家论而言,与其相关的作品论则精彩纷呈。

总而言之,日本对于河野多惠子文学作品的研究成果十分丰硕且全面翔实,特别是其通过虐恋实现男女平等和体现女性主义意识的特点受到了日本文坛和读者的广泛关注与认可。但是国内仍停留在对其早期作品的研究阶段,对河野多惠子作品的研究范围和深度仍有待进一步完善和发掘。

三、河野多惠子的超现实主义世界

在《不意之声》中,吁希子通过伤害男权中心社会的掌权者与维护者的行为,表现其坚决反抗与破坏父权制的决心。然而在男权中心社会中,作为个体的女性的施虐是无法通过现实手段达成目的的,所以吁希子采取了在幻想世界中实现自己的杀人计划。在河野多惠子的早期文学作品中,多次出现梦中弑子、梦中弑夫的情节,反映了在当时的时代背景下,女性所承受的巨大压迫和反抗的无力。在以女性为第一视角的叙事书写中,女性开始运用巧妙、细致的文字正视自身所遭遇的压迫,表达自己的忍耐与反抗,并试图从中勾勒出女性与男性和谐共存的新蓝图。

在传统道德规范下,人的本能欲望受到压抑,在潜意识中被压抑的本能欲望可以通过幻想这种超现实主义的形式显露出来。在心理学中幻想属于精神分析的重点对象之一,弗洛伊德的精神分析理论对幻想这一类精神现象有着系统化的研究。本章通过弗洛伊德精神分析理论中的自我防御机制来解析作品中女性产生超现实主义幻想和弑杀行为的深层原因,并展现女性寻求自我肯定的欲望,由满足客体的性到寻求主体的性的巨大转变。

（一）《不意之声》中的超现实主义世界

《不意之声》主要讲述了女主人公吁希子因遭受丈夫馗一家暴而被迫离家出走,最后在超现实主义的幻想中杀掉自己的母亲、前男友的孩子和一个陌生男人的故事。

吁希子从小非常害怕沉默寡言的父亲。由于战争的爆发,正就读于中学的吁希子被召去当地的军需工场,在军需工场的工作中她体验到了战争的无情与残酷,本应美好的青春时期被迫中断,她每天都面临着死亡的威胁。这时吁希子才渐渐明白自己原来非常依赖父母。成年之后吁希子离开老家前往东京生活,这时才开始对父亲持有好感,反而害怕严苛的母亲。随着年龄的增长吁希子因为不明原因患上不孕症,因此她越发对母亲感到恐惧。由于吁希子小时候没有被家人宠爱,再加上战争的体验和自身的不孕症,吁希子变得内向敏感。

父亲离世前,吁希子在给家里打电话时抬头看见了父亲的灵魂,于是赶回老家见了父亲最后一面。跟年轻时暴躁的父亲相比,老去的父亲非常温柔。

后来吁希子与馗一结婚,吁希子本以为会是美满的婚姻,却屡遭不幸,比如,她在浴室经常遭受馗一的毒打从而血流满地,在家里被醉醺醺的馗一当着外人的面数落一通,被馗一指责做不好贤内助,等等。离奇之处在于每次争吵之后吁希子都会看到父亲的亡魂,父亲亡魂总是微笑着安慰她。不仅如此,每次会面吁希子都会发现父亲亡魂越发年轻。最终在一次家暴中,吁希子被馗一赶出了家门,不得不离家出走,伴随着与父亲亡魂的会面,她踏入了幻想世界。

在父亲亡魂所示要杀死三人的"不意之声"的指引下,吁希子在第一次离家出走后便进入了幻想世界。最初吁希子向前男友借钱返回了老家,在与母亲的交谈中了解到父亲虽然骂过母亲,但是从未动手打过母亲。吁希子摸着自己身上的瘀伤,对母亲产生了妒恨。她妒恨母亲被父亲视若珍宝而幸福快乐,自己却惨遭丈夫毒打。母亲在了解馗一的所作所为后,说馗一已经做得很好,反而责怪吁希子不懂包容。吁希子便动了杀念,用枕头捂死了母亲。

当馗一回来的时候,吁希子才从幻想世界中抽离出来,但不久她又陷入到第二个幻想世界中去。这一次吁希子造访前男友的孩子雅道所在的幼儿园,她以参观者的身份进入园区,看到了活泼可爱的雅道,她想象着这么可爱的男孩子一定过得很幸福。吁希子联想到如果自己是雅道的妈妈的话，那也能过得很幸福，会变成一个幸福的完美女性。与幸福失之交臂的吁希子在放学后诱骗并亲手掐死了雅道。

馗一在半夜一点回来的时候，吁希子又恢复了意识，她坐在沙发上冷冷地看着丈夫开门进来。第二天她又离家出走，第三次也是最后一次踏入幻想世界，这次在幻想世界里她遇到了一个完全陌生的男人。吁希子因为躲雨而被这个陌生男人邀请去家里为他搓澡，那个男人对她所讲述的悲惨经历无动于衷，于是趁着男人放松的时候，她拿起水桶里的刀捅进了男人的心脏。最后吁希子在警察的热心帮助下回到了自己的家，回家后又遇见了父亲的亡魂，父亲的亡魂对吁希子说终于能睡个好觉了。

（二）《不意之声》中自我防御机制的体现

《不意之声》中对吁希子幻想的描写体现了河野多惠子超现实主义的创作风格，河野多惠子通过对日常生活的细致描写凸显现实世界的真实性，也以细腻的笔触描写幻想世界所反映的主人公的心理世界。最常用的幻想世界的表现途径便是梦境。河野多惠子通过离家出走后不符合现实逻辑的时间线来表明吁希子三次迈入超现实主义的幻想世界，"杀人描写的真实感、吁希子行动的真实感，乃至金额和时间等的具体数值都可能让读者产生这些是现实的错觉"[1]。河野多惠子通过细节描写表现出吁希子在离家出走之后便迈入了架空的幻想世界。换言之，吁希子的离家出走预示着精神活动的活跃，亦即幻想的开端。在河野多惠子的作品中，通过多次幻想的描写，超现实主义得到了淋漓尽致的应用。

在心理学中，幻想属于精神分析的重点对象，而弗洛伊德精神分析理论是精神分析心理学中最为重要的基础理论。弗洛伊德虽然没有写过关于自我防御机制的专著，但是他在许多作品中都论述了自我防御机制的问题和自己的观点。弗洛伊德的女儿安娜·弗洛伊德将他散落在作品中关于自我防御机制的论述整理归纳为10种机制，在此之上她还另外附加了5种新的自我防御机制。自我防御机制是弗洛伊德整个精神分析体系中不可或缺的组成部分，体现吁希子幻想精神现象最主要的自我防御机制是压抑、替代和升华。

---

[1] [日]增田周子.河野多惠子『不意の声』論—初出と初版本との異同からみるリアリティー[J].徳島大学国語国文学，1998（11）：62.

1. 压抑——幻想中的杀人动机

在弗洛伊德精神分析理论中,压抑指自我把一时不能接受的欲望、冲动、情感和记忆排斥到潜意识中去,使它们无法进入意识层面,以免产生焦虑、恐惧和痛苦的情绪。弗洛伊德曾指出,压抑是最基本的自我防御机制,也是所有自我防御机制的基础。[1]而压抑又分为两个部分:原始压抑和真正压抑。原始压抑指防止先天本能冲动进入意识,而真正压抑则指防止后天生活中的痛苦经历进入意识。"被压抑的经验并未真正消失,而是处于潜意识中,积极地寻求宣泄的出口,常以梦、口误、笔误乃至神经症症状的伪装形式得以表现,获得暂时的象征性的满足。"[2]由此可见,"被压抑的经验"并不只是单纯的经验的能量的堆积,它还包含了被压抑的能量不断寻找发泄出口的动向。

吁希子在结婚之后经常遭受家暴,丈夫埋怨她敏感、不会经营家庭等。作为一个没有实现经济独立和精神独立的家庭妇女,她没有反抗能力,一直压抑着对家暴的愤怒和对丈夫的不满,所以离家出走后她进入了超现实主义的幻想世界。但是在幻想世界中,吁希子不仅没有得到母亲的理解,反而被母亲指责是个不会包容丈夫暴力行为的失格妻子,母亲甚至称赞馗一已经做得很好了,只是吁希子不会忍耐。馗一和母亲都通过把问题归因到吁希子身上而将吁希子他者化和边缘化,因为吁希子的逃离属于对丈夫暴力控制的消极反抗,这一点背离了社会要求女性做一位贤妻的价值判断基准。吁希子不仅仅因被馗一家暴而悲痛和愤怒,在她的潜意识中她还有被亲人和社会他者化和边缘化的痛苦。李银河教授指出:"他们(男权制拥护者)通过赋予男性某些品质(理性、逻辑、智力、灵魂),赋予女性另外一些品质(混乱的情感、无法控制的性欲),将女性边缘化。"[3]男权中心社会通过赋予女性消极的品质,例如不理性、自私、神经质等,将女性他者化和边缘化,同时还将女性与家庭捆绑并制定贤妻良母等价值判断基准,从而达到维护男性至上地位的目的。母亲作为男权制的拥护者,将吁希子他者化和边缘化,表现了男权社会对女性自尊的贬低和对女性的心理体验的漠视。即使母亲所持有的价值观是吁希子超我[4]的根基,但是吁希子已经无法忍受自己被他

---

[1] 常若松.弗洛伊德主义新论:第一卷[M].上海:上海教育出版社,2018:374.
[2] 常若松.弗洛伊德主义新论:第一卷[M].上海:上海教育出版社,2018:375.
[3] 李银河.女性主义[M].上海:上海文化出版社,2018:17.
[4] 奥地利心理学家西格蒙德·弗洛伊德将人格结构模式分为超我、自我和本我。超我指人格结构中最为道德的部分,自我指人格结构中的管理和执行机构,本我指本能。

者化和边缘化的痛苦,她便选择了杀掉母亲(代表超我的母亲),以反抗男权制拥护者,控诉男权社会令女性边缘化和他者化的暴行。

吁希子在跟馗一结婚后失去了生育能力,但是她在日常生活中并没有时刻忧虑自己的不孕,只是觉得对小孩子没有兴趣而将生育置之脑后。这一点从根源上动摇了吁希子作为良母的根基,河野多惠子通过不孕的设定探讨了生育对于女性的影响。然而在超现实主义的幻想中,当吁希子面对前男友的孩子雅道时,她才深刻地感受到自己一直以来压抑着因不孕而产生的劣等感,同时她把自己身上的劣等感全都归咎到不孕上。但吁希子压抑着的劣等感不只来源于不孕,还有来自日本社会一直以来对女性贤妻良母的刻板要求。"在女性的精神记忆里,将'贤妻良母'作为一个价值判断基准来规范和限制自己的行为,'贤妻良母'这一词汇象征的生活方式已经在女人脑海里根深蒂固。"[1]

第二次世界大战之后,在世界范围内,和平、民主属于共同认识,女性的地位便是一个国家民主的重要体现之一,可是即便在这种逐渐开明的大环境下,日本的男权中心社会对于女性的价值判断基准仍然沿袭着贤妻良母这一传统价值观。在这个传统观念下成长起来的日本女性不可避免会陷入自我欲望和客体欲望的矛盾中去。吁希子从小在男权中心社会中长大,男权社会对于女性的价值判断都围绕贤妻良母这一基准展开,如果女性不能做好一位母亲、不能做好一位妻子,便会被社会排斥。贤妻良母的价值判断基准植根于吁希子的潜意识中,并极大地影响了她的超我的形成。如此一来,在吁希子的潜意识中,不孕是一种不可饶恕的罪过,正因为犯了这样的罪过,她才会沦落到这般不幸的地步。一直以来,吁希子因为不孕而在潜意识中压抑着强烈的劣等感,最后她在梦境中杀死了雅道,将自己从生儿育女、繁衍后代的本我欲望中解脱出来,这表现了河野多惠子的观念——女性不必拘泥于生育,而应将关注的重心转移到自我欲望中去。吁希子在幻想中杀掉母亲(超我)和小孩(本我)来释放被压抑的经验,从而寻求以女性的精神体验和肉体体验为中心的主体的性。

在日常生活中,吁希子与馗一感情不和,经常被家暴和责骂。在馗一看来,她不过是一个失格的妻子和发泄职场不满情绪的工具而已,他认为妻子不仅做不好支持丈夫的工作,还管理不好家里的钱,只是个无用的主妇。吁希子大多数时候是默默地忍受着家暴,每次她都想平息馗一的责骂,却总是沦落到

---

[1] 黄芳.论日本近代女性作家的肉体记忆与精神记忆[J].外国语文,2020,36(3):50.

被殴打的下场。从被炟一家暴和责骂开始,吁希子开始频繁看见父亲的亡魂,而且父亲亡魂的面容变得越来越年轻,父亲亡魂每次都给伤痕累累的她带去安慰和温暖。从看到父亲亡魂开始,吁希子那被压抑的经验便寻找到第一个释放的出口。吁希子无法反抗炟一的打骂,心中压抑着对男权中心社会暴力专制女性这一社会现象的不满和愤怒。当第一个出口已经承载不了被压抑的经验后,它便在幻想中去尽情释放。在最后一个幻想中,吁希子杀死了一个陌生男人。这时,被杀掉的陌生男人已经不再是一个单纯的个体,而是上升到了男权中心社会下对迫害女性熟视无睹的男性整体。

在河野多惠子的文学中,也经常出现受虐和施虐的设定及其引发的各种倒错体验。在《不意之声》中,吁希子的三次幻想经历,其实也展现了作为受虐主体的女性转化为施虐主体。但是,正如河野多惠子早期文学作品中所呈现的规律一般,大部分女主人公是在梦境中去实现从受虐到施虐的转变,这样的转变反映了女性对于反抗男权中心社会压迫的强烈愿望,在梦中实现施虐欲望的设定又展现了面对男权中心社会强大统治力下女性反抗的无力感。在这样的矛盾中,河野多惠子进一步通过作品去探讨如何实现男女和谐共处这一问题。

2. 替代——幻想中的杀人行动

在弗洛伊德精神分析理论的自我防御机制中,替代指潜意识中将本能冲动(如性和攻击性)从一个威胁性目标和对象转移到另一个非威胁性目标和对象上。"当本我的冲动不能在某些对象上获得直接的满足时,就会潜意识地转移到其它对象上以获得替代性满足。"[1]换言之,由于引起自己本能冲动的对象过于强大,主体便主动避开与强大对象的正面冲突,主动寻求相对弱小的对象来替代强大的对象,从而发泄本能冲动。

在超现实主义的幻想世界中,吁希子用三位受害者替代对丈夫炟一的愤怒和反抗。首先,她在幻想里回到老家跟年迈的母亲交谈,母亲主动问到女儿的夫妻生活状况。对于母亲的询问,吁希子过去总是一味地夸赞炟一对自己的温柔,却只字未提自己被家暴的事实。但是这一次,她毫无保留地吐露炟一对自己的家暴,不仅仅是肢体暴力,在生活中也充满了言语暴力和冷暴力。然而对于女儿的倾诉,母亲冷漠地说道:"这不过是偶尔的事吧?这样一来那你就得包容他啊。男人就是这样,如果工作上遇到不高兴的事,

---

[1] 常若松.弗洛伊德主义新论:第一卷[M].上海:上海教育出版社,2018:382.

就可能为一点小事发怒。但是即便如此,他(馗一)也做得很好了!"[1]上野千鹤子指出:"在孩子的人生中作为最初的绝对权力者登场的母亲,却伺候并被控制于更为强有力的权力者。"[2]"母亲之所以为母亲,是因为她实现了被男人选上的价值(即使并不满足)。如果女儿没有实现这一种价值,不管她有多么能干有为,母亲也可以一生都不把她当作一个成人。"[3]社会评价女性的标准为:"女人有两种价值,自己获取的价值和他人(男人)给予的价值。而在女性的世界中,后一种价值似乎高于前一种。"[4]当男性否定了一位女性的时候,社会的目光不会聚焦在男性的要求是否合理上,而会更关注女性的过失。此时为馗一辩解的母亲已经化作男权中心社会的拥护者,拥护者把自己从女性的立场割裂出来,没有站在女性的肉体体验和精神体验上去理解女性,反而指责女性竟然无法包容男权中心社会对女性的暴行。吁希子原本期望从母亲这里得到安慰,却被母亲呵斥一通,被斥责不会包容男人的暴行,批判其是一个失格的妻子。受尽丈夫暴力行为折磨的吁希子用母亲替代了自己对于男权中心社会的憎恶,所以她亲手杀死了替男权中心社会辩解的母亲。

  吁希子在超现实的幻想中杀掉的第二个人便是前男友的孩子雅道。在从幻想世界中离家出走后,吁希子来到前男友的孩子雅道所在的幼儿园,并以参观者的身份进入幼儿园。吁希子看到快乐、活泼且健康的雅道,联想到他身后幸福的家庭、恩爱的夫妻,再进一步联想到与自己失之交臂的幸福,她越发难以压抑自己在婚姻中的痛苦。吁希子思索着如果自己是雅道的母亲就能获得幸福了,但在现实面前她深深地感到:"在这个世界的孩子里,雅道是与自己最有缘分的可爱小孩。但是我一定要杀死他,一定要让他去死,我要让与自己这么有缘分又可爱的小孩去死。但是你(馗一)是怎么样的人呢?嘴上明明说让我滚出去,却连一千日元都不给我。"[5]吁希子多次提到自己喜欢雅道这个孩子,但是与此同时她又深陷痛恨小孩的矛盾心理之中。吁希子喜欢男童是因为首先男童在力量上不及女性,能受到女性的控制;其次男童还没有彻底接受男权中心社会的规则,也没有彻底成为男权中心社会的维护者,幼年的男性的性感觉还停留在萌芽阶段,换言之,男童不会因

---

[1]　[日]河野多惠子. 不意の声[M]. 東京:講談社,1993:105.
[2]　[日]上野千鹤子. 厌女:日本的女性嫌恶[M]. 王兰,译. 上海:上海三联书店,2015:121.
[3]　[日]上野千鹤子. 厌女:日本的女性嫌恶[M]. 王兰,译. 上海:上海三联书店,2015:126.
[4]　[日]上野千鹤子. 厌女:日本的女性嫌恶[M]. 王兰,译. 上海:上海三联书店,2015:125.
[5]　[日]河野多惠子. 不意の声[M]. 東京:講談社,1993:147.

为自己的性特征与女性不同而歧视女性,反而对女性有依恋和尊重的意愿。在此吇希子将社会对女性的贤妻良母的价值规范设定为女性获得幸福的唯一条件,同时又产生了将弱小的雅道替代成强势的馗一的倾向。因为小孩终究会成为大人,大人也都会经历小孩这个阶段,也就是说,吇希子认为雅道在长大之后会对男权中心社会压迫女性的情况习以为常。如此一来,雅道终究会成长为像馗一那样迫害女性的男人。吇希子用男权中心社会下诞生的新生命替代了迫害女性的成年男性。所以吇希子亲手掐死了雅道,通过替代的手段以求把伤害女性的男性扼杀在幼年的摇篮之中。

吇希子最后一次进入幻想世界杀死的人是一位陌生男人。在这次幻想中,吇希子为了遮风避雨走到别人家的屋檐下,却被一个陌生男人邀请入家,并被要求为他搓澡。吇希子在给男人搓背时和他倾诉自己从前想给丈夫搓背,却被丈夫拒绝,她当时以为丈夫只是像女性一样习惯了表面拒绝,其实是不想给别人添麻烦,所以仍然要给丈夫搓背,可是这一来竟惹恼了馗一。馗一一边大骂着,一边把手肘猛地往后击去,正中吇希子的面门,打得她血流不止,血混着浴室里喷洒的水流了一地。吇希子平静地诉说着这些痛苦的回忆,但那个陌生男人丝毫没有流露出同情吇希子的表情。吇希子平淡地应对着陌生男人那冷漠的态度,趁男人还处在一种毫无防备的状态,她捞起水桶里的刀,向男人的心脏捅去。事后吇希子发出感叹:"男人不管什么时候死都一样。男人不管是二十岁、四十岁,还是六十岁死都一样。"[1]在现实的两性关系中,吇希子一直处于受虐的一方,受到压抑的欲望只有在梦境里才能得到转换,吇希子成功由受虐者转变为施虐者。在吇希子心里,这个放松警惕的陌生男人替代了馗一和他身后的男权社会。陌生男人就是男权中心社会里所有男人的缩影,男性只在意自身的肉体和精神感受,女性只是为他们提供性服务的工具和发泄消极情绪的替代品。女性也因此受到伤害和践踏,从而失去主体性,逐渐变成被动的躯壳。吇希子在幻想中由过去的被动转化为主动,并开始重视自身主体的性的表达,彰显了女性抗拒来自男权中心社会的漠视和压迫的决心。

3. 升华——幻想中父亲亡魂的再审视

弗洛伊德精神分析理论的自我防御机制中的升华是指本能的欲望和冲动转化到社会容许或赞许的目标或对象上[2]。这是自我防御机制中一种

---

[1] [日]河野多惠子. 不意の声[M]. 東京:講談社,1993:165.
[2] 常若松. 弗洛伊德主义新论:第一卷[M]. 上海:上海教育出版社,2018:382.

最富有建设性的积极的机制。弗洛伊德也指出："本能的升华是文化发展的极其引人注目的特点；由于它的存在，科学、艺术、思想意识等较高层次的心理活动才在文明生活中起着至关重要的作用。"[1]古今中外许多文学家、音乐家等的作品都是将自己的本能升华的体现。作为一个普通人，同样需要升华这一自我防御机制的作用，与杰出人物不同的是，普通人将本能转向了一般性的活动中去。在《不意之声》中，吁希子所见到的父亲亡魂并非只是在压抑的自我防御机制下作为一个排泄口而出现的，父亲亡魂会在升华的自我防御机制下满足女儿自我肯定的欲望。吁希子把社会对女性的压迫和漠视升华为女性自我肯定的欲望，将这个欲望寄托在父亲亡魂中，从中发泄自己的本能冲动和攻击性，并在此基础上寻求满足自我肯定的欲望与搭建男女之间和谐共处的桥梁。

遭受家暴的吁希子压抑着被否定和漠视的痛苦，通过升华的自我防御机制将这一类痛苦的情绪升华为寻求自我肯定的欲望。随着痛苦的积累，这种欲望越发强烈，从而诞生了非现实的父亲亡魂。在《不意之声》中，家暴和父亲亡魂的出现总是联结在一起，吁希子将解救自己痛苦的希望寄托在升华为理解女儿的父亲亡魂之上。这样一来，父亲亡魂与女儿的关系颠覆了一直以来"父亲的女儿"的概念，展现了"女儿的父亲"这一崭新的亲子关系。在每次遭受家暴后，吁希子都能听见父亲的"不意之声"，并多次看见父亲亡魂。她发现父亲亡魂的容貌越发年轻，但是父亲的性格并没有退回到年轻时的暴戾，逐渐年轻化的父亲亡魂反而十分理解并认同吁希子，满足了她寻求自我肯定的欲望，在反抗男权中心社会压迫的情境下与吁希子构成统一战线。在女儿眼里，作为亡魂出现的父亲与吁希子所憎恨的男性群体不同。河野多惠子特意描写了吁希子看见亡父尸体的生殖器已经萎缩，这一描述表明父亲失去了性功能。

父亲通过失去性功能实现了跟女儿的和解，这一情节的描写与女主人公的男童嗜好的原因有共通之处——将男性从男权中心主义中解脱出来，通过阉割焦虑[2]来塑造男童的性格和喜好，从而将男权中心社会的规则内化于男童的超我之中，使男童逐步成长为男权中心社会的维护者和既得利益者。如果将父亲和处于性感觉不明确的男童从男权主义支撑下的社会中抽离出来，那么评判的标准就不再以性别来划分，而是以存在主义的个人为

---

[1] 常若松.弗洛伊德主义新论：第一卷[M].上海：上海教育出版社，2018：383.
[2] 阉割焦虑：男孩往往因有恋母情结而产生被父亲阉割的恐惧感，通过对父亲的认同作用产生超我。

基准。脱离了社会强加于性别的价值规范之后,个体之间的连带感将得到明显的增强。

"(吁希子的)父亲通过死亡而失去性器官,这样就从性器官所展现的男权(男性)中获得了自由。"[1]换言之,通过这一情节的描写,男性生殖器功能衰退后,产生于生殖崇拜的男权也随之消失,父亲成为超越了性(男权中心)的男性,变成了女儿的理解者和支持者,此时男性与女性便实现了完善的契合。

在父亲亡魂的指引下,吁希子在三次幻想中分别消灭了维护男权社会的母亲、属于贤妻良母价值判断基准中重要构成部分的小孩、代表压迫女性的男权中心社会的陌生男人。在近现代社会观念中,"母亲、孩子、丈夫是贤妻良母的三大要素,也是近代女性不可或缺的三大神器"[2]。正因如此,吁希子在幻想中所杀害的对象已被抽象化,三位受害者所代表的对象脱离了特殊的个体,上升到与之对应的社会群体。"河野多惠子反复描写的其实并非'异常心理'和'异常性爱',而是孕育着疯狂女性的'沉默',以及被她们的'混乱'所打破的父权制的欺诈性。"[3]河野多惠子在文学作品中执着于表现女主人公的异常精神世界,"对于这部小说的主人公来说,非现实的另一个世界和现实世界一样都有着鲜明的真实色彩。对于她来说正是这两个世界才共同构成了真正的现实"[4]。20世纪60年代的女性作家都在积极开拓女性书写中身体语言的独特表达,河野多惠子提出了非现实叙事的表达方式,通过非现实叙事来阐明女主人公的真实欲望和诉求。在《不意之声》关于父亲亡魂的非现实叙事中,河野多惠子不再拘泥于传统的伦理道德,她希望通过父亲的视角缓解吁希子被边缘化的痛苦,满足吁希子的期望,并将这种行为升华为对女性自我欲望的肯定。河野多惠子通过在幻想中弑杀的行为描写,试图挣脱千百年来对女性的桎梏,转向重视女性自身的主体的性与自身欲望的肯定。

让女主人公吁希子在幻想中再次审视与父亲亡魂、母亲、丈夫、前男友的孩子、陌生男人之间的关系,河野多惠子搭建了一座崭新的两性沟通的桥梁,那就是脱离以男权主义为中心的男权思想的男性才能跟女性达成真正意义上的理解与和解,才能成为女性的理解者和支持者,从而构建和谐的两

---

[1] [日]江種満子.評論河野多惠子『不意の声』—父親の転換[J].新日本文学,2003,58(3):16.
[2] 叶琳.现当代日本文学女性作家研究[M].南京:南京大学出版社,2013:280.
[3] [日]吉川豊子.怖れと歓び—沈黙を破る言葉—A.リッチとともに読む河野多惠子(沈黙と狂気—女性文学の深層を読む〈特集〉)[J].新日本文学,1993,48(10):43.
[4] [日]河野多惠子.不意の声[M].東京:講談社,1993:182—183.

性关系。

（三）结语

在《不意之声》中，河野多惠子通过超现实主义的手法，实现了女性由客体的性到主体的性的转变。受到男权中心社会压抑的吁希子在父亲亡魂的指引下，通过在潜意识中的三次杀人行动，以替代的心理防御机制依次破坏了贤妻良母的三大要素，最后吁希子将对父亲的喜爱升华为男性与女性相互包容和理解的和谐关系。

在河野多惠子的笔下，吁希子是贤妻良母女性价值判断基准的殉道者。吁希子成长在以贤妻良母为价值判断基准的社会里，贤妻良母的要求根植于她的超我中，价值判断基准的单一性导致她被丈夫虐待而无法反抗，也难以接受自身的不孕，从而使她无法接受自己的差异而被社会他者化和边缘化。与此同时，吁希子也压抑着贤妻良母价值判断基准给她带来的劣等感。根据弗洛伊德的精神分析理论，压抑这一自我防御机制不可避免地会去寻求发泄的出口。无力对抗男权中心社会的吁希子只能在超现实主义的幻想中去主动保护自己，以及用替代的自我防御机制反抗男权中心社会的压迫。最后出于自我肯定的欲望需求，在升华这一自我防御机制下，吁希子将来自男权中心社会的压迫和痛苦升华为对自我肯定的欲望，由此催生出满足其肯定自我欲望的父亲亡魂，通过与父亲亡魂的相处，从而寻求到搭建全新男女和谐共生的桥梁。

在战争体验和不孕体验的基础上，河野多惠子以自己的独特视角去审视女性、男性、家庭与社会，力求将女性从生育中解放出来，从而改变女性被他者化和边缘化的状态。同时通过新的女性身体的性的表达与超现实主义的叙事手法，将女性从生物属性的叙事中抽离出来，更加关注女性的精神叙事，创造了不同于自然主义的非现实的表达机制。河野多惠子不仅否定贤妻良母的传统女性定位，而且还对女性满足自我欲望的主体的性进行了肯定，通过施虐与受虐的主体倒置，凸显了女性主体的性的恢复与回归。

第十章

三枝和子"女王像"的二重构造

一、三枝和子其人、其作及其所处的社会语境

三枝和子(1929—2003),哲学系出身的小说家,代表作有《鬼们的夜里很深》《叶子之京》等,曾获田村俊子奖、紫式部文学奖、泉镜花奖等多个奖项,是日本现代文坛女性主义文学流派中特殊的存在,在日本现代女性文学史上占有重要位置。自20世纪60年代登上文坛以来,她以女性的独特感受描绘了各种女性故事,表达了对父权社会的批判,构建了独特的女性文学世界。

三枝文学有着非常复杂的面貌,如晦涩的实验小说、故事性很强的历史小说、极具批判性的女性主义小说等。她的文学创作生涯也十分精彩,早期除了女性主义思想外,她还受到黑格尔、尼采等的影响,作品表现出浓厚的存在主义色彩。

20世纪70年代开始,三枝和子进入创作高峰期,围绕婚姻、战争、两性等一系列主题进行创作,多采用反现实主义的手法,对父权社会中的男性思维和女性原理等一系列重要主题做出了探究。

从根本上来说,三枝认为,比起男性,实际上女性的思维方式更具逻辑性。20世纪80年代开始,她长期旅居希腊,学习希腊语,经过对希腊神话及古希腊戏剧、史诗等的长期研究,她注意到男性思维最初的形态可能源于古希腊社会,因此,她对男女性别差异有了新的认识。她以批判的眼光,从战争的起源、家族的产生、父权的成立、婚姻制度的成立等角度对母权社会的衰败、父权社会的成立过程展开了全面的论述,并将这一课题写进了《别了吧,男人的时代》等专著中。在探访希腊各地的古代遗迹、研究古代母系社会的同时,她试图

以女性视角来重塑被男权社会歪曲、随意构建的女性形象,并且先后完成了以古代著名女性为主人公的一系列历史小说。其中的代表作有以古代母权社会的女性首领为主人公的"女王系列"(即本章所指的"女王系列",含《女王卑弥呼》《浴血的女王》《克利奥帕特拉》三部小说),以诸如推古天皇等女性天皇为主人公的"女帝系列",以平安时代著名女性作家为主人公的"平安五人女系列",等等,分别从不同维度深刻批判了男权社会,体现了对母权社会的思慕。晚年的三枝则结合柏拉图学说,对波伏娃的女性主义提出了批判性意见,创造性地提出了女性的"受容性"等概念,试图重新审视西欧哲学,并独创出适合女性的哲学,写成了专著《女人的哲学之始》。

在女性意识与女性自我觉醒这一主题上,三枝和子与其他女性文学作家一样,对女性的"娼妇性"做了深入探讨,对男权社会附加于女性的母性神话进行了猛烈抨击,在诸多作品中表现出对贤妻良母、生育的性这些主题的批判和厌恶,展现出母性神话的崩坏,试图通过此种方式来重塑被男权社会所构建的女性集体形象。与此同时,她并不止步于女性对于父权的反抗,而是追求女性在社会中的正向主导作用——她在"女王系列"中已经暗示了母权社会的合理性,创造了由母权领导的繁荣、和谐的世界。"女王系列"的三部作品作为一个相通的系列,都以母系社会向父系社会过渡的节点为背景,讲述了历史上三位著名的传奇女性——邪马台国的卑弥呼女王、荷马史诗中阿伽门农的妻子克吕泰涅斯特拉、埃及艳后克利奥帕特拉的故事,塑造了三位卓越的女性首领形象。这些女性首领不断打破传统的桎梏,勇敢地反抗父权,由公主或王妃一步步成长为卓越的女王,最终实现了自己的人生价值,向读者尤其是女性读者传达了三枝最坚定的信条:女人最理想的形象是女王,既非王后,也非公主。女人最理想的生存方式便是成为女王,只有成为女王才能挣脱男权的桎梏,书写辉煌的人生。父权制婚姻导致了对女人的多重束缚,女人要想真正解放,就必须从传统的家族制中脱离出来,不一定非得尊崇结婚生子的传统。三枝的观点十分鲜明,绝不向男权妥协,具有较强的启迪性,尤其是对于新时代追求进步的女性来说,无疑具有醍醐灌顶的启发作用,同时也是打破传统男女关系桎梏、寻求两性和谐共生的一种崭新尝试。

二、国内外学术界对三枝和子文学作品的学术认知回溯

与三枝和子文学相关的研究工作主要集中在日本,对国内学界来说,三

枝和子仍旧是一个比较陌生的名字。此外,三枝和子在日本女性文学研究领域中不属于热门人物,对她的研究并不多见。

(一) 日本方面研究

在日本,主要从女性角度分析三枝对女性意识的感悟和理解,以及对女性解放可能性的探索。其中,日本杂志《现点》中的《三枝和子特辑》是一大研究线索。研究专著有与那霸惠子的《现代女流作家论》等,将三枝的女性主义作为重点对象阐释。另外约有180篇左右的零散论文,主要方向有以下几方面:(1) 围绕作品进行的主题研究;(2) 关于三枝和子本身的研究;(3) 立足于女性主义视角的研究;(4) 围绕特定作品进行的研究;(5) 关于创作手法的研究。

日本学术界对于三枝和子的文学作品已经有了较为清晰的认知,明确了三枝作品当中存在的反母性神话、对父权的反抗等鲜明主题,以及在叙事方法上存在着超现实主义空间。另外,日本学界认为三枝和子所主张的女性主义有将女性主义观念化和绝对化的倾向,但她也让女性主义学说得到了实质性的发展。

(二) 国内方面研究

目前国内对于三枝和子的研究还比较匮乏,只有两篇论文,研究的方向是:(1) 着眼于三枝的哲学观和宗教意识;(2) 对三枝文学中较为经典的反母性、批判父权制等主题进行梳理。

综合目前国内外研究成果来看,对于三枝和子的文学研究多集中在三枝的前、中期作品,关于后期作品的研究甚少。三枝文学的研究空间仍然十分广大,有诸多课题亟待深入探索,国内对于三枝的认知还需要进一步深化和细化。

三、三枝和子"女王像"的二重构造

(一) 第一重反抗者——父权的解构

"女王系列"是在尊重史实的基础上二次创作的历史小说,寄托了三枝和子的美好愿望。如前文所述,对于三枝来说,不被男权束缚的女性身份只有女王,所以在"女王系列"的三部作品中,主人公都以"女王"自居,而非公主或王妃。三位女王的形象暗示了三枝心目中女性最理想的生活方式。女王形象的二重构造中的第一重,就是对父权的反抗。而母性神话是父权强加给女性的典型桎梏,用以规训和控制女性,要反抗父权,就必须首先打破这一神话。另外,父权支配体系的形成需要一定的条件,女王们通过对这些条件的破坏来实现对父权的解构,从而反抗甚至颠覆父权。

1. 母性神话的幻灭

"女王系列"的三位女王都生活在母系社会向父系社会过渡的时代,因此,她们与父权的斗争十分激烈。她们一开始都是以"公主"或"王妃"的身份登场,在父权的统治下被当作政治傀儡,是男权社会中的客体和他者,但是她们并没有遵从男权的要求,成为所谓的"贤妻良母",而是充分发挥自己的主观能动性,使自己逐渐摆脱了他者的身份。她们拒绝男权社会的塑造,而是变身为女战士,勇敢地与母性神话决裂,无情地打破男性强加于她们的幻想。

比如,《女王卑弥呼》中的卑弥呼被劫掠她的伊支马养大,然后被当成一个美丽的傀儡,成为震慑国民的"女神"而受到"崇拜"。实际上,此时的她只是一件帮助男性首领治国安邦的"神器",是一个被凝视的他者。但是她没有服从男性的统治,而是不断学习和成长,直到伊支马对她的感情由"喜爱"变为"由衷地敬畏",她才逐渐摆脱傀儡的身份。《克利奥帕特拉》中的主人公克利奥帕特拉也是如此,当她被野心勃勃的军师要挟与他成婚时,她坚决反抗,趁机逃出了埃及,并寻找机会与恺撒结盟,壮大自己的力量,以期和代表男权势力的埃及元老们对抗。在《浴血的女王》中,迈锡尼公主克吕泰涅斯特拉则一开始就违抗父亲迈锡尼王的命令,自己挑选中意的男子当驸马,并以"未来的女王"身份自居。当阿伽门农兄弟来到迈锡尼,在迈锡尼王的默许下要杀死她的丈夫,强娶她为妻并继承王位时,她勇敢地与阿伽门农进行了激烈的斗争。虽然她寡不敌众,成为阿伽门农的妻子,但她为自己争取到了迈锡尼一半的统治权,成功阻止了父系势力的蚕食鲸吞,保护了母权的存续。

母性厌恶是三枝和子小说中的一大常见主题,具体内容多表现为否认男性继承人、流产、杀子、生殖厌恶等。成长起来的女王们也在各自的领域,给了母性神话一记痛击,真正地展现了母性神话的幻灭。

在《女王卑弥呼》中,卑弥呼为了巩固自己的王权而采取了排斥同族兄弟的行动。那时的邪马台国受到中原的影响,接受了中原地区的文化,因此尊崇一定的父系社会传统道德。卑弥呼作为长姐,应该像母亲一样关照她的堂兄弟男具那。但是,与此相反,卑弥呼不仅对男具那态度十分冷淡,甚至在执政时无意识地将男具那视为王权的威胁。她几乎没有扮演"姐姐"的角色，而是充分扮演了"女王"的角色。当双方意见不合时，她不仅对男具那处处蔑视、打压，还时刻在男女关系上嘲笑他。爱恋着卑弥呼的男具那因爱而不得，感到自尊心受挫，不甘心王权被女王掌控，最后因爱生恨，密谋造反。察觉到这一点的卑弥呼则借助他人之手，毫不犹豫地杀了他，果断且坚决地守护了女王的王权。

在《克利奥帕特拉》中，也有克利奥帕特拉逼迫已经即位的弟弟退位的描写。她用死亡威胁，迫使弟弟退位，并夺走他的兵权，将之赶出埃及，由此否认埃及王室的男性继承人，动摇埃及王室中父权势力的根基。

在希腊神话中，也有不少女性杀害兄弟的故事，比如，直至今天仍被女性主义者们津津乐道的美狄亚。三枝和子曾一针见血地指出："只有怀孕、产子和哺乳期间的女人才具备'母性'这一特质，在其他阶段，母性与她们无关。"[1]对于女人来说，成性男子尤其是兄弟和丈夫等并不是她们发挥母性的对象。母权社会作为一个系统，其中的男性力量通常被视为受排斥的对象，这样才能保障母权社会的存续。可以说卑弥呼正是通过对族内男性权威的否认，才得以镇压与母性神话一同成长起来的父权，捍卫母系社会的秩序。

在《克利奥帕特拉》中，克利奥帕特拉的堕胎行为则生动地表现了"生殖厌恶"这一主题。克利奥帕特拉在萨摩斯岛和安东尼结婚后不久怀孕，但她拒绝了安东尼的建议，拒绝回到埃及调养身体，而是瞒着他堕了胎。堕胎的原因之一便是她的"生殖厌恶"。她对男人想要孩子的愿望反感，认为自己从尊贵的女王沦为孕育继承人的工具，因此故意采取堕胎的方式来粉碎男人传宗接代的愿望。

除此之外，她在游览萨摩斯时，看到了阿尔忒弥斯女神的神殿，当她听说阿尔忒弥斯在雅典和斯巴达是狩猎女神，但在以弗所则被尊为多产、安产、拥有无数乳房的女神时，便说："现在不想见到那位女神。"[2]但她得知赫拉[3]女神的神殿里有堕胎树时，她高兴地说："看来赫拉女神也有不想生孩子的时候。"[4]

克利奥帕特拉的这些言论明确表示了她对生殖的厌恶，也反映了父权对女性生殖机能的神化。实际上，雅典和斯巴达都是古希腊的城邦，受到母

---

[1] [日]三枝和子.女の哲学ことはじめ[M].東京：青土社，1996：108.
[2] [日]三枝和子.クレオパトラ[M].東京：読売新聞社，1994：176.
[3] 希腊神话中的天后，神王宙斯的正妻，掌管婚姻和生育。
[4] [日]三枝和子.クレオパトラ[M].東京：読売新聞社，1994：176.

系社会的深远影响，对女神的崇拜主要集中在其支配力上。因此，希腊神话中的阿尔忒弥斯是作为强有力的狩猎女神被崇拜，或者通常象征着凶暴而致命的自然力量，以令人敬畏的处女神形象出现。另外，在被罗马征服并长期受罗马法熏陶的以弗所，父权的影响较为深远，女性的生殖机能被神化。因此，生殖崇拜在宗教里占据着重要地位，女神被视为孕育生命的容器或象征生殖能力。在希腊神话中，赫拉女神最初是作为统治萨摩斯的地母神而被崇拜，后来败给了代表父系神势力的宙斯，被宙斯强娶为天后，被迫生下很多孩子。她在父权统治下也被弱化，成为为父系神诞下继承者的正妻，地位由主体降格为第二性。

生孩子这一生育的性可以说是女性独有的特质，但女性有生或不生的自由。此外，父权更看重血统。这种生育的性被父权过分重视，于是响应男性要求的传宗接代行为便理所当然地成为女性的光荣责任，做母亲也成为天职。这便是一种母性神话。克利奥帕特拉的堕胎，暗示着女人可以全面主张生孩子不是义务而是一项可选择的权利。她对于天职的反抗，粉碎了男性想要继承人的梦想，破坏了强加在自己身上的母性神话。

在三枝的反母性作品中，不乏因认为自身存在受到子女的威胁而对子女抱有恐惧感或厌恶感的女主角。她们要么厌恶子女，要么杀死子女，完全不受所谓"母性"的束缚。在《浴血的女王》中，反母性的主题则表现为"厌恶子女"。

克吕泰涅斯特拉抚养的情夫埃吉斯托斯长成了一个优雅的美少年，与此同时，她的二女儿厄勒克特拉[1]也爱上了这位美少年。得知此事的克吕泰涅斯特拉十分愤怒，便责问埃吉斯托斯"什么时候学会了这种勾引人的花招"[2]，她的语气中充满了嫉妒，以及对女儿的警惕心。后来，由于厄勒克特拉突然闯入克吕泰涅斯特拉和情夫的房间，母女二人发生了口角，克吕泰涅斯特拉愤怒地将女儿赶出了王宫。在那之后，女儿被人强占为妻，克吕泰涅斯特拉却拒绝救助她，认为她咎由自取，并且说不愿意和女儿争夺情夫。

由此可以看出，克吕泰涅斯特拉早已不将厄勒克特拉看作女儿，而是看

---

[1] 古希腊剧作家索福克勒斯和欧里庇得斯的悲剧作品中的人物，希腊神话中的著名女性，迈锡尼王阿伽门农的女儿。父亲阿伽门农被其母克吕泰涅斯特拉伙同情夫埃吉斯托斯杀死，她联合弟弟俄瑞斯忒斯杀死了母亲，为父亲报了仇，是"厄勒克特拉情结"即恋父情结的词源。

[2] [日]三枝和子. 血塗られた女王[M]. 東京：広済堂，1993：24.

作强劲的对手。这种心理一直持续到故事的后半段。长大后的厄勒克特拉野心勃勃,非常崇拜父亲,想联合弟弟俄瑞斯忒斯一起打倒作为女王的母亲,把迈锡尼变为父权制国家。克吕泰涅斯特拉一直警惕着子女的行动,并且下令不允许他们回到王宫。此时,对于克吕泰涅斯特拉来说,她的女王身份受到了子女的威胁,她的母性在这种围绕王权的血亲之间的争斗中逐渐消失,此时她的形象发生了转变,与故事初期为了被献祭的大女儿伊菲革涅亚而悲伤的慈母形象形成天壤之别。

三枝在《女人的哲学之始》中早已将"母性"定义为"在雌性的育儿期间短暂存在,然后便消失的本能"[1]。另外,她还指出:"男人习惯性地将母性视为他们在弱肉强食的竞争社会中最后的避风港,其实母性和已经过了发情期,也就是长大成人的男人来说毫无关系。"[2]并举出母狮将自己所生的、已长大的雄性后代赶出狮群的例子进行说明,证明母性不是永恒的。同样地,女王克吕泰涅斯特拉的行为也证明了母性的非永恒性,象征着母性神话的幻灭。

"贤妻良母""长姐如母"这些说法都是父权强加给女性的责任,在父权话语体系下逐渐被神化为一种天职,进而成为女性必须履行的义务,而非可选择的权利。但是,女王们用自己的行动打破了这些天职对自己的束缚:卑弥呼对堂弟的无情、克利奥帕特拉的堕胎行为、克吕泰涅斯特拉对子女的防范和厌弃行为等,均有力地打破了父权的桎梏,粉碎了荒谬的母性神话。

2. 父系力量的解构

三枝和子认为,父系社会成立的机制一般包含几种要素,即资源的掠夺和自然的征服、子嗣所有权的确立、创造孩子的是男性等思想的成熟等。因此,阻止父系社会成立的根本手段在于破坏这些要素。在"女王系列"中,可以看到通过破坏这些要素来解构父权的女王形象。

例如,在《女王卑弥呼》中,卑弥呼和伊支马有了孩子,就在伊支马喜不自持时,她却向对方泼冷水,告诉他和他交好只是为了得到继承者的身份,并非出于任何激情和爱意,并且这个孩子只属于她一个人,即只承认其生母而不承认其生父,类似于母系氏族社会中的"只知其母而不知其父"。男子在这里只被视为繁衍的工具,而非家庭的成员,其作为父亲的现实存在被忽视,继而其身份的合法性和个人权利也将被抹杀。

---

[1] [日]三枝和子. 女の哲学ことはじめ[M]. 東京:青土社,1996:110.
[2] [日]三枝和子. 女の哲学ことはじめ[M]. 東京:青土社,1996:108.

与那霸惠子指出,男人要维系以自己的血统为中心的家族,最好的方法就是支配与自己有血缘关系的孩子,女人要想解构这种父权,最好的办法就是通过"只知其母不知其父的方式来否定父权"[1]。伊支马本是野心家,想在卑弥呼生下他的孩子后自己掌握王权。如果伊支马的父亲身份被承认,那么他将拥有女王子嗣的支配权和所有权,进而有机会从女王手中夺取王权。卑弥呼察觉到了这一点,她三次强调不为任何男人生孩子,只生自己的孩子。她的此种做法剥夺了男子对于子嗣的所有权,抹杀了母系社会中"父亲"的存在,将父权的萌芽扼杀在摇篮里。如此,家父长制更是难以成立,因此实现了对父权的解构。

在《浴血的女王》中,克吕泰涅斯特拉则采取强硬的手段来解构父权。从一开始,对于异邦男子阿伽门农兄弟的入赘,她就做出了强烈抵抗,没有让王权完全落入男子们手中,而是牢牢掌控了一半的统治大权,避免了父系力量对母系力量的蚕食鲸吞。另外,当阿伽门农在外征战时,她则在国内励精图治,使迈锡尼国迅速繁荣发展,由此稳定民心,并以身作则鼓励全国女性豢养年轻男子,延续走婚制传统,使迈锡尼国维持着母系社会的状态。后来,在杀死阿伽门农后,她又将孕有阿伽门农之子的卡珊德拉杀死,由此斩草除根,杀死了阿伽门农的继承人之一,同时还把她和阿伽门农所生的儿子俄瑞斯忒斯寄养在乡下,把女儿厄勒克特拉赶出了王宫,最大限度地为自身权力的壮大扫清了障碍。长大后的俄瑞斯忒斯和厄勒克特拉非常支持父权,是父系势力的典型代表,所以克吕泰涅斯特拉把他们拦在城外,不准回宫。如此,女王通过各种方式来排除家族中的父系力量,在一定程度上实现了对父权的解构。

在《克利奥帕特拉》中,克利奥帕特拉对父权体系的解构主要表现为对罗马的夫权制婚姻的破坏。她试图破坏以罗马法和家父长制为基础的婚姻制度,恢复母系社会的走婚制。她主动向安东尼乌斯提出联姻的建议,并拒绝了罗马法规定的父权制婚姻,企图破坏家父长制的框架。

安东尼有一位罗马正妻,因此,罗马人通常将克利奥帕特拉视为他的情妇,肆意贬低她。克利奥帕特拉便拒绝跟随安东尼去罗马结婚,而是主动出击,将他带回埃及做自己的丈夫。这种做法与母系社会的走婚制相同,不是女子脱离家族加入夫家,而是让夫家的男人前来融入自己的家族。在父权制婚姻中,男人可以通过结婚来保证对女人、孩子的独占权和支配权,父权

---

[1] [日]与那霸惠子.後期20世紀女性文學論[M].東京:晶文社,2014:114.

的统治也因此得以存续。但是在女王统治下的埃及,男子没有统治权,之后女王也有可能接受其他男人。这样一来,父权统治成立的要素均遭到破坏,成功实现了对父权的解构。

(二) 第二重主宰者——女王的回归

"女王系列"中女王形象的第二重,则是主宰者。她们不仅要反抗父权,甚至要颠覆父权,实现主宰身份的回归。她们都是曾统治大地的地母型女神的化身,最终目的也是做一名彻底的主宰者。成为卓越的主宰者,便是她们的毕生所求和价值取向。

1. 大地女神的复生

女王们身上不仅有着可贵的反抗精神,还有着强大的支配力量。"女王系列"中的三位女王都活跃在母权社会向父权社会过渡的时代,此时母系势力和父系势力之间的较量十分激烈。这种较量在意识形态上则表现为宗教信仰中父系神灵和母系神灵(如大地女神一类的地母型神灵)之间的地位博弈。实际上,在世界上很多地方都有着地母型女神信仰,这种信仰一般源于当地先民对原始自然力量的崇拜,在远古时期曾长期支配着当地的宗教,占据了信仰的主体地位。但随着父系社会的成立,地母型女神们最终被代表父系势力的父系神灵打败,从而失去了原有的信仰地位。另外,生活在从母权社会向父权社会转变时期的女王们既是某个地区的实际统治者,又作为女神受到崇拜,仿佛当地守护神的化身,她们的形象也如同与父系神灵做斗争的地母型女神一样熠熠生辉。

《女王卑弥呼》中,卑弥呼的原型是神功皇后、天照大神和古希腊的地母型女神。三枝和子在小说的后记中明确说明了这一点。卑弥呼拥有王和祭司的双重身份,而且姿容美丽,擅长预言吉凶祸福,所以被认为是当地的守护神。她的故事具有相当浓厚的神话色彩。

例如,卑弥呼回出生地生产,率领精兵渡过重洋,颇有女将出征的风范,这与神功皇后率兵出征朝鲜半岛的传说相对应;卑弥呼到达目的地后躲进海边一处岩石下的溶洞中待产,而此时,邪马台国陷入内乱的危机中,这与天照大神躲进天岩户、天地陷入黑暗的传说相对应;卑弥呼在占卜过程中陷入迷醉状态,在梦境中化身为大海,与心上人交合后在海雾中生出三位女神,这又再现了伊邪那美的创世神话。此外,她喜欢在原野上奔跑,通过接触花草树木敏锐地感知天气变化与四季更迭,能督促农事,这些特征又不禁让人联想到希腊神话中的农业女神德墨忒尔。野心勃勃的辅佐官伊支马将卑弥呼称为"瑞穗女神",坚信"卑弥呼不是女人,而是女神。那晚正是女神邀请我同床共枕"[1],渐渐地臣服于卑弥呼的统治。因此可以说,卑弥呼是作为女神的化身统治着邪马台国,与以伊支马为首的父权势力相抗衡。

《浴血的女王》中的克吕泰涅斯特拉则再现了赫拉女神和复仇女神的形象。首先,在外貌上,克吕泰涅斯特拉"如同赫拉一般威严美丽"[2]。其次,她的遭遇也与赫拉十分相似。在希腊神话中,赫拉原本也是希腊萨摩斯岛的女王,是当地的守护神,在被宙斯打败后被迫成了他的妻子。她性情刚烈,野心勃勃,极力反抗宙斯,最后作为天后,和宙斯一起统治众神。在《浴血的女王》中,高傲的女王克吕泰涅斯特拉与父亲和前来逼婚的阿伽门农进行了激烈的斗争。她虽然寡不敌众,被迫成为阿伽门农的妻子,但成功地从他手中夺取了一半的统治权,更是在故事后期成为迈锡尼的实际控制者。

除此之外,克吕泰涅斯特拉的形象还与复仇女神十分相似。在当时的希腊文化里,血亲之间的互相残杀是大罪,杀害亲人的人一定会受到复仇女神的制裁。克吕泰涅斯特拉杀死了丈夫阿伽门农,制裁了杀死大女儿的凶手,发挥了复仇女神的作用。复仇成功的克吕泰涅斯特拉的身体变得更加美丽,看上去有一种"不符合四十多岁年龄的丰满和光彩"[3]。埃吉斯托斯见状十分激动,不由自主地跪在她脚下,像崇拜女神一般深情地亲吻了她的脚——这个情节可以说完美再现了人们对复仇女神的崇拜。因为复仇女神以惩罚杀害血亲的凶手为职责,只有履行职责才能维持自身的力量。在当时,奥林匹斯神所代表的父系神已经逐渐取代各地的地母神,成为主体信仰,在神话中,复仇女神所代表的地母神也与阿波罗神所代表的父系神展开了激烈斗争。在《男人们的希腊悲剧》中,三枝和子明确指出,希腊传说中的克吕泰涅斯特拉就是当地的地母神——复仇女神的化身。孤军奋战的克吕泰涅斯特拉为了保卫女王国,阻止父系势力夺权,进行了一系列斗争,如同再世的复仇女神一般,为保卫母系社会做出了贡献。

《克利奥帕特拉》中的女王克利奥帕特拉则再现了古希腊的阿弗洛狄忒女神的形象。首先,克利奥帕特拉姿容出众,拥有如同阿弗洛狄忒女神般令人炫目的美貌和性感的身体。在《克利奥帕特拉》中,她被安东尼称为"阿弗

---

[1] [日]三枝和子.女王卑弥呼[M].東京:講談社,1991:76.
[2] [日]三枝和子.血塗られた女王[M].東京:広済堂,1993:6.
[3] [日]三枝和子.血塗られた女王[M].東京:広済堂,1993:136.

洛狄忒",经常面带妩媚的微笑,声音像"珍珠滚落"一般动听。她经常穿着丝质的薄衣展示美丽的身体,被埃及市民们崇拜为阿弗洛狄忒的化身。克利奥帕特拉妖艳而迷人的姿容,与荷马史诗中所描写的爱与美的女神阿弗洛狄忒如出一辙。

其次,克利奥帕特拉的行为举止也如阿弗洛狄忒一般奔放不羁。古希腊神话里,阿弗洛狄忒是掌管原始爱欲的女神。她十分感性,象征着最原始的生命力,称得上是万物的母亲。她不受世俗法则的束缚,举止放荡,有着众多男性情人。克利奥帕特拉在该小说中也有很多如同阿弗洛狄忒一般随心所欲地满足情欲的场景。阿弗洛狄忒还是魅力的化身,常常利用自己的魅力吸引男性。同样地,克利奥帕特拉也喜爱暴露的着装,非常善于利用自己的魅力来诱惑恺撒和安东尼,以达到自己的政治目的。除此之外,克利奥帕特拉还经常玩弄男性。她对安东尼欲擒故纵,若即若离,软硬兼施,以此让他欲罢不能,从而对她死心塌地;她得知奴隶对自己有恋慕之情,便下令让这个奴隶服侍自己过夜,以此践踏他的自尊心;面对伟大的罗马独裁官恺撒,她也常常用狂妄的语气揶揄他,让他无地自容。

克利奥帕特拉毕生都坚定地宣扬自己的生存理念,毫不妥协地与压迫妇女的罗马法做斗争,试图颠覆父权强加给女人的妇德。此外,更重要的是,她非常擅长揶揄、打压男性,并让他们产生挫败感。她试图以这种方式来征服男人,表现出了强烈的反叛精神和支配欲望。从神话学的角度来看,对阿弗洛狄忒的崇拜起源于对地母神的崇拜,在阿弗洛狄忒的神话中,也存在着反抗父权的元素和母权色彩的残留。神话中的阿弗洛狄忒也有抛弃不喜欢的丈夫、劫掠凡间男子、彰显自己的征服欲的行为。在《克利奥帕特拉》一书中,克利奥帕特拉通过对男性的玩弄和征服再现了阿弗洛狄忒的神话。在父权逐渐占据优势的时代,克利奥帕特拉无疑象征着统治大地的女神的复生。

在"女王系列"中,作为地母型女神的化身、活着的女王们受到崇拜并非偶然。这种崇拜可以说是母权在其终焉时代大放异彩的象征。三枝和子认为,如果不盲从男性思维,从别的角度审视神话的话,它们将会呈现出另一种面貌。她指出:"在男人们不断书写奥林匹斯神话(父系神话)的时代,女性的力量已经不那么强大了,但是,男人们心中依旧对存在于这些神话之前的地母型女神们怀有一丝敬畏。因此,对于赫拉女神,父系神话一方面赋予她'宙斯的善妒的正妻'的头衔,一方面让人们对其强大的力量感到战栗。"[1]

---

[1] [日]三枝和子.女の哲学ことはじめ[M].東京:青土社,1996:80.

一方面，在"女王系列"的三部作品中，都存在着男人们忌惮女王的描写。《女王卑弥呼》中野心家伊支马忌惮卑弥呼的执政才华和通灵术，即对这位女神所象征的原始支配力量抱有恐惧感。性情暴躁的阿伽门农虽然不顾克吕泰涅斯特拉的反对发动了特洛伊战争，却也经常用讨好的语气同她说话，因为他实际上是作为赘婿来到迈锡尼王国的。此外，《克利奥帕特拉》中的罗马猛将安东尼也害怕克利奥帕特拉的气势。另一方面，正因为受人忌惮，女王们也受到了各种污蔑。例如，卑弥呼和克利奥帕特拉被认为"祸水"，克吕泰涅斯特拉则被指责为嫉妒心重的正妻。总之，女王们作为被父系神取代的母系神的化身，在母权社会的终焉时代，以其强大的支配力对父权构成了强劲的威胁。

2. 主导地位的追求

不做"公主和王后"而要做"女王"，"女王系列"的三位主人公都毫不动摇地坚定着自己的这份信念。一方面，她们虽然性格迥异，但无论是孤高寡言的卑弥呼，还是性情刚烈的克吕泰涅斯特拉，抑或是调皮、奔放的克利奥帕特拉，都扮演着自己国家守护神的角色。另一方面，她们绝不甘于现状，可以说都是抱有雄心壮志的野心家。这种野心不仅要让她们抵挡当时涌向女性的父权洪流，还要让她们破坏男性艰难构筑起来的父系权力结构的框架，使整个王国回到女性支配男性的母权社会。与此同时，在两性关系上，她们也不断追求主导地位。她们无论是诱惑喜欢的男人，还是欣赏美少年，这些行为都含有蔑视男人和物化男人的意味。

例如，在《女王卑弥呼》中，卑弥呼为了得到子嗣，主动邀请伊支马与自己同床，但只将他作为繁衍子嗣的工具，不承认他作为孩子生父的身份。伊支马爱上了她，她却借机打压他，让他备感屈辱和痛苦。当卑弥呼出于怀柔政策，再次邀请狗奴国国王来宫里和她共度良宵时，伊支马出于对其他男子的嫉妒，便责问卑弥呼是不是被恋爱冲昏了头脑，才做出这种荒唐的决定。然而卑弥呼不仅笑着揶揄了伊支马，还说出了自己的雄心壮志。她说，为爱发狂的是伊支马，她作为女王是不可能恋爱的，她只是想让狗奴国国王臣服在自己脚下、臣服在邪马台国脚下。

由此可以看出，女王与男人的形象形成了鲜明的对比。男人因对女王的爱慕之心而受到情感支配，痛苦万分，女王却毫不留情地利用男人，只为实现自己的政治利益。男子嘴里说着"恋爱"，想当然地将男女之情视为问题的中心，但女王排除一切情感的干扰，只把让对方臣服于自己作为唯一的目标。当因此受到质疑时，她的回答也高度体现了女王的支配意识。她认为自己只是挑选一个中意的男人过夜,并且是男人委身于她,而非她委身于男人。在这里,男人成为感情上的被支配者,女王卑弥呼成为只追逐现实利益的无情的主导者,男人成为被女王选择和审视的客体,成为她满足私欲的道具,由此,她颠覆了传统的男女关系,实现了女王身份的回归。

在《浴血的女王》中,克吕泰涅斯特拉则实现了传统父系社会中男女从属关系的颠覆。情夫成为她的附庸,并被她塑造成了理想的男性。她将美丽优雅的埃吉斯托斯作为自己的附属物去爱抚、去支配,这种女尊男卑的关系在母系社会的终焉时期和父系社会成立之时是较为罕见的。在那时,即便是入赘的男人,比如阿伽门农,也对女方有较大的支配权。但克吕泰涅斯特拉豢养情夫的行为显然已经打破了这种局面。她警告埃吉斯托斯不要试图独占她。埃吉斯托斯一旦表现出让她不满的地方(比如和厄勒克特拉之间产生情愫),她就会立即责备他,这让他非常害怕。最后,埃吉斯托斯也一心一意地爱上了她,并且崇拜她,沉迷于她的魅力。就这样,男人彻底成为女王克吕泰涅斯特拉的附庸。她用这种方式去解放了自己因被阿伽门农强娶而受到压迫的性,并因性的解放而变得更加美丽,成为两性关系中的主宰者。

此外,克吕泰涅斯特拉励精图治,不断采取铁血手段巩固自己的王权。她将子女视为夺权的隐患,将他们排斥在宫外。听说有人想把长大的儿子俄瑞斯忒斯带回王宫,她便极力阻止,还严肃地申明"迈锡尼是我的王国",甚至为儿子的"死讯"感到高兴。当得知卡珊德拉怀了阿伽门农的孩子后,她无情地杀死无辜的卡珊德拉,同时郑重地宣称这是为了保护女王国不变成男王国,而非出于嫉妒。这意味着她作为女王,试图通过对丈夫后裔(父权继承人)的排除来实现自己的野心,巩固女王的王权。

在《克利奥帕特拉》中,克利奥帕特拉被塑造成胆大妄为的形象。虽然被安东尼所爱,但她始终把自己的野心放在第一位,利用男人和轻视男人。甚至在恺撒这样伟大的执政官面前,她也经常用"自大的语调""侮辱的表情"同他说话。她把爱着她的男奴隶视为自己身体的一部分,把男人当作自己的附属品。她一生都在倡导自己作为埃及女王的生活方式,蔑视男人,蔑视法律强加给女人的贞淑之德,竭力与以罗马法为首的父权代表做斗争。

与此同时,她也是最出色的野心家。与保守的女性形象不同,她不满足于和平与安定,不满足于保卫自身已拥有的财富,她大谈对战争的喜爱和称霸世界的野心。当她成为恺撒大帝的情妇时,她不仅想成为埃及女王,保护埃及的和平,还希望拥有罗马的统治权。也就是说,她不仅要防守,还要进攻,她不仅要自卫,还要征服。长期以来,女性的理想形象被男权社会歪曲和固化,一直是温和、保守的,而她的野心打破了这一刻板印象,揭示了女性真正的理想姿态。

三位女王竭尽一生与父权战斗,从未屈服过。面对垂涎自己的男性国王们,卑弥呼毫不妥协地发出了"想让他们跪在脚下"的宣言;直到生命终结,克吕泰涅斯特拉仍然与父权的代言人们激烈争论;克利奥帕特拉虽然最终败给了罗马人,但她拒绝成为俘虏,最后用自杀的方式捍卫了自己作为女王的尊严。无论她们采取何种行动,最终都要回归到女王的身份。女王们都用自己的行动宣扬了自身信念,那就是要做主宰者,而不是做被支配者;要做女王,而非公主或王妃。可以说,女王们的言行传达了三枝对母权社会的思慕,也提示了现代女性最理想的生活方式。

(三) 结语

"女王系列"的三部作品分别塑造了三个伟大的女王形象,沉默寡言的卑弥呼、性情刚烈的克吕泰涅斯特拉、热情奔放的克利奥帕特拉,她们既是反叛者又是主宰者。一方面,她们行事果断,排除万难,穷尽毕生与父权做斗争,打破了父权的桎梏,追求主宰地位,真正实现了女王的价值,是美貌和智慧兼备的优秀女战士,是反叛精神与女性力量的象征。另一方面,她们与父权的斗争,显示了母权社会末期残存下来的母系势力与开始确立支配权的父系势力之间的对立。虽然由于历史的局限,女王们最终寡不敌众,败给了父权,但她们的精神将代代相传。在被视为当地守护神化身的女王们所统治的地区,都曾长期保持空前繁荣和秩序井然的状态,当女王们死去或被父权替代后,当地则立即陷入混乱之中。这在一定程度上体现了母系社会的优势,也体现了作者三枝和子对母权社会的憧憬。

在日本女权运动走向衰退期的20世纪90年代,三枝依然执着地描写女王们称王称霸的故事,是有一定的道理的。实际上,她借用女王们的故事表达了对父权统治下的家父长制的厌弃,阐释了母权社会的合理性,暗示了新时代女性在价值追求上的另一种可能,表明了打破传统婚姻制度的桎梏、寻求新的两性相处模式的可行性。正如与那霸惠子评价的那样,以女性视角来重现历史的女王系列小说是新时代女性的启蒙之书,尤其是对仍受压迫和歧视的女性们来说,将具有醍醐灌顶的启示作用。女王们的宝贵精神和光辉形象无疑寄托了三枝心中最深切的愿景,揭示了女性最理想的生存方式,那就是不做公主和王妃,而应当做自己的女王,这种思想也将鼓舞无数的现代女性走向自立和解放。

第十一章

安房直子文学视野中的自然界

一、安房直子其人、其作及其所处的社会语境

安房直子(1943—1993)是日本有名的女性童话作家,在其50年的生涯中,为世间贡献了许多美丽的童话。她的作品多以日本风土为根基,以柔和的文体向读者讲述了一个个温暖的故事,作品中体现的世界观虽然为和谐、平稳的幻想世界,但同时也融入了人类的悲伤与无奈,被评价为贴近人类灵魂的作品。

安房直子出生于东京都新宿区,母亲英子的娘家位于新宿区市谷左内町内,战争期间,兄弟姐妹及其他家人们都居住于此。在直子出生的时候,根据母亲强烈的要求,如果生下来是女孩的话,便作为养女交给母亲的妹妹久子抚养。关于这件事,后来直子的友人曾回忆说,直子本人很讨厌这样不顾自己意愿的养女约定。1947年9月6日,4岁的直子被正式收为养女,由藤泽直子改名为安房直子。1949年,安房直子进入香川大学香川师范学校高松附属小学学习,之后到1957年为止还曾多次搬家。养女的经历和颠沛流离的日子,对于还是孩子的安房直子来说,幼小的心灵确实受到了不小的伤害。

在这样复杂的生活环境中,安房直子迷上了童话世界。她买了讲谈社出版的世界童话全集,一直到小学三年级都沉迷于阅读格林、安徒生、阿拉伯的童话故事。那时她虽然还小,但已经开始对创作童话产生了兴趣。

1958年,直子入学日本女子大学附属高中,参加了文艺部和圣书研究会,在文艺部杂志上登载了她创作的作品。1961年,18岁的安房直子进入了日本女子大学国文科,从大学时代开始跟随作为诗人、评论家、翻译家的

山室静,一直旁听北欧儿童文学讲座。之后她在杂志《目白儿童文学》的创刊号上发表了童话作品,由此走上童话创作的道路。大学毕业后,她加入了以日本女子大学毕业生为中心创刊的《海贼》杂志社,她在做编辑的同时陆续发表了几部童话作品。1970年,安房直子在《海贼》上发表的《花椒娃娃》获得第三届日本儿童文学者协会的新人奖,作为童话作家她开始广为人知。之后安房直子长期生活在西东京市,一直坚持自己的童话创作之路。她于1993年2月25日因肺炎去世。

安房直子虽然是以幻想风格著称的童话作家,但也创作了很多具有日本特色的民间故事作品。她受到了各国童话作品的影响,用充满理性和新鲜感的静谧、和谐的文体构建自然的幻想世界,创作出许多让人感受到自然魔力的作品。例如,关于获得第三届日本儿童文学者协会新人奖的《花椒娃娃》,评选委员会就曾做过如下评价:

> 猪熊叶子:"我觉得它很好地消化了民间故事的素材,并且将其变成了自己的东西。她以本国的民间故事为养分来进行创作,在近代儿童文学家所提出的课题中,体现出的'不分地域东西',我认为是一个很大的课题,我很期待这位作者能把它发展到什么程度。"[1]

谈及自己获得新人奖的感想,安房直子表明了自己今后继续从事童话创作的决心。她总是快乐地描绘童话故事,把这样创作故事的过程称为"玩耍"。对于长大后仍将继续的"玩耍",她也仍然陶醉于其中。

安房直子的作品主要在《海贼》和《目白儿童文学》杂志上发表,《花椒娃娃》就是1969年在《海贼》上首次发表的作品。1972年,安房直子的第一本童话集《风与树的歌》发行,其中收录了包括《花椒娃娃》在内的8部作品。

二、国内外学术界对安房直子文学作品的学术认知回溯

在日本,关于安房直子的研究有两次热潮。第一次是在安房直子去世的1993年,由日本儿童文学者协会编写的安房直子研究记事正式发表。其中大部分是哀悼安房直子本人和其作品的文章。第二次是在安房直子去世10年后的2004年,这一年偕成社出版发行了安房直子的作品全集。从这两

---

[1] [日]藤澤成光.こころが織りなすファンタジー——安房直子の領域[M].神奈川:てらいんく,2004:293.

次热潮来看,整体的研究方向主要围绕作品的艺术特征,例如,安房直子在幻想童话中对自然界的描写、作品中色彩的作用、安房童话世界的特征及其构造方法、安房直子与其他童话作家的对比分析等。

在国内,安房直子的作品最初由安伟邦和彭懿翻译后为人所熟知。在研究方向上,主要将安房直子的作品作为幻想小说或者作为日本儿童文学的代表作品进行讨论,有关于登场人物的分析,以及作品的幻想性、自然性、色彩的解读等。目前在国内,关于安房直子的研究大多比较浅显,多是对日本方面研究的总结,还没有系统、成熟的研究资料。

三、安房直子文学视野中的自然界

(一) 引言

在安房直子的作品中,虽然也隐约地存在着有关黑暗和死亡的内容,并且能感受到背后的奥秘和深邃,但最为明显的表面世界是一个温柔的和色彩鲜艳的世界,这个世界的背景即自然界。多次出现的山、风、水等各种各样的自然景色、栩栩如生的动物,还有来自自然界的妖精,这些要素共同构成了安房直子作品中的自然界。安房直子是描写自然的作家。她作品中的自然要素,不仅仅是以眼睛能看见的形式存在于周围,还作为有自己意志的生物出现在人类身边,并且融入了人类世界。安房直子重视自然界的描写,她自身也融入这样的风景中,享受着其中的乐趣。

安房直子于1993年去世,在其50年的生涯中,给世间留下了许多美丽的童话。安房直子的作品扎根于日本风土人情,以柔和的文体向读者娓娓道来。关于作品具体的评价,野上晓在1993年《日本儿童文学》上发表的论文《风与树的歌》中这样写道:

> 纵观安房直子的作品世界,就会发现,像这样与民俗社会的心性重叠的意象被广泛使用,这些都保证了作品的深度。与其说作者有意识地将其作为象征来使用,不如说她对自然界具有很好的感受性和卓越的洞察力,不仅引出了寄宿在大自然中的神灵般的意象,还不经意间把抽象化的民俗学和文化人类学的象征性意义在作品世界中展现出来了。[1]

---

[1] [日]野上晓.風と木の歌[J].日本児童文学,1993,39(10):41.

野上晓指出了安房直子的自然意识。在她的作品中,以自然为背景的故事居多,当中以奇妙的植物和聪明的动物为主人公的故事也不在少数。关于这种自然意识和创作手法从何而来的问题,安房直子在其随笔《童话与我》中曾谈及描写自然的创作动机。

> 在我小时候读过的书中,印象最深的就是格林童话,在创作方面我因此受到了很大的影响。我第一次接触格林童话,是在进学校之前。那会儿我还不识字,是别人读给我听的。那大概是全译本吧,黑暗和残酷的内容均有。在听了故事之后,我的眼睛深处有一片黑暗的大森林逐渐展开,我能感受到那片森林的深不可测,还仿佛听到了森林里穿梭的风的声音。(中略)格林童话集至今仍是我的宝物。[1]

如上所述,安房直子一直认为自己受到格林童话的巨大影响。众所周知,在格林童话的许多故事中,自然是童话故事中不可或缺的部分。安房直子的作品尤其继承了这一特征。另外,在引用的部分中,她运用"森林""风"这样自然的意象讲述对格林童话的感想,也可以说是对自然感受性强的表现。

1993年,《日本儿童文学》也有关于安房直子创作的自然界的内容。松田司郎在自己的文章中指出,将安房直子的作品按特征分类,从作品的内容中可以看出安房直子的自然观,并总结了她对自然的描绘方式和回归自然的主题。

> 以我自己的方式将她的短篇作品分为四个类别:①富有人道主义色彩的作品,②充满乡愁和怀念的作品,③歌颂回归自然的魔力的作品,④描写玩耍的喜悦的作品。
>
> 当然,各作品中都混合了这四个要素才得以成立,但是可能有很多粉丝被吸引,是因为①②而内心澎湃不已。
>
> (中略)
>
> 我认为,自出道作品《花椒娃娃》(日本儿童文学者协会新人奖)以来,她备受瞩目的作品的独特之处就在于分类中的③和④这两种方

---

[1] [日]安房直子.安房直子コレクション1なくしてしまった魔法の時間[M].東京:偕成社,2003:313.

向上。[1]

在这里,"自然回归"被视为安房直子作品的独特之处。

这些作品有着明显的共同主题。那就是强烈感受到憧憬、怀念和愿望的主人公(人类),因为某个偶然的契机(也可以说是陷阱)而被自然捕获,虽然是一瞬间,但回到了自然的怀抱。

每一个主人公都会因为某种强烈憧憬的对象,离开人间而去自然界,但结局也是一样的,想起亲人的事情或者是以什么契机,最后又回到了原来的世界。[2]

安房直子作品的基本叙事方法如下:首先设定自然界和人类世界,主人公往返于这两个世界。然后对自然界进行细致描写,讲述主人公在自然界中的经历,从而获得治愈的魔力。在安房直子的大部分作品中,我们都能明显地感觉到她对自然界的执着。

在第一本童话集《风与树的歌》发行之前,安房直子便走上了童话创作的道路。安房直子创作出大量优秀的童话作品,虽然她的经历看起来略显平凡,对童话作家而言都是不可或缺的宝物。

《风与树的歌》的初版于1972年5月由实业之日本社出版。该书将8个短篇童话《狐狸的窗户》《花椒娃娃》《天蓝色的摇椅》《鼹鼠的深井》《鸟》《雨点儿与温柔的女孩》《夕阳之国》《谁也不知道的时间》收录其中。插画由司修担任,最后的解说由安房直子的老师山室静所写。这本最初的童话集是安房本人非常喜爱的作品集。

神宫:您最喜欢的作品是哪部?
安房:我最喜欢《风与树的歌》(1972年,实业之日本社)。之所以喜欢,虽然也有我自己的想法,但是也因为这是我最早出版的童话集。[3]
(前略)第二年以《风与树的歌》为题,出版了一本收录8个短篇童话

---

[1] [日]松田司郎. 奇妙な戸惑いの魅力―「遠い野ばらの村」「風のローラースケート」に見る自然の描き方」[J]. 日本児童文学,1993,39(10):48.
[2] [日]松田司郎. 奇妙な戸惑いの魅力―「遠い野ばらの村」「風のローラースケート」に見る自然の描き方」[J]. 日本児童文学,1993,39(10):50.
[3] [日]神宮輝夫・安房直子. あまんきみこ〔ほか対談〕[M]. 東京:偕成社,1992:104.

的童话集。其中也收录了《天蓝色的摇椅》,还请了山室老师解说,附有司修先生的精美插画,这是我最喜爱的一本童话集。[1]

安房直子在谈论《风与树的歌》的时候,表达了自己对《风与树的歌》的喜爱之情。在她心中,《风与树的歌》这本童话集是其最用心的作品。野上晓的论文对《风与树的歌》也给予了很高的评价。

> 将安房直子的作品世界与日本的民族社会的心性重叠起来解读的话,其中描绘的独特的爱的身姿,死和再生的戏剧,会变得更加鲜明。那是因为她坦率地投入自然的怀抱中,巧妙地听到野花、树木、风等演奏出的微妙音色,再将其完美地融入故事的世界吧。这样看来,从初登文坛之作到最后的作品集,"风与树的歌"可以说是象征着她所有作品集的关键词。[2]

(二)《风与树的歌》中充满生命力的自然界

在安房直子的童话世界里,以自然界的生灵为线索,可以感受到有如在自然界旅行一般。《风与树的歌》中收录的8篇短篇童话都有这样的特点,充满了她对自然的热爱,如《狐狸的窗户》中的狐狸和花圃,《花椒娃娃》中的花椒妖精,《天蓝色的摇椅》中的蓝天的颜色,《鼹鼠的深井》中的鼹鼠和星星,《鸟》中的海鸥和海,《雨点儿与温柔的女孩》中的雨精灵,《夕阳之国》中的夕阳和沙漠,《谁也不知道的时间》中的乌龟和大海的梦,等等。在自然景色和动物的互动中,介于幻想和现实之间的自然界在眼前展开。

安房直子的这些幻想文学作品之所以得到很高评价,是因为其独特的想象力,在独特的世界观中诞生的故事唤起了读者的共鸣。

"创造生命"被认为创造独创幻想文学的力量。这里的"生命"并不单纯指生物的生命,还指代作品本身的生命力。一种是吸引读者的独创力,另一种是为了唤起读者自身的共鸣,让人真实感受到犹如置身故事中般的力量。在安房直子的作品中,这两种都可以感受到。野上晓在其论文中对她描写

---

[1] [日]安房直子.安房直子コレクション1なくしてしまった魔法の時間[M].東京:偕成社,2003:316.
[2] [日]野上暁.風と木の歌[J].日本児童文学,1993,39(10):43.

的独特的自然界做了如下评价:

> 倒不如说是将生命融进了围绕人类社会的森罗万象之中,在与它们的交流中,窥见了不可思议的故事世界。无论是风、树、花草,还是小动物,大自然中所有的东西一旦被她赋予了生命,有如灵魂一般,带着生命的色彩浮现出来。[1]

在安房直子描写的自然界中,特别重要的表现是"生命力"。这种"生命力"不是单纯的生命,正如野上晓所言,它的"生命力"是从安房直子童话中描写的人类社会中所提取出来的。《狐狸的窗户》里的狐狸、《鸟》中的鸟类少年、《谁也不知道的时间》里的乌龟,他们和人类一样会说话,也给予了人类世界的居民温暖的力量。《雨点儿与温柔的女孩》中的雨精灵和《花椒娃娃》中的花椒娃娃进一步变成了人的姿态,在和人的交往中因被背叛而感受到痛苦。《天蓝色的摇椅》中蓝天的颜色和《夕阳之国》中夕阳与沙漠给了人类各自的自然魔力。安房直子将自然界和人类世界用这样的"生命力"连接起来,产生了人与自然既近又远的不可思议的距离感。自然界和人类世界的构筑,是安房直子独特的想象力所在。两个世界既有同一性,也有不同,并且在两个世界之间往返的角色都有着安房直子自己的意志,还有让读者产生共鸣的现实性。随着故事的展开,感觉就像是现实世界中发生的事情一般让人沉浸其中。

安房直子的童话中除鲜明的自然界描写之外,还有关于人与自然之间关系的描写。安房直子经常从各种角度描写人与自然的交往方式,并表现出对和谐世界的向往。作品中的这种特征体现了她向往人与自然的和谐、平等共存的愿望。

但是,人与自然的关系并不总是保持良好的状态,现实中有着太多不和谐的现象。从全世界来看,现代人类的频繁活动导致全球变暖,引起水资源的不足和森林的减少,海洋冰面的消失导致海洋动物的食物和繁殖地的不足,等等。另外,在当代社会的重压之下,也偶有发生通过虐待动物来发泄自身怨气的反社会行为事件。安房直子的作品中也描写过不和谐的现象,例如《狐狸的窗户》和《雨点儿与温柔的女孩》这两部作品。狐狸的妈妈被枪杀了,雨点儿妈妈被人类的老奶奶所骗,最后彻底消散。狐狸和雨点儿妈妈

---

[1] [日]野上晓.風と木の歌[J].日本児童文学,1993,39(10):40.

不仅仅是自然中的个体，它们还分别代表着动物和自然环境。这两部作品中所描绘的人物形象，正是对动物进行虐杀、对大自然进行无限制索取的可怖的人类。安房直子已经感觉到人与自然的这种背离，因此在作品中也流露出苦闷和遗憾。这是对大人的一种警醒，也是对孩子的启示和教育。

话虽如此，这两部作品并不是单方面地谴责人类。在《狐狸的窗户》中，安房直子描写了小狐狸对被枪击的狐狸妈妈的怀念和如人类一般的生活姿态，通过细致的描写强调了人类和住在自然界的动物所持有的感情的同一性。

在安房直子的作品中，从正面描写人与自然的关系是主流，也有从反面描写的情况，但最终都回到了和谐的世界。从正反两个方面进行描绘，既能获得全面的视野，又能通过对比的方式给读者留下深刻的印象。这样孩子在阅读了故事之后，他们的心里就会萌生保护大自然、保护动物的想法。这种对孩子的教育也是儿童文学应有的意义。

（三）《风与树的歌》中的自然特征描写

如果要总结安房直子作品的特征，那么探究其作品内核构造的"不可思议"便极其重要。而要构成这种"不可思议"，"超自然"是不可或缺的重要因素。在与神宫辉夫的对话中，安房直子曾表达过对"超自然"的喜爱之情。

> 神宫：不，我只是觉得有点那样的印象。同年的《被施了魔法的舌头》也出现了不可思议的小人，他给人类提供了各种各样的援助，在格林童话里有很多这样具有超自然力的助力者出现的故事。
>
> 安房：这确实是受到格林童话的影响。我现在也喜欢写这种模式的故事：拥有超自然力量的人会帮助不幸的主人公。[1]

"超自然"指超越了自然界的法则，无法用常识和科学来说明的神秘事物。安房直子作品中的超自然通常作为改变主人公日常生活的契机而存在。安房直子曾提及这种超自然的力量，是自己从以前读过的俄罗斯民间故事中学到的魔法。关于她所学到的魔法，她在随笔《我所写的魔法》中阐述了自己的想法。"有人会认为，真正的魔法，并不是指这些随手能做的小

---

[1] ［日］神宫輝夫・安房直子.あまんきみこ〔ほか対談〕[M].東京:偕成社,1992:107.

把戏,而是更宏大、拥有超自然力量的东西吧。"[1]

安房直子所认为的魔法和上述大多数人一般认为的魔法略微不同。她列举了很多人想象中的魔法,"像在天空中呼啸,然后像在几乎所有童话中一样,魔法能让动物说话,让草和树唱歌,让太阳、月亮和星星向下界搭话"[2]。的确如此,这种魔法被认为具有颠覆自然界的真正超自然的力量。但是,安房直子对于魔法是这样认为的:"对我来说,那样的事情,总觉得没有'魔法'的感觉。我认为,使用身边的小道具就能完成的、像变魔术一样就能做到的才是真的魔法。"[3]

安房直子写的魔法几乎是日常生活中不太显眼的东西,并不是能改变自然界的巨大力量,仅仅像变戏法一样的、有点不可思议的小东西。在《狐狸的窗户》中,小狐狸用蓝色的水将双手的大拇指和食指染成桔梗色,然后透过窗户望去,可以看到过去令人怀念的情景魔法;《天蓝色的摇椅》中用毛笔取蓝色涂在椅子上,坐在那蓝色的椅子上就能让失明的少女看见天空的魔法;《夕阳之国》中在绳上滴上橙色的水,然后跳绳就可以去往太阳色的晚霞之国的魔法;等等。在故事中,每一个小道具都有着不可思议的力量,使用它便会出现超自然现象。

对于安房直子来说,幻想与现实世界之间的朦胧感一直是她极力要表现的东西。她曾经这样说过:"我之所以喜欢写幻想作品,是因为我非常喜欢幻想与现实的交界处那微妙变化的彩虹般的颜色。"[4]受到格林童话的影响,为了满足自己的愿望,她通过作品表达了心中的想法,描绘出了充满灵性的童话森林。"住在那里的人们,不知什么原因,大部分都是孤独、纯洁、笨拙、不擅长处世的人。我经常从那儿当中带一个人出来,作为今后要写的作品的主人公。"[5]

安房直子童话中的人和动物常常从自然中获得安全感,这一点可以说正是她自身回归自然的愿望的体现。"孤独、纯洁、笨拙、不擅长处世的人",具有这些特征的主人公们,从某种意义上来说,也是安房直子自身的投影。她把回归自然的愿望寄托在童话里,直接反映在故事当中。从具体表现来看,就是创造了以人类为主体的现实生活的人类世界,以及具有幻想性和幻

---

[1] [日]安房直子. 安房直子コレクション5 恋人たちの冒険[M]. 東京:偕成社,2004:327.
[2] [日]安房直子. 安房直子コレクション5 恋人たちの冒険[M]. 東京:偕成社,2004:327.
[3] [日]安房直子. 安房直子コレクション5 恋人たちの冒険[M]. 東京:偕成社,2004:327.
[4] [日]安房直子. 安房直子コレクション7 めぐる季節の話[M]. 東京:偕成社,2004:271.
[5] [日]安房直子. 安房直子コレクション7 めぐる季節の話[M]. 東京:偕成社,2004:269.

想性要素的自然界。故事中的角色往返于这两个世界,由此描写的行为和感情便体现了自然回归的主题。

例如,《谁也不知道的时间》中的良太,每天从乌龟那里得到一小时。因此他买了一个太鼓,在这一个小时里练太鼓。有一天,他像往常一样练习的时候,遇到了同样从乌龟那里得到时间的少女佐知子。良太是个普通的渔夫,是现实人类世界的代表。乌龟活了两百多年,拥有大海般的梦幻世界,是幻想自然界的代表。对他们来说,落入没有遵守时间规则的大海之梦中的佐知子,是从现实的人类世界跳入幻想的自然界,住在这两个世界夹缝里的居民。三个角色很好地区分了故事中不同的世界,而作为朦胧交界住民的佐知子也成为推动整个故事的主轴。

(四) 独特自然界的成因

要构建一部作品,作者自身的经历和性格往往是不可缺少的。安房直子的内向性格、童年经历、大学时代的学习经历都为她的创作提供了鲜明的素材。

受到喜爱之作的影响可以说是安房直子开始童话创作的外因。作品中的日本民间故事和西欧童话元素都是她从孩提时代开始通过读书积累起来的。

安房直子从小便是一个相当腼腆的姑娘,不太喜欢与朋友一起在外面玩耍,而喜欢在室内和妈妈一起缝玩偶或者看书,她幼年时期便读了格林兄弟、安徒生等写的童话故事。

> 我的书箱里有一本昭和二十六年发行的安徒生童话集。
>
> 红色的封面上,金色的文字已经褪色,纸也完全变黄了。我读这本书,是在小学几年级的时候呢?最喜欢书的我,每周日都和父亲去书店买一本新的童话书。从书店的书架上一排一排地排列着的书中选出自己喜欢的那本,那份喜悦——那时的心跳,至今也无法忘怀。
>
> 像这样积累起来的很多"藏书",每次搬家都会减少,但是只有安徒生写的书至今还保留着,应该是有着特别的留恋吧。[1]

即便在她长大之后,也保持着孩提时代对童话的喜爱。进入大学后的

---

[1] [日]安房直子.安房直子コレクション4よいこんだ異界の話[M].東京:偕成社,2003:309.

安房直子,在山室静的指导下,提高了知识的广度和深度。对各种各样的童话和传说感兴趣的她就这样积累了知识,自然地开始了童话创作。

> 那时候我在日本女子大学听了山室静老师的儿童文学讲座。星期二的下午,在书籍堆积成山的研究室里听北欧神话、希腊神话、世界传说的讲座。对此我感到很高兴,一次也没落下过。不知什么时候,就和聚集在那里的朋友一起出版了童话作品。[1]

在安房直子喜欢的童话中,格林童话是她创作的重要养分。长大后的安房直子和小时候一样,几乎都在室内度过。她从来没有离开过出生的国家,也很少去旅行。她每年唯一离开家的时候是在夏天,那时她离开东京的家去轻井泽的山庄避暑,在那儿几乎不进行童话创作,而是和家人一起悠闲地度假。她做家务的时候,有时会突然想到一个故事,便会拿起放置在一旁的笔记本和笔记录下来。

> 我在作品写不好、心情郁闷的时候,就会拿出格林童话来啪啦啦地打开,读当中的小故事。这样一来,像是童话的节奏一样的东西就会复活,不可思议的力量就会涌现出来。(《关于著作〈北风遗忘的手绢〉及其他》)[2]

对于安房直子来说,创作中抓住瞬间的灵感十分重要。这种瞬间的灵感就像童话的节奏一样,是构建故事框架不可或缺的部分。如果说格林童话带给她的是对童话世界的热情,那么对于已经走上童话创作道路的她来说,瞬间的灵感则是其童话世界的基础。童话的节奏虽然是肉眼看不见的东西,但是通过安房直子加以描绘之后,独特的童话世界便随之诞生了。

如果说在安房直子的故事世界观中,童话般的感觉来自格林童话,那自然界本身的起源则来自日本民间故事。关于安房直子创作的养分,据闻是《远野物语》《世界物语集》《三好达治诗集》《宫泽贤治童话集》及斋藤隆介的短篇童话集等。在她的随笔中特别提到过《远野物语》和《宫泽贤治童话集》。

---

[1] [日]安房直子.安房直子コレクション1なくしてしまった魔法の時間[M].東京:偕成社,2003:331.
[2] [日]藤澤成光.こころが織りなすファンタジー——安房直子の領域[M].神奈川:てらいんく,2004:13.

放在桌子上的书,随着时间的变化会有不同,但是这几个月一直带过来的是《远野物语》和《宫泽贤治童话集》。这两本都是我很喜欢的书,在开始写稿之前的一段时间里,我会一点一点地读这两本,宛如吸入了贵重的香薰一般,写起来也顺畅了许多,这就像是咒语一样的东西。[1]

《远野物语》收录了岩手县远野地区流传的传说,是柳田国男初期的代表作,被认为日本民俗学的魁作。因为故事的出处是在远野附近,所以自然以山为中心,如山神、山男、山女、山的灵异和森林等。除此之外,还让人感受到生活在那里的风土人情,如古人、家庭的兴衰、灵魂的去向、虚幻、小正月等,这些都与人们的物质生活和精神生活休戚相关,并在精神生活上强烈地反映了当地人的信仰。安房直子也在自己的随笔中评论了这部作品。

这是我第二次读《远野物语》,十年前读的时候所感受到的无聊感,现在一点儿也没有了,每一个故事里都能感受到真真切切的真实感。我对此觉得很开心。这说明十年间,我开始领悟到日本的山和日本民间故事的魅力。读了这本书,就能感受到栖息在山里的各种魑魅魍魉的气息。《远野物语》中的每一话都不是完整的故事,而是所谓的"片段",但这对于我来说,就像被挖掘的许多陶器碎片一样,很有魅力。[2]

《花椒娃娃》和《雨点儿与温柔的女孩》有着日本民间故事的氛围,住在山上的人们和妖精的身影自然地浮现在眼前。《远野物语》是安房直子喜爱的作品,也影响了她对自然的印象。故事中自然、朴素的民风要素便是佐证。但这质朴的民风背景下的故事并不拘泥于现实,而是与西欧童话元素中的要素相结合,安房独自的童话世界便由此展现出来。

如果说受喜爱的作品的影响是外因的话,那么从自身的经历中受到的影响就是内因。安房直子对自然的执着受到外界的影响,但幼年时期的经

---

[1] [日]安房直子.安房直子コレクション3 ものいう動物たちのすみか[M].東京:偕成社,2003:302.

[2] [日]安房直子.安房直子コレクション3 ものいう動物たちのすみか[M].東京:偕成社,2003:302.

历对她的影响也是重要的原因,居住环境、家庭关系等都在幼年时期的安房心中刻下了一道印记,直接反映在其作品中。

> 尽管如此,我为什么这么喜欢山呢?我想,这似乎是我在乡下长大的缘故。我虽然出生在东京,但在15岁左右之前,我曾搬到日本各地居住,特别是东北、北海道、信州,这些是我中小学时代度过的令人怀念的地方。即使是现在,我在上野站看到向北行驶的列车时,心中也充满了一种说不出的乡愁。[1]

在乡下长大的安房直子对自然怀有亲近感也就不足为奇了。小时候居住的环境对她来说是舒适的,也让她喜欢上了周围的山川。她把这种感情称为"乡愁",从中可以看出她对自然的依赖。这种依赖唤起了她对自然的憧憬,体现在其作品中,便成了回归自然的愿望。

从安房直子的生平来看,她小时候每年都要从某个地方搬到另一个地方,进入新的学校,在新的团体中生活。她还没来得及认识新的朋友,就又搬到了别的地方。安房直子在这样急剧变化的生活环境中长大,心中自然会产生孤独感。

从她写的随笔来看,这种艰难的环境也为安房直子的创作提供了土壤。安房直子从小就不喜欢运动,比起在外面和朋友玩耍,她更喜欢一个人在室内看书。这是天生的性格,还是受环境影响的结果,不能简单地一概而论,但其性格确实和她的童话创作息息相关。阅读各种童话获得的体验和出色的想象力,是自称"内向,朋友很少,而且还是独生子"的安房直子从自己的经历中获得的。

安房直子的作品虽然描写童话般的世界,但也充满了现实性。对安房直子来说,自然之所以能唤起"乡愁",是因为孩提时代接触到的自然给予了她极大的治愈力。从普通人的角度来看,安房直子儿童时期的生活环境对孩子心理健康发育不太有利,但是对于安房直子来说,这反而成了她童话创作的养料。

(五)结语

安房直子的作品作为幻想文学有其独创性,她通过作品构建了人与自

---

[1] [日]安房直子.安房直子コレクション5 恋人たちの冒険[M].東京:偕成社,2004:331.

然的和谐世界。在《风与树的歌》这一作品集中，收录的8部作品不仅各有特点，同时在自然描写上也有着相同之处。自然作为安房直子作品中的重要元素，为她的独特世界观提供了基础。本章以安房直子的作品集《风与树的歌》为中心，对其作品中关于自然的描写进行了解读，同时对安房直子的自然特征的描写及其成因进行了探究。

若将《风与树的歌》的8篇童话进行分类，则可以分为自然环境、动物、妖精三类。以自然环境为主题的《夕阳之国》《天蓝色的摇椅》体现了人类对自然的憧憬和自然对人类的治愈效果；以动物为主题的《鼹鼠的深井》《狐狸的窗户》《谁也不知道的时间》用栩栩如生的笔触描绘了形色各异的动物，模糊了自然与人类的界限，体现了两者的平等和同一性；以妖精为主题的《花椒娃娃》《鸟》《雨点儿与温柔的女孩》则将人类与自然融合，从反面描写了自然对人的排斥，谴责了人类过多的欲望。

安房的作品大多描写人与自然的关系，她除了爱读格林童话外，还读遍了其他许多经典童话。阅读的积累、超自然的想象和人生经历造就了其丰富多彩的童话世界。她的作品无论在儿童文学上的教育性上，还是在文学作品的艺术性上，都具有相当大的价值。

第十二章

津岛佑子内心的缺失性世相认知

一、津岛佑子其人、其作及其所处的社会语境

津岛佑子(1947—2016),本名津岛里子,出生于东京,毕业于白百合女子大学英国文学专业。津岛在大学期间就开始了文学创作,同时还加入了《文艺首都》杂志社。1969年以笔名"津岛佑子"发表了处女作《安魂曲》,作为文学新人正式在文坛亮相。之后陆续发表了《猬集着生物的家》《草中卧房》《宠儿》等作品,先后获得了田村俊子奖、泉镜花奖、女流文学奖、川端康成文学奖等多种奖项。此外,津岛的不少文学作品还被翻译成英语、法语、中文等多国语言,在国际上也获得了极高的评价。可以说,津岛佑子在日本现代文学史上占有重要地位。

津岛的重要之处不仅体现在获奖数量上,还体现在她独特的女性观上。20世纪60年代末70年代初,随着女权运动的高涨,日本出现了一批如三枝和子、大庭美奈子等在作品中反映憎恶孩子和讨厌生育思想的女作家。她们试图通过对母性强烈的憎恶来打破性别差异及被神化了的母性观,从而逃离由男人建构和主宰的世界。而同一时代的津岛反其道而行之,她对上天赋予女性的自然生育的本能大加讴歌,不断探索女人生命存在的价值及其方式。其作品中的女主人公最大的特点就是对女人自身性的全面肯定,即女人之所以为女人,正是因为其具有"生育"这一生理机能。换言之,她认为女性的"生育的性"并不是束缚女性追求自我的绊脚石,而是帮助女性获得自我价值的垫脚石,她在其早期的作品中充分体现了这样的思想,如《宠

儿》《跑山的女人》等。

"第二个与众不同之处在于,津岛佑子描写的多是存在某种缺失的家庭。"[1]只要读过津岛的作品,就不难发现她的这一特点。结合津岛本身的经历可以推知,这一缺失与其幼时的家庭变故息息相关。父亲太宰治在津岛1岁左右就与情人跳河自杀了,因此,父亲这个角色在津岛的成长中是缺失的。此后和她关系要好的、患有智力障碍的哥哥也因病去世,成年后她又经历了离婚和儿子的早夭。这一系列的经历对津岛的文学创作影响深远,可以说津岛经历过的家庭体验,完全与近代家庭理想形象相对立[2]。因此,津岛作品中经常出现父亲的缺位、智力障碍的哥哥的死亡、离婚与儿子的早夭等主题。

但津岛并没有完全沉浸在自我伤痛中。实际上,从开始文学创作以来,她就积极地参与各种社会活动。例如,津岛于1990年联合其他作者发表了《文学家反对海湾战争的声明》,到后期,津岛的重心转移到了反战、关注社会弱势群体及阿伊努等少数民族文化上,《微笑的狼》正是这一转变时期的代表性作品。

二、国内外学术界对津岛佑子文学作品的学术认知回溯

国内关于津岛佑子的研究论文总计有十几篇,大多围绕津岛佑子早期作品中的女性意识来展开研究。关于《微笑的狼》的研究论文涉及以下几个方面:(1)基于生态女性主义,从自然与女性的命运共同体的关系出发,分析《微笑的狼》中体现的生态女性主义思想,然后结合津岛自身的经历,论述其思想的独特性。(2)研究《微笑的狼》的身份建构与记忆叙事的创作方法。(3)解读《微笑的狼》里所体现的现实与幻想相结合的写作风格。

在日本,关于津岛佑子的研究可谓硕果累累,主要对其晚期作品进行针对性的解说,此外还有相关的感想文章及谈话记录等。

但是,不管是在中国还是在日本,似乎还没有人尝试过以"缺失性"为主题来研究津岛佑子的作品。无论是父亲的缺位,还是哥哥的早夭,都算得上是一种缺失。因此,本章拟从这一点出发,来分析津岛转变期的代表作——

---

[1] 刘春英.日本女性文学史[M].北京:商务印书馆,2012:330.
[2] [日]岩渊宏子 北田幸惠.はじめて学ぶ日本女性文学史[M].京都:ミネルヴァ書房,2005:337.

《微笑的狼》,进一步探究津岛在该作品中体现出来的变化。

三、津岛佑子内心的缺失性世相认知

(一)《微笑的狼》的寓意

《微笑的狼》发表于 2000 年,次年,津岛佑子凭借该作品获得了第 28 届大佛次郎奖,同年,该作品由竺家荣翻译成中文在我国出版。该作品被评论家柄谷行人视为展示津岛变化的先驱性作品。

《微笑的狼》以第二次世界大战后的日本为背景,讲述了一个少年和一个少女的冒险故事。与津岛之前的作品不同的是,这部作品没有停留在描写主人公们的生活上,而是通过描写他们的旅行来反映战败后的日本世相。和以往具有缺失现象的作品不同,该作品在延续了父亲的缺位等元素之上,对缺失现象加以扩展,对思想层面进行跃升,我们可以在作品中看到从个人的缺失到社会的缺失的延伸。那么,这样的转变究竟是怎样发生的呢?在作品中又是怎样体现的呢?

这部小说的题目——《微笑的狼》最引人注目。它并不是一篇以狼为主角的小说,这就不由得让人好奇,津岛为什么要给这部作品这样命名呢?狼又为何微笑呢?结合相关的资料可以推断和以下因素密切相关。

首先,津岛偏爱狼这种动物。这可以说是日本文坛众所周知的一件事,在论述津岛的作品时常常被提及,比如评论家川村凑曾经就此写过一篇叫《狼的记忆》的文章。从这篇文章中我们可以得知,津岛佑子为了追寻狼的踪迹曾数次前往异国他乡:朝鲜、中国、印度等。但遗憾的是,这些旅途仅仅让她收获了从猎人手中购入的几张狼皮,并没有真正和狼碰面,因此在作品中频繁出现的关于狼的描写也许是某种心理慰藉。

从《微笑的狼》中可以得知,这种执着也和日本狼的灭绝有关。

> 日本狼灭绝是在 1905 年。那一年日俄战争结束(中略)1945 年以日本的无条件投降结束了战争。日本狼消失了,而失去了主人的狗成了野狗,开始流窜于废墟般的城市里。[1]

这是小说进入正文前的内容。这一看似和小说正文毫无关系的内容,

---

[1] [日]津岛佑子.微笑的狼[M].竺家荣,译.北京:中国文联出版社,2001:8—9.

却起着不可或缺的作用。在通读全文后,我们会不由得产生一种感觉,那就是日本狼的灭绝就像一系列战争的开端,也是日本社会崩坏的前奏。日本狼灭绝了,但日本社会的不幸还远远没有结束。生于战后的津岛虽然没有亲身经历过那场战争,但在战后长大的她毫无疑问受到了当时环境的影响。因此,对狼的追求中也隐藏着她对和平社会的追求。

还有一种说法是灭绝的日本狼象征着不在的事物。关于这个说法,川村凑在《狼的记忆》中是这样叙述的:

> 但是,这种不在和非在并不是观念上的虚无或思想上的虚构,而是曾经"存在过"但现已失去和丧失的事物的不在。可能在日本野生动物当中,只有像日本狼一样最精悍、最凶猛、最贪婪、如愤怒集合体一般的生物的不在和灭绝,才能成为让津岛佑子偏爱的对象吧。[1]

也就是说,津岛对狼的偏爱是对曾经存在但现已不在之物的偏爱的投影,例如,她作品中反复出现的父亲的缺位、哥哥的死亡及儿子的夭折等,父亲、哥哥、儿子都是她生命中占有重要位置的亲人。

其次,题目中"微笑"有不一样的含义。但凡读过《微笑的狼》的读者,都不会认为这是一部引人发笑的小说。那么津岛为何要在题目中用到"微笑"二字呢?关于这个问题,川村凑是这样认为的:

> 曾听(作者)本人说过,对于"笑いオオカミ"在中国被翻译成《微笑的狼》一事也是不太赞同的。(中略)当然,她也知道即使使用同样的汉字,中文和日语中的"微笑"一词也具有不同的语感。即便如此,她也觉得"微笑"两字不太妥当。
>
> "笑いオオカミ"中的"笑い"真的是"微笑"吗? 我认为不是的。为什么这么说呢? 因为它没有将包含在其中的"愤怒"表现出来。[2]

正如川村指出的那样,《微笑的狼》的"笑"中是隐藏着"愤怒"的。因此,这里的"笑い"并不是真正的微笑,它包含了对人类的厌恶和对社会的失望,

---

[1] [日]河出書房新社編集部編.津島佑子 土地の記憶、いのちの海[M].東京:河出書房新社,2017:132.

[2] [日]河出書房新社編集部編.津島佑子 土地の記憶、いのちの海[M].東京:河出書房新社,2017:137.

应该说是嘲笑更为恰当。

如上所述，津岛因个人经历，喜欢在作品中描写"缺失"这一主题。将狼用在题目中也可以看出她对"缺失"这一主题的偏爱，同时也可以从象征不在的事物、含义丰富的"狼"这一形象中窥见小说的反战内核。并且，津岛通过"笑い"这一颇具讽刺意味的词语进一步加深了小说反战的主题，这一作品可谓津岛参与各种反战社会活动的结晶。

（二）《微笑的狼》中的缺失现象

小说中的缺失现象主要体现在三个方面：一是传统家庭形式的崩溃，二是对自我存在的怀疑，三是对社会的不信任。

1. 传统家庭形式的崩溃

津岛佑子的家庭形式与传统家庭的理想形式相悖。因此，她总是不断地在自己的作品中探索与世人认知相异的新型家庭形式。例如，在《跑山的女人》中描写了由未婚先孕的妈妈与其孩子组成的家庭，在《默市》中尝试了由离婚后的单亲妈妈、孩子及承担父亲这一责任的野猫构成的家庭形式，而对新型家庭形式的尝试往往基于传统家庭形式的崩溃。

《微笑的狼》也不例外，第一章便在少年关于幼时和父亲在墓地生活的回忆中展开。

> ……在下雪或下雨后的夜晚，他们无论如何要离开墓地，潜入街里的某个地方睡觉。睡在地下通道或公共厕所里，或者人家的屋檐下。
>
> 那时，在这些场所过夜的人并不少见。无家可归的人们，背井离乡的人们，四处可以安家……[1]

少年的回忆反映了当时因为战争流离失所、家破人亡的人们的生活状况。原本父亲应在外工作来养家糊口，母亲应在家料理家事和照顾孩子，本应在父母庇护下成长的孩子现在却不得不和父亲一起流浪，四处为家。

> 孩子已经习惯于饿肚子了。只要见到可以吃的东西，就胡乱塞进嘴里去。土和树叶也不例外，还有石柱上的青苔或藏在枯叶下面的小

---

[1] [日]津岛佑子.微笑的狼[M].竺家荣，译.北京：中国文联出版社，2001：11.

虫子。[1]

这不仅是父子二人的困境,也是处于当时社会下的大众共同的困境,父子二人的生活实际就是当时社会的缩影。人们因为战争失去家人,失去住所,失去安定的生活。

与之相比,少女雪子算得上是过着幸福的生活了:在学费高昂的学校上学,不用为生计烦恼。但实际上从这样看似幸福的生活也能窥见其家庭形式的崩溃。少女的父亲在她年幼时和其他女人一起自杀了,之后哥哥又因病去世,最后就剩下她和母亲二人。

少年和少女的家庭都不是大众推崇的圆满的家庭,他们二人的这种家庭体验在当时的社会下也不是特例。旅途中他们还遇到了被遗弃在火车厕所里的婴儿、独自一人搬运丈夫骨灰罐的女人、带着孩子一同自杀的母亲,这些都反映了传统家庭形式的崩溃。

2. 对自我存在的怀疑

因为战争,家不像家,人不像人。在这样的社会下,人们开始怀疑自己的存在:自己为何诞生在这个世上?自己到底是怎样的存在?人们甚至怀疑自己现在是否还算活着。这样的丧失感可以说也是某种形式的缺失。曾经在墓地生活过的少年对此更是深有体会。

> 为什么自己和父亲睡在墓地却没有死呢?是否可以说小孩和父亲像死尸一样活着呢?[2]

每当少年回忆起他和父亲住在墓地时,总会不由得产生这样的疑惑。住在墓地的自己和父亲到底算不算作为人类活着呢?或者,已经变成了非人的存在?

> ……和这父子俩一样,在这墓地的某个地方过夜的有老人,有年轻的女人,也有穿学生制服的中学生,还有穿军服的人。当小孩走在宽阔的甬路上时,忽然会从石碑后面走出其他人来,于是,双方吃惊地互相对视。然后谁也不看谁,各自走开。完全把刚才见过的人忘掉了。

---

[1] [日]津岛佑子. 微笑的狼[M]. 竺家荣,译. 北京:中国文联出版社,2001:9—10.
[2] [日]津岛佑子. 微笑的狼[M]. 竺家荣,译. 北京:中国文联出版社,2001:11.

4岁的孩子已经习惯了这一套。知道除自己以外还有别的人住在墓地,但他们只是影子似的存在,就是说,和谁都不在是一样的……[1]

如上所述,除了少年和他的父亲外,墓地里其实还居住着其他人,但大家似乎约定好一般互不干涉、互相忽视,在这个墓地里孤立地生活着。如果有一天在墓地死去,连证明他存在过的人都没有。少年和他的父亲就是其中这样的人,幸运的是,他们可以互相证明彼此的存在。不幸的是,父亲的死亡让少年失去存在的证据。因此,少年格外地重视与他人的关联,希望借助这样的关联来确认自己的存在。

而少女在父亲死后与母亲一起生活,她也对自己的存在有所质疑。

"……俺觉得母亲似乎把那点母爱全都给了阿敦一个人了。可能在她看来,比阿敦健康结实的、个子又高,又能回答问话,还能隐瞒过错的俺,不像阿敦那么让人怜爱吧。俺觉得没意思,俺也是个普通的孩子呀。而且俺又不是男孩子。母亲说,你好好学习,早点儿自己独立生活。她自己想要和阿敦一起生活下去……"[2]

少女对自己存在的质疑主要来源于母亲对哥哥的偏爱。自己也是母亲的孩子,却得不到一样的关注。既然如此,那么自己为什么被生下来呢?自己是哥哥和母亲二人世界的阻碍吗?如果这样,自己还要一直沉默下去吗?少女在挣扎后选择了反抗。"那天晚上,如果我想回家的话是可以回家的。可是我没有回家。"[3]

此外,少女还对自己作为女性能否在这个社会生存下去表示怀疑。她的这一怀疑来源于身边发生的针对女性的性骚扰事件及杀人事件。这样的事件让她对自己的女性身份感到不安。

坐拥挤的电车上学时,一只大手伸过来,往她的裙子里摸。这蠕动的手和专门杀害女孩子的手一样。还用热乎乎的东西顶自己的裤裆。一动不动的话,就会被他杀死。(中略)如果有别的世界,真想逃到那里

---

[1] [日]津岛佑子. 微笑的狼[M]. 竺家荣,译. 北京:中国文联出版社,2001;16.
[2] [日]津岛佑子. 微笑的狼[M]. 竺家荣,译. 北京:中国文联出版社,2001;185.
[3] [日]津岛佑子. 微笑的狼[M]. 竺家荣,译. 北京:中国文联出版社,2001;23.

去。不过现在穿着裤子,成了男孩子了,就不会受这种骚扰了。[1]

如文中所述,少女曾经因遭遇骚扰而感到不安。因此,对于少年将她装扮成男孩这件事没有任何抵触。可不管怎样,自己身为女性这一身份终究是没法改变的。这一现实和理想之间产生的差异也让少女对自己的存在产生怀疑。

少年与父亲可以说是战后流离失所的人们的缩影。他们被迫流浪,失去社会价值,丧失存在感,只能作为影子在墓地等角落苟延残喘。少女则代表了那个时代的女性,虽无过错,却终日活在死亡的恐惧当中。要想逃离这样的恐惧,只能假扮成男性。生活在这样的时代,无论是谁,都会像少年和少女一样对自己的存在感到缺失。

3. 对社会的不信任

众所周知,衣食住行是生活的基本要素。但是在战后的日本,连这样的基本要素也没法满足。因为战争,人们流离失所,过着食不果腹、衣不蔽体的生活。在少年模糊的记忆里,关于食物的回忆占了一大半,饥不择食的情况在当时是常态。

下雪没有声音。只是觉得疼。雪覆盖了所有的东西。低矮的石柱也被覆盖了。在雪地里走路时,会绊到石头上,脚碰出了血。[2]

虽然文中没有直接描写少年在这样饥寒交迫下的心情,但我们能够感受到少年因饥饿与寒冷而受到的伤害,这"伤"不仅伤及肉体,还伤及心灵。

听说睡在街里的话,常常要被警察轰走。或被装上卡车,收容到某个地方,成年男人要被送到北海道的煤矿上去。[3]

警察原本应该是维持秩序、守护人们安全的存在,但是对于像少年的父亲这样的流浪者来说,警察已经成了恐怖的化身。其结果就是人们不再信

---

[1] [日]津岛佑子. 微笑的狼[M]. 竺家荣,译. 北京:中国文联出版社,2001:134.
[2] [日]津岛佑子. 微笑的狼[M]. 竺家荣,译. 北京:中国文联出版社,2001:11.
[3] [日]津岛佑子. 微笑的狼[M]. 竺家荣,译. 北京:中国文联出版社,2001:11—12.

任这个社会。换言之,人们丧失了对社会的信任。与没有信用的人类社会相比,住在没有活人气息的墓地更加自由,这便是少年的父亲选择住在墓地的原因。

此处,生活在单亲家庭但吃穿不愁的少女也有着她对社会的不安。

> 少女想起在拥挤的电车里,摸索自己内裤的不认识的男人的手。那手指将要进入她的内裤。还是小学生的少女扭动着身子想逃离那手指。有时她一边哭一边下了电车。在公园里,她还见到过拉开了裤子开口的男子站在那里。[1]

关于在电车上受到性骚扰的回忆在文中出现过两次,由此可见,这件事给女孩留下了严重的阴影。除发生在自己身上的事情之外,周围发生的女孩被害事件也给少女带来了很大的冲击。

> 少女成了小学生后,学校一楼的厕所就被铁皮封死了。因为附近的小学校的厕所里发生过女学生被男人杀死的事。听说是被强暴后杀死的。那个女孩子肯定被男人殴打了。可是,听大人们的口气,似乎使她感觉还发生了其它什么事。(中略)侧耳细听,还能听见从里面传出女孩子的哭声。[2]

当时还是小学生的少女在听说了这件事后,对受害者的经历感同身受,甚至能体会到那个女孩被杀害时的绝望。不管是自己遭遇的性骚扰,还是身边发生的杀人事件,都让少女感到不安。这样的不安让少女失去对这个社会的信任,因为她不相信这个社会能保障她的安全。于是,少年和少女怀着不安踏上逃离之旅。因为战争,维持社会安定的秩序崩溃,女性被杀案件频发,人们互相戒备。人本是构成社会的基本要素,而信任就像黏合剂,将人们紧密结合在一起,从而构成坚固的社会基础。因此,缺少了人们信任的社会就如同一盘散沙,只能陷入崩溃的境地,而这种导致社会崩溃的不信任也是一种缺失。

---

[1] [日]津岛佑子. 微笑的狼[M]. 竺家荣,译. 北京:中国文联出版社,2001:17.
[2] [日]津岛佑子. 微笑的狼[M]. 竺家荣,译. 北京:中国文联出版社,2001:18.

（三）缺失现象形成的原因

如上所述，小说中的缺失现象既与津岛自身的经历有关，也与当时的背景密切相关。

1. 作者自身的经历

首先从津岛佑子本人的经历来看。津岛的特点之一就是惯于将自身的经历和幻想交织并融入作品中。因此，我们在她的作品中总能发现其自身经历的投影。在津岛尚不知事时，父亲便与情人跳河自杀，之后与她关系要好的、患有智力障碍的哥哥因病去世。可以说小说中的主人公雪子就是津岛以自己为蓝本创作出来的，雪子的父亲也在她幼年时候和情人殉情自杀，她也有一个患有智力障碍的哥哥，并且这个哥哥也因病去世。这样高度重合的个人经历很难让人相信它们之间没有一点联系。此外，另一位主人公光夫的设定也有强烈的津岛特色，那就是父亲的缺位。光夫以孤儿的身份登场，但从他的回忆中可以得知，他曾经有过和父亲短暂相处的时光。这位只存在于光夫回忆中的父亲算是津岛作品中少有的好父亲，可惜这位父亲过早便退场了。人物设定仍然沿袭津岛的一贯风格：男性角色存在感弱，特别是父亲这一角色。对此，高泽秀次这样评论道：

> 即使是在早期作品《我的父亲们》（1975）中，亲生父亲也不会直接出现。虽然从个人角度来说，这也是必然的，但父亲这一角色的存在感确实很弱。[1]

除此之外，他还认为母亲偏爱患有智力障碍的哥哥，这也对津岛的文学创作产生了深刻的影响。

> 在津岛佑子的小说中，母亲总是压抑者。她甚至在《我的父亲们》中写道："母亲的反义词是自由。"津岛式女主人公的特点便是总想从母亲的压抑中逃离出来。[2]

---

[1] [日]河出書房新社編集部編.津島佑子 土地の記憶、いのちの海[M].東京：河出書房新社，2017：68—69.

[2] [日]河出書房新社編集部編.津島佑子 土地の記憶、いのちの海[M].東京：河出書房新社，2017：69.

少女雪子便是典型的"津岛式的女主人公"。"那天晚上,如果我想回家的话是可以回家的。可是我没有回家。"[1]雪子并非不能回去,而是主动选择不回去。从这句话中可以看出隐藏在少女心底的渴望,那便是从母亲身边逃离。至于逃离原因,我们也可以从旅途中她和少年的对话中得知,这就是母亲对哥哥的偏爱、不被母亲认可的痛苦及在单调的日子下压抑的本性爆发等。

另外,生于战后的津岛虽然没有亲身经历过战争,但一直十分关注战争。对此川村凑认为:"我不想将津岛参与的从反对海湾战争到反对核爆这一系列的社会活动和她在作品中叙述的事情联系起来思考,也没有联系的必要。"[2]但是从年谱来看,这一系列的社会活动和津岛的创作紧密相关。其中后期作品,如《微笑的狼》便以战后日本为背景,视角更多地放在战后日本的乱象上。这一变化正是津岛参与反战、反核爆等社会活动带来的。

简而言之,《微笑的狼》中的缺失现象折射出父亲的缺位和智障哥哥的死亡等是津岛自身的经历,此外还能窥见作者从反战等社会活动中受到的影响。

其次,津岛对不在的事物十分偏爱和执着。

> 对不在的事物偏爱和执着,津岛佑子有着这样的癖好。比起现实生活,津岛更喜欢梦和书中的文字世界也许也是源于她这样的性格吧。[3]

津岛佑子自身的经历可以说是充满缺失的经历。也正是因为有这样的经历,津岛才执着于不在的事物。"迄今为止,津岛的小说主要以三位亲人的死亡,即自杀的父亲、早夭的哥哥及意外死亡的长子等实际经历为核心。"[4]这样的偏爱和执着在《微笑的狼》中也有体现。例如,小说开头描述的灭绝的日本狼、少年记忆中的父亲、与作者拥有相似经历的少女等。津岛虽然没有将这些作为主题,但在小说中仍然可以看到这些元素的影子。也

---

[1] [日]津岛佑子. 微笑的狼[M]. 竺家荣,译. 北京:中国文联出版社,2001:23.
[2] [日]河出書房新社編集部編. 津島佑子 土地の記憶、いのちの海[M]. 東京:河出書房新社, 2017:79.
[3] [日]河出書房新社編集部編. 津島佑子 土地の記憶、いのちの海[M]. 東京:河出書房新社, 2017:132.
[4] [日]津島佑子. 笑いオオカミ[M]. 京都:人文書院,2018:424.

就是说，作者对不在的事物的偏爱和执着会无意识地反映在小说中。

虽然"几乎所有的作品都表现出了想要和太宰治分离开来的心情"[1]，但是自杀的父亲给她所带来的影响不可否认。少年的父亲在某种程度上反映了作者对不在的父亲的追求。从以下少女的话语中可以读出这样的心情。

"可是，'雷米'至少知道父亲的气味。知道他的身体是温暖的，拉的粑粑也是热乎乎的。这些俺都不知道啊。俺并不是现在才觉得寂寞难过。俺最讨厌那种伤感了。但是，听了'雷米'讲的故事，觉得很羡慕。所以就想起了俺没见过的父亲了。'雷米'的父亲决不会丢下'雷米'跑掉的，是吧？"[2]

可以看出，津岛借少女之口吐露自身的心声。其实，少年和少女的旅途亦即作者追逐不在的事物之旅。《微笑的狼》便是这段旅途的开始，此后她持续地在其作品中体现出这样的追求，如2010年的作品《黄金梦之歌》。

这是一次在日本寻找已经失去的东西的旅行，对于不在的东西的探寻，正是寻找"梦之歌"的探险之旅。[3]

对不在的事物的偏爱和执着可以说是津岛文学作品的底色，早期在作品中体现为父亲的缺位、智障哥哥的死亡、长子的早夭等。之后，以《微笑的狼》为分界线，在中晚期的作品中体现为战争引起的家破人亡、流离失所、社会的歧视等。几乎所有作品里都能看出津岛对不在的事物的偏爱和执着。

2. 社会层面的原因

第一个原因是战争的罪恶。小说中虽然没有直接描写战争的残酷，但随处可见战争带来的影响。

"持枪盗窃、拦路抢劫、杀人、全家自杀……战败就是这样的吗？"

---

［1］［日］河出書房新社編集部編.津島佑子土地の記憶、いのちの海[M].東京:河出書房新社，2017:67.

［2］［日］津島佑子.微笑的狼[M].竺家荣,译.北京:中国文联出版社,2001:186.

［3］［日］河出書房新社編集部編.津島佑子土地の記憶、いのちの海[M].東京:河出書房新社，2017:135.

> "我家邻居不但被偷了东西,还被铁棍打伤了头呢。"
>
> "现在这世道,说不定哪天突然被一枪打死呢。"
>
> "是啊,恶性犯罪中就有这么小的孩子。社会一旦没有了秩序,小孩子就没人管教了。"
>
> "成为牺牲品的总是小孩和年轻人。九州发生的全家自杀事件,从17岁的长子到4岁的孩子一共6个孩子被杀了。就因为大人之间不和,太惨了。"[1]

人民的生活情况是反映国家状况的一面镜子。从旅途中旁人的对话不难看出当时的人们对社会的不满,以及身处这种社会的不安。战争带来的物资缺乏、安全感的丧失及秩序的崩溃等正是缺失现象的一部分。可以说,导致《微笑的狼》中缺失现象的直接原因便是战争。

第二个原因是他者的困境。在战败后的日本社会,人们因各种原因而受到歧视。被歧视者成为他者,渐渐感到不安,开始对自己的存在产生怀疑。对于普通人来说,残疾者是他者;对于健康的人来说,生病的人是他者;对于男人来说,女人是他者。这样的结果是残疾者被歧视,感染霍乱者被放弃,针对女性的犯罪事件频发。这些都是当时的他者们所面临的困境。即使坚信"我们血脉相连"的少年、少女,对于男女性别的思考也有差异。

> 小孩,不论男女,在"阿克拉"看来都是一样。他让他们一样的打扮,留一样的发型,穿一样的衣服,说一样的话,就连厕所,都用不着分男女。小家伙,就是这样又烦人又可爱地存在。然而,上学以后,小孩子便不再是小孩子了。被分成了男孩和女孩。女孩开始使用奇妙的语言。"阿克拉"很不喜欢这样。[2]

与之相对,少女也对男性有着如下的愤怒。

> "杀死了女人,男人就会心情舒畅吗?真不明白啊……为什么光杀女人呢?"[3]

---

[1] [日]津岛佑子.微笑的狼[M].竺家荣,译.北京:中国文联出版社,2001:210.
[2] [日]津岛佑子.微笑的狼[M].竺家荣,译.北京:中国文联出版社,2001:94—95.
[3] [日]津岛佑子.微笑的狼[M].竺家荣,译.北京:中国文联出版社,2001:175.

另外,少年虽然想和少女成为真正的一家人,但他深知"人类的窝"的狭隘,作为孤儿,自己不可能被重视血缘关系的"人类的窝"所接受。

"……'人类的窝'很狭隘。(中略)'人类的窝'是只接受自己的孩子,充其量只接受亲戚的孩子的地方。如果不这样的话,人类的世界就会乱套的。"[1]

欲从这些困境中脱离出来,唯一的方法是去杳无人烟的森林。

"也许会有这样的事……但脑子也死了,并不是全部都消失不见的。自己是人,或是女人,这些都消失了,变成像风那样的东西,那时,心情变得非常愉快,然后逐渐移向别的场所,到达森林,融化进森林之中……"[2]

和混乱的人类社会不一样,森林里秩序井然。他们怀着我们血脉相连的信念,相互扶持,并且没有针对女性的杀人事件。极具讽刺意味的是,人们只有在童话的森林中,方能获得安全感。

(四) 摆脱缺失的尝试

1. 尝试构建新的家庭关系

如前所述,传统的家庭形式已经在当时的社会下崩溃了。为此,少年和少女试图在旅途中构建全新的家庭形式。"今年春天,终于自立了之后,很想见你们,可是我不应该来。我没有一个亲人,所以就……"[3]这是少年和少女初次见面时解释自己为何站在她家门口。那天是他离开"儿童之家"的第一天,在父亲倒下后,他又一次失去了"家"。

对于因战争流离失所的少年而言,他坚信和他人之间有关联,就有"家"。因此,在父亲死后收留他的"儿童之家"便是他的"家"。但是,这个"家"不能永远地收留他,因为原则上一上中学,孩子们就得离开"儿童之家"。

---

[1] [日]津岛佑子.微笑的狼[M].竺家荣,译.北京:中国文联出版社,2001:223.
[2] [日]津岛佑子.微笑的狼[M].竺家荣,译.北京:中国文联出版社,2001:175.
[3] [日]津岛佑子.微笑的狼[M].竺家荣,译.北京:中国文联出版社,2001:30.

离开"儿童之家"的少年在失去父亲之后,又一次陷入了失去"家"的不安之中。而旅途中和少女建立的关联治愈了他的这种不安。这个关联的建立是通过借用"阿克拉""莫古里""卡皮""雷米"这些童话故事中的角色名字来实现的。在旅途中,为了避免被警察发现,少年和少女先是借用了童话《森林的故事》当中的角色名"阿克拉"和"莫古里"。

《森林的故事》讲述了一个人类的孩子在森林中被狼群救下并抚养长大,然后经历各种冒险回到人类社会的故事。在这个故事里,阿克拉是狼群的首领,莫古里是那个人类孩子。阿克拉既是莫古里的父亲,也是他的老师,是莫古里在这个世界上不可代替的最亲密的存在。少年自称阿克拉,将少女称为莫古里,阿克拉和莫古里不是亲人却胜似亲人。

"……我们必须是同一群里的伙伴。'阿克拉'和'卡尔'虽然都是森林里的伙伴,却是别的生物。我们呢……怎么说呢,是亲戚关系。就是说,我是哥哥,雪子是弟弟。所以,雪子必须叫'莫古里'。"[1]

这是少年在向少女解释选择这两个角色名字的原因。从这段话中,我们可以看出少年想要和少女成为家人,从而构建新的家庭。

"……我没有它那么伟大,但我对雪子负有责任。我身兼父亲、哥哥、老师种种角色,我是领导,雪子是'实习生',所以这两个名字对咱俩再合适不过了。"[2]

可是,故事中阿克拉死了,每当少年想到这个结局,就会感到不安。虽然这只是故事里的结局,但少年总觉得这预示着借用了那两个名字的自己和少女的结局。为了避免一样的悲剧,他毫不犹豫地更换两人的借用名,以此维系两人之间的关系。

"……我考虑了适合现在的我们的名字。就是'雷米'和'卡琵'。这两个名字对咱们俩是再合适不过了……"[3]

---

[1] [日]津岛佑子.微笑的狼[M].竺家荣,译.北京:中国文联出版社,2001:45.
[2] [日]津岛佑子.微笑的狼[M].竺家荣,译.北京:中国文联出版社,2001:45.
[3] [日]津岛佑子.微笑的狼[M].竺家荣,译.北京:中国文联出版社,2001:161.

"雷米"和"卡琵"是童话《无家可归的孩子》当中的角色名。《无家可归的孩子》讲述了一个孩子在婴儿时被拐,被卖给了流浪艺人,之后和一起卖艺的狗狗卡琵经历了各种事情后与母亲意外相遇的故事。卡琵虽然只是一只狗,但它十分聪明,能读懂少年的寂寞。不论是之前的莫古里,还是现在的卡琵,他们对于少年来说都是在这世上唯一的如家人般的存在。少年为了维系两人之间的关联,甚至还改写了童话的结局。

"……比如说,最后还是剩下雷米和卡琵两个人,也没遇见亲切对待他们的那家种花人,继续旅行下去……[1]

少年试图利用这种角色名字的关系来和少女建立亲密的联系。而在遇见少年前,少女重复着平静但乏味的生活。但从少年邀请她一起去旅行的那天起,这样的生活便戛然而止。这大概就是为何觉得少年可疑,却还是选择和他去旅行的原因。换言之,少女一开始只是想借此逃离当下的生活,但随着旅途的中的相处,她渐渐被少年无微不至的照顾所感动,对他的看法也发生了转变。

"……'阿克拉'真亲切啊,刚才我都不好意思了,才忍不住笑的,'阿克拉'就像妈妈似的。应该说像奶奶吧。我不知道有奶奶是什么感觉。……我觉得好像老早就认识'阿克拉'了。"[2]

从上述这段话中,我们可以感受到少女开始主动地接受和少年之间的关系。即使离开了母亲也不意味着失去了家人,只要两人互相帮助、互相支持,便能成为家人。

"阿克拉"快步走了回来。"莫古里"大大松懈了下来,不由得热泪盈眶,她在"阿克拉"前头,往楼梯口走去。不安和泪水一起消失了,"莫古里"对自己说,为了"阿克拉",自己要更像个"弟弟"。[3]

---

[1] [日]津岛佑子. 微笑的狼[M]. 竺家荣,译. 北京:中国文联出版社,2001:243.
[2] [日]津岛佑子. 微笑的狼[M]. 竺家荣,译. 北京:中国文联出版社,2001:95.
[3] [日]津岛佑子. 微笑的狼[M]. 竺家荣,译. 北京:中国文联出版社,2001:99—100.

为了不被看出离家出走的身份,在旅途开始前,少年让少女换上了男孩子的服饰,并让她自称是少年的"弟弟"。最初少女被动接受这一切设定,后来少女从心底接受了少年,开始主动维护这段关系。之后,少年生病让少女去找警察时,她这样回道:"我不愿意那样。我不能让'雷米'一个人死去。我绝对不离开你。"[1]她甚至还反过来劝说少年:"那咱们就呆在一起。回家的时候也在一起。妈妈也许会感到吃惊,但她最终会理解我们的。反正阿敦已经不在了,家里空荡荡的。"[2]在这一刻,少年和少女已然成为真正的家人,就像雷米和卡琵一样互相认可,彼此需要。

2. 自我存在的确认

> 小孩记忆中的风景被照在了照片上。黑黑的,不清晰的照片。对于这朦胧的黑暗,小孩是有印象的。小孩第一次确认了自己的记忆是现实的,从而忘掉了一直缠绕自己的不安。[3]

小孩亦即少年,直到上了中学才确定记忆中的事情是真实的。此前,他一直对自己的存在保持怀疑。因为和自己拥有同一段记忆的父亲已经去世,也没有其他能证明自己记忆真伪的东西。"在墓地的照片旁边,登出了三个人的相片。孩子对这相片里的人没有印象,但他们是自己看着死去的,所以有种亲切感。"[4]在看到报纸上的照片后,少年确认了自己曾经和父亲一起生活在墓地的记忆的真伪。

对于从小和父亲生活在墓地的少年来说,他和父亲及住在墓地的其他人都像幽灵一样活着,大家都刻意忽视彼此的存在。因此,少年特别渴求和他人的连带感,以此确认自己的存在。在懂事之后,少年就不断地追求和他人的连带感。他首先确认与"儿童之家"的关系,再确认和少女的关系。

> "阿克拉"不具备让小孩子们羡慕的特殊才能。小学高年级时,其才能得到了发挥。他虽然在别的事上非常笨拙,但在表演拉洋片和看画册方面却灵巧得惊人。(中略)"儿童之家"的阿姨们后来发现了他的才能,就把晚上看孩子的活交给了他。(中略)"阿克拉"得到的回报是

---

[1] [日]津岛佑子.微笑的狼[M].竺家荣,译.北京:中国文联出版社,2001:222.
[2] [日]津岛佑子.微笑的狼[M].竺家荣,译.北京:中国文联出版社,2001:222.
[3] [日]津岛佑子.微笑的狼[M].竺家荣,译.北京:中国文联出版社,2001:20—21.
[4] [日]津岛佑子.微笑的狼[M].竺家荣,译.北京:中国文联出版社,2001:21.

白天送他去学校读书。中学毕业后,他被允许继续在"儿童之家"呆一年。[1]

少年凭借自己的才能,在"儿童之家"找到了自己的存在价值。虽然不是什么了不起的才能,却是其他孩子不具备的、能在"儿童之家"发挥作用的才能。这一才能获得了大家的信赖,从而和大家联系起来。

根据"儿童之家"的规定,孩子们一上中学就得离开这里。虽然少年得到允许在中学毕业后再待一年,但也不可能永远不离开。和少女的第一次见面就是他离开机构的第一天。在这一天,少年和机构里的人们的连带关系便断了。之后,作为少女父亲之死的目击者,少年开始构建和少女之间的纽带。

好容易在人生中遇见的,唯一的兄弟"莫古里"这么快就死去了。[2]

在少年梦境里化名为"莫古里"的少女因"阿克拉"的不慎而死去,对于少女之"死",少年感到无比自责,悔恨自己的不慎,也失落于好不容易遇见的唯一的"兄弟"的逝去。这个"兄弟"和"儿童之家"的孩子们不一样,对少年来说是唯一的存在,和这个"兄弟"的联系也是少年在离开"儿童之家"之后重新确认自己存在的证据。因此,少年反复强调自己有守护少女的责任。

"阿克拉"再次对自己说,只有我"阿克拉",无论遇到什么事,都要保护"莫古里"。这个没有尖牙,没有爪子,鼻子也不灵敏的可怜的小青蛙。[3]

已经小学毕业的少女在少年看来依然是小孩,因此,在"儿童之家"照看孩子的少年一看到少女,就不由得犯了老毛病。"'莫古里'实在太无能了,才促使他犯老毛病的。一照顾她,心情就安宁了。"[4]也就是说,少年通过

---

[1] [日]津岛佑子.微笑的狼[M].竺家荣,译.北京:中国文联出版社,2001:47—48.
[2] [日]津岛佑子.微笑的狼[M].竺家荣,译.北京:中国文联出版社,2001:54.
[3] [日]津岛佑子.微笑的狼[M].竺家荣,译.北京:中国文联出版社,2001:88.
[4] [日]津岛佑子.微笑的狼[M].竺家荣,译.北京:中国文联出版社,2001:94.

照顾少女得到了安宁感。这一安宁感来源于被人需求,就像在"儿童之家"时被大家需求一样。弱小的莫古里在危险重重的森林中,一旦离开阿克拉便活不下去,因此阿克拉有了存在的价值。

另一方面,少女也在旅途中找到了自己的存在价值。最初,她对于自己的女性身份感到不安,但在旅途中遇见针对女性的杀人事件时,她顿时觉醒,并感到十分愤怒。

> 因为是女孩子就必须被这种奇怪的方法杀死吗?世上为什么到处都有这样的男人呢?如果有别的世界,真想逃到那里去。[1]

犯错的不是作为女性的自己,而是这个已经乱套的社会。少女意识到作为女性要想在这个社会生存下去,就必须了解性方面的相关知识,这样才能保护自己。另外,因为母亲对哥哥的偏爱而产生的自我怀疑也在旅途中释怀了。

旅途中,少女在少年的带领下经历了很多第一次,这让她不禁感慨二人互相支撑着勇敢向前,和孤独一人时是迥然不同的,少女在少年身边时感受到了自我存在的价值,她可以在少年生病时照顾他,对于少年而言,她的存在也是无可替代的唯一。两人都在这次旅途中找到了自我存在的价值,进而确认了自我的存在意义。

3. 治愈之旅

通过旅行,少年和少女试图构建新的家庭关系,并确认自我的存在。在这个过程中,他们之前对社会的不安感也被治愈。

原本两人对社会的不安来源于社会秩序的崩溃。人们在秩序崩溃的社会中没有办法生活下去,也没法回到原本和平安定的生活,失去了作为人的骄傲,其结果就是变成猴子。"它们不懂得秩序,为了眼前的食物而不顾一切,看到人的东西就想抢。忘恩负义,不知节制。"[2]少年不想成为猴子,"他更想成为和人类不一样的生物。成为更清洁更值得自豪的美丽的存在"[3]。

---

[1] [日]津岛佑子.微笑的狼[M].竺家荣,译.北京:中国文联出版社,2001:134.
[2] [日]津岛佑子.微笑的狼[M].竺家荣,译.北京:中国文联出版社,2001:53.
[3] [日]津岛佑子.微笑的狼[M].竺家荣,译.北京:中国文联出版社,2001:95.

那天夜里,"阿克拉"对自己当了阿克拉很满足,阿克拉是一匹灰色的狼,是狼群威严的首领。是"森林之规"的化身。[1]

成为阿克拉这件事让少年感到安心,同时,"森林之规"也成为少年的处世准则。通过遵守这一规则,少年避免自己被猴子同化。

这里的"森林之规"暗指人类社会的秩序。少年通过童话中的"森林之规"在自己的世界里重建了秩序,从而得以安心。只要自己遵守规则,不被同化成"猴子"即可。

但是遵守规则还远远不够,因为人类有着像狼群习性那样的东西,即同伴意识、同类意识。因此,作为旅行同伴的少女的存在也给了少年安宁感。

对于少年来说,小学毕业的少女仍然是孩子,而孩子在少年眼里是没有男女之分的。她虽然有些吵闹,却非常可爱,是这个世界上最纯洁的存在。因此,少年时常觉得没有什么比小孩的鼾声更能使人心情平静了。

对于少女而言,少年也在她的心里留下了深深的印记。让少女感到不安的因素主要是父亲的缺位、哥哥的死亡及秩序崩溃的社会下对女性的恶意。在旅途中,少年承担了少女父亲和兄长的责任,教会了少女很多东西,带领着她经历了各种事情。原本应该由自己的父亲和兄长教授的事情,少女却从少年那里学会了。少年遵守了最初的承诺,对少女如兄如父。

"……俺从小学到中学一直隐瞒着父亲的事,那种死法被别人知道了还了得。但是,在'雷米'身边时,仿佛'雷米'的父亲也在身边,觉得特别安心。"[2]

和少女的父亲不一样,少年的父亲虽然不得不流浪,但一直守护自己的孩子到了最后一刻。因此,对于自己的父亲之死感到羞耻的少女不经意间对少年的父亲产生了憧憬之情。少年身上有着父亲的影子,因此给了少女巨大的安全感。

此外,哥哥的死给少女带来的阴影也被少年创作的森林治愈了。目睹了哥哥之死的少女第一次感受到了死亡的恐怖,因为她不知道人死后会去往哪里。这样的未知让她感到无所适从,但是森林的存在治愈了她。

---

[1] [日]津岛佑子.微笑的狼[M].竺家荣,译.北京:中国文联出版社,2001:46.
[2] [日]津岛佑子.微笑的狼[M].竺家荣,译.北京:中国文联出版社,2001:187.

同一个种族，却要杀死比自己弱小者的家伙，这种事至少森林里是不会有的。雄和雌的区别非常的清楚。专门杀害雌性的那种愚蠢的雄性，在森林里是不存在的。却有的雌性杀死不满意的雄性。因为生产小孩子的雌性，无论如何要活下去，这就是"森林之规"。[1]

森林的存在还治愈了少女作为女性的不安。因为森林有森林之规，所以不会像混乱的人类社会一样发生针对女性的残杀事件。这样的规矩让少女感到安心。

最终少年被警察以"诱拐犯"的身份逮捕，两人的旅行被迫终止。这可以说是一次不成功的旅途，但比起结果，过程更为重要。这次旅行"虽然没有从悲伤和愤怒中脱离出来，但也从那样的狂态中得到缓慢的治愈吧"[2]。津岛并没有让少年和少女组成新的家庭，但提出了只要人们互相信任和支持就能成为家人的可能性。少年和少女从这次旅行中得到了成长，弥补了各自的缺失和遗憾。

实际上，津岛本人也从这次旅行中得到了治愈。此后，她不再局限于自身的事情，开始关注社会事件。换言之，个人的缺失在社会的缺失面前变得微不足道。少年和少女通过这次并不成功的旅行，获得了成长，并从各自的缺失中成功逃离。

（五）结语

津岛佑子作为日本现代极具代表性的女性作家，在日本现代文学史上占有重要的地位。津岛在1969年发表了《安魂曲》，作为新人，成功引起了世人注目。之后又陆续在《三田文学》《文艺》等文艺杂志上发表了多部作品，并获奖无数。同时，津岛佑子的作品还被翻译成多国语言，在国际上也享有盛誉。与同时代的其他女性作家相比，津岛佑子具有自身的特点。在大庭美奈子等作家通过对母性的憎恶来打破性别差异时，津岛却大力肯定女性的自然生育本能。

《微笑的狼》描写战败后的日本，一位少年和一位少女通过一次旅行得到治愈的温暖故事。在这次旅行中，两人目睹了战后的荒凉世态：被扔在厕

---

[1] [日]津岛佑子. 微笑的狼[M]. 竺家荣，译. 北京：中国文联出版社，2001：176.
[2] [日]河出书房新社编集部编. 津岛佑子　土地の記憶、いのちの海[M]. 東京：河出書房新社，2017：137.

所的婴儿、乞讨的伤残军人、被隔离的感染病人等。因战争流离失所、妻离子散的人们对社会深感不信,对自己的存在十分不安。尽管所到之处均惨不忍睹,身处乱世的少男少女却仍然坚持旅行。他们借用故事中人物的名字,尝试构建新型家庭,通过相互慰藉来确认自我的存在,并在故事中实现与社会的和解。

柄谷行人在《津岛佑子与狼》中表示,在读《黄金梦之歌》的时候"至少能感受到津岛佑子以前的小说中没有的东西"[1]。基于"作者的变化就在作品中"这一观点,他认为《微笑的狼》是展示津岛变化的先驱性作品[2]。

换言之,虽然《微笑的狼》中仍然有父亲缺位等主题的影子,但焦点已经转移到了战后日本社会里传统家庭形式的崩溃、对自我存在的怀疑及对社会的不信任等社会现象上。不过,无论是早期作品中的父亲缺位,还是这部作品中因战争导致的传统家庭形式的崩溃,它们都不是大众所推崇的理想状态,都是一种不圆满、一种缺失。

众所周知,津岛佑子的父亲是日本近代著名作家太宰治。在津岛的早期作品中,经常出现父亲缺位的主题。然而在《微笑的狼》里,这一主题的存在感变弱,取而代之的是对缺失现象的探讨,积极摸索社会秩序崩溃下的家族重构的可能性,这使得作品的主题上升到了一个新的层次。津岛在作品里一直试图构建非传统的家庭模式,如兄妹二人的家庭、单身母亲与孩子的家庭等,终其一生都在追求缺失的治愈方法。

---

[1] [日]津島佑子. 笑いオオカミ[M]. 京都:人文書院,2018:423.
[2] [日]津島佑子. 笑いオオカミ[M]. 京都:人文書院,2018:425—426.

参考文献

中文书籍

[美]艾伦·B.知念.大人心理童话[M].郭菀玲,译.桂林:广西师范大学出版社,2017.

[美]布鲁诺·贝特尔海姆.童话的魅力:童话的心理意义与价值[M].舒伟,丁素萍,樊高月,译.北京:社会科学文献出版社,2015.

常若松.弗洛伊德主义新论:第一卷[M].上海:上海教育出版社,2018.

[日]冈本加乃子.老妓抄[M].萧云菁,译.重庆:重庆出版社,2020.

高慧勤.清贫赋[M].石家庄:河北教育出版社,1995.

[日]纪贯之,等.古今和歌集[M].杨烈,译.上海:复旦大学出版社,1983.

[日]津岛佑子.微笑的狼[M].竺家荣,译.北京:中国文联出版社,2001.

李银河.女性主义[M].上海:上海文化出版社,2018.

[日]林芙美子.浮云[M].吴菲,译.上海:复旦大学出版社,2011.

刘春英.日本女性文学史[M].北京:商务印书馆,2012.

刘霓.西方女性学:起源、内涵与发展[M].北京:社会科学文献出版社,2001.

[日]上野千鹤子.厌女:日本的女性嫌恶[M].王兰,译.上海:上海三联书店,2015.

[日]水田宗子.女性的自我与表现:近代女性文学的历程[M].叶渭渠,主编.北京:中国文联出版社,2000.

[日]水田宗子.日本现代女性文学集:作品卷[M].陈晖,等译.上海:上海译文出版社,2001.

[日]松谷美代子.两个伊达[M].彭懿,译.南宁:接力出版社,2004.

[日]樋口一叶.十三夜[M].杨栩茜,译.北京:现代出版社,2019.

[日]樋口一叶.樋口一叶选集[M].萧萧,译.北京:人民文学出版社,1962.

[瑞士]维雷娜·卡斯特.童话的心理分析[M].林敏雅,译.北京:生活·读书·新知三联书店,2010.

[奥]西格蒙德·弗洛伊德.性欲三论[M].赵蕾,宋景堂,译.北京:国际文化出版公司,2007.

肖霞.全球化语境中的日本女性文学[M].济南:山东大学出版社,2009.

杨本明.同时代女性的言说:林芙美子的文学世界[M].上海:世界图书出版公司,2017.

叶琳.现当代日本文学女性作家研究[M].南京:南京大学出版社,2013.

日语书籍

[加]リリアン・H・スミス.児童文学論[M].東京:岩波書店,2016.

[日]安房直子.安房直子コレクション1なくしてしまった魔法の時間[M].東京:偕成社,2003.

[日]安房直子.安房直子コレクション3ものいう動物たちのすみか[M].東京:偕成社,2003.

[日]安房直子.安房直子コレクション4よいこんだ異界の話[M].東京:偕成社,2003.

[日]安房直子.安房直子コレクション5 恋人たちの冒険[M].東京:偕成社,2004.

[日]安房直子.安房直子コレクション7めぐる季節の話[M].東京:偕成社,2004.

[日]安房直子.風と木の歌[M].東京:偕成社,2006.

[日]安房直子.南の島の魔法の話[M].東京:講談社,2007.

[日]白洲正子.華やぐ女たち[M].東京:河出書房新社,1980.

[日]坂垣直子.婦人作家評伝[M].東京:日本図書センター,1992.

[日]川村湊.津島佑子 光と水は地を覆えり[M].東京:インスクリプト,2018.

[日]川村湊.現代女性作家読本③津島佑子[M].東京:鼎書房,2005.

[日]大江志乃夫.日本の歴史 第31巻 戦後変革[M].東京:小学館,1976.

[日]大庭みな子ほか.テーマで読み解く日本の文学[M].東京:小学館,2004.

[日]大塚寅彦.名歌即訳・与謝野晶子[M].東京:ぴあ株式会社,2004.

[日]渡辺澄子.短編 女性文学 近代続[M].東京:おうふう,2002.

［日］児玉実英.二〇世紀女性文学を学ぶ人のために［M］.京都：世界思想社教学社,2005.

［日］福田邦夫.すぐわかる日本の伝統色：改訂版［M］.東京：東京美術,2011.

［日］岡本太郎.母かの子について［M］.東京：岩波書店,1956.

［日］岡本一平.かの子の記［M］.東京：日本図書センター,1992.

［日］岡田純也.子どもの本の魅力―宮沢賢治から安房直子まで［M］.名古屋：中央出版,1992.

［日］高山京子.林芙美子とその時代［M］.東京：論創社,2010.

［日］高田知波.樋口一葉論への射程［M］.東京：双文社,1997.

［日］工藤美代子.愛して生きて 宇野千代伝［M］.東京：中央公論新社,2020.

［日］工藤左千夫.ファンタジー文学の世界へ―主観の哲学のために［M］.神奈川：成文社,2003.

［日］古屋照子.岡本かの子 華やぐいのち［M］.東京：沖積舎,1996.

［日］関川夏央.女流 林芙美子と有吉佐和子［M］.東京：集英社,2006.

［日］河出書房新社編集部.津島佑子 土地の記憶、いのちの海［M］.東京：河出書房新社,2017.

［日］河合隼雄.昔話と日本人の心［M］.東京：岩波現代文庫,2002.

［日］河合隼雄.昔話の深層 ユング心理学とグリム童話［M］.東京：講談社,1994.

［日］河野多恵子.不意の声［M］.東京：講談社,1993.

［日］荒井とみよ.女性文学の近代［M］.東京：双文社,1999.

［日］津島佑子.寵児［M］.東京：講談社,2000.

［日］津島佑子.黙市［M］.東京：新潮社,1990.

［日］津島佑子.山を走る女［M］.東京：講談社,2006.

［日］津島佑子.笑いオオカミ［M］.京都：人文書院,2018.

［日］津島佑子・申京淑.山のある家 井戸のある家［M］.きむふな,訳.東京：集英社,2007.

［日］近藤華子.岡本かの子描かれた女たちの実相［M］.東京：翰林書房,2014.

［日］井上ひさし・小森陽一.座談会昭和文学史 第五巻［M］.東京：集英社,2004.

[日]瀬戸内晴美. 昭和文学集第五巻・岡本かの子[M]. 東京：小学館,1986.

[日]鹿野政直・香内信子. 与謝野晶子評論集[M]. 東京：岩波書店,1985.

[日]落合良行. 孤独な心：淋しい孤独感から明るい孤独感へ[M]. 東京：サイエンス社,1999.

[日]内田莉莎子. ロシアの昔話[M]. 東京：福音館書店,2002.

[日]鳥越信. プラハでうけた感銘〈松谷みよ子全集14巻〉[M]. 東京：講談社,1972.

[日]清水真砂子. 生理のゆたかさは武器になるか」〈子どもの本の現在〉[M]. 東京：大和書房,1984.

[日]三枝和子. さようなら男の時代[M]. 京都：人文書院,1984.

[日]三枝和子. クレオパトラ[M]. 東京：読売新聞社,1994.

[日]三枝和子. 男たちのギリシア悲劇[M]. 東京：福武書店,1990.

[日]三枝和子. 女の哲学ことはじめ[M]. 東京：青土社,1996.

[日]三枝和子. 女王卑弥呼[M]. 東京：講談社,1991.

[日]三枝和子. 血塗られた女王[M]. 東京：広済堂,1993.

[日]上野千鶴子,等. フェミニズム文学批評[M]. 東京：岩波書店,2009.

[日]上野千鶴子,等. 性役割[M]. 東京：岩波書店,2009.

[日]神宮輝夫・安房直子. あまんきみこ〔ほか対談〕[M]. 東京：偕成社,1992.

[日]石川淳. 日本現代文学全集71・岡本かの子[M]. 東京：講談社,1966.

[日]石原深予. 尾崎翠の詩と病理[M]. 東京：三秀舎,2015.

[日]滝藤満義. 一葉文学 生成と展開[M]. 東京：明治書院,1998.

[日]水田九八二郎. 原爆児童文学を読む[M]. 東京：三一書房,1995.

[日]水田宗子. フェミニズムの彼方[M]. 東京：講談社,1991.

[日]水田宗子. 二十一世紀の女性表現[M]. 東京：学芸書林,2003.

[日]水田宗子. 尾崎翠『第七官界彷徨』の世界[M]. 東京：新典社,2005.

[日]松村由利子. 与謝野晶子[M]. 東京：中央公論社,2009.

[日]松谷みよ子. 黒ねこ四代＜松谷みよ子童話集＞[M]. 東京：ハルキ文書,2011.

[日]松谷みよ子. 松谷みよ子の本第3巻 直樹とゆう子の物語・全1冊[M]. 東京：講談社,1995.

[日]松谷みよ子. 松谷みよ子の本第10巻 エッセイ[M]. 東京：講談

　　　　社,1996.

[日]松谷みよ子.自伝 じょうちゃん[M].東京:朝日新聞,2007.

[日]藤井隆至.日本史小百科・〈近代〉経済思想[M].東京:東京堂出版,1998.

[日]藤澤成光.こころが織りなすファンタジー――安房直子の領域[M].神奈川:てらいんく,2004.

[日]土田知則ほか.現代文学理論[M].東京:新曜社,2005.

[日]万俵智.乱れ髪 チョコレート語訳[M].東京:河出書房新社,1998.

[日]尾崎翠.第七官界彷徨・瑠璃玉の耳輪 他四篇[M].東京:岩波書店,2014.

[日]尾崎翠フォーラム実行委員会.尾崎翠を読む[M].東京:今井出版,2016.

[日]尾形明子.華やかな孤独 作家 林芙美子[M].東京:藤原書店,2012.

[日]尾形明子.女性作家評伝シリーズ6 宇野千代[M].東京:新典社,2014.

[日]尾形明子・長谷川啓.老いの愉楽―「老人文学」の魅力[M].東京:東京堂,2008.

[日]西尾能仁.晶子・登美子・明治の新しい女[M].東京:有斐閣,1986.

[日]小西正保.児童文学の伝統と創造[M].東京:ハッピーオウル社,2005.

[日]岩淵宏子・北田幸恵.はじめて学ぶ 日本女性文学史[M].京都:ミネルヴァ書房,2005.

[日]塩田良平,和田芳恵,樋口悦.樋口一葉全集第三巻(下)[M].東京:筑摩書房,1978.

[日]伊藤英治.松谷みよ子の本 別巻 松谷みよ子研究資料[M].東京:講談社,1997.

[日]逸見久美,等.鉄幹・晶子全集15[M].東京:勉誠出版,2004.

[日]逸見久美.新乱れ髪全訳[M].東京:桜楓社,1979.

[日]逸見久美.与謝野晶子『乱れ髪』作品論集Ⅲ[M].東京:大空社,1997.

[日]与那覇恵子.後期20世紀女性文学論[M].東京:晶文社,2014.

[日]与那覇恵子.現代女性文学を読む[M].東京:双文社.2008.

[日]与謝野晶子.乱れ髪[M].今野寿美,訳註.東京:角川文庫,2017.

[日]与謝野晶子.私の生ひ立ち[M].東京:岩波書店,2018.

[日]宇野千代.宇野千代全集第六巻[M].東京:中央公論社,1977.

［日］宇野千代. 宇野千代全集第七卷[M]. 東京：中央公論社，1978.

［日］宇野千代. 宇野千代全集第八卷[M]. 東京：中央公論社，1977.

［日］増田裕美子・佐伯順子. 日本文学の「女性性」[M]. 京都：思文閣，2011.

［日］中村稔. 樋口一葉考[M]. 東京：青土社，2012.

［苏］ウラジーミル・プロップ. ロシア昔話[M]. 東京：せりか書房，1986.

［苏］ウラジーミル・プロップ. 魔法昔話の起源[M]. 東京：せりか書房，1983.

中文期刊

陈洪菊. 安房直子童话的自然性和传奇性[J]. 传奇·传记文学选刊（理论研究），2011(3)：74-76.

陈俊萍. 自然中走出的精灵：读安房直子童话[J]. 名作欣赏，2014(24)：83-84.

顾蕾. 从《混沌未分》看冈本可能子笔下的"母性"[J]. 西安外国语大学学报，2010(1)：60-63.

顾蕾. 解读尾崎翠作品中的爱情故事[J]. 西安外国语大学学报，2015(2)：103-106.

黄芳. 论日本近代女性作家的肉体记忆与精神记忆[J]. 外国语文，2020(3)：46-52.

黄芳. 论日本现代女性作家对肉体记忆与精神记忆的重塑[J]. 外国语文，2017(5)：19-25.

黄重凤. 试论柯勒律治对伍尔夫雌雄同体观的影响[J]. 国外文学，2014(3)：26-33，156-157.

梁德林. 古代诗歌中的"风"意象[J]. 社会科学辑刊，1996(2)：128-131.

鲁晶石，陈梦洁. 日本近代女性意识的变化：从贤妻良母到新女性[J]. 黑龙江史志，2014(3)：173-174.

秦梨丽，裴国栋. 唐诗与《古今和歌集》中的"风"意象之比较[J]. 宝鸡文理学院学报（社会科学版），2016(3)：62-65.

石玉芳. 樋口一叶小说《自焚》中的母女命运解读[J]. 淮海工学院学报（人文社会科学版），2014(11)：44-46.

王成. 日本女性文学进入新时代[J]. 外国文学，2000(2)：79-81，52.

王晶. 动荡时期的日本女性的女性文学：日本战后女性文学之管窥[J]. 大连大学学报，2005(3)：60-63.

王宗杰.试论当代日本女性文学的特征[J].东北师大学报(哲学社会科学版),2005(5):139-144.

肖霞.突围与建构:论日本现代女性文学的发展[J].文史哲,2010(5):63-74.

徐蕾.从《花之劲》看冈本加乃子的生命哲学:以"桂子"的自我实现为中心[J].考试周刊,2009(39):24-25.

叶琳.论日本战后女性文学的创作风格[J].外语研究,2010(6):101-105.

张丽,王有红.冲不破的樊篱:用社会性别差异观点解读林芙美子的《浮云》[J].北京工业大学学报(社会科学版),2006(2):85-88.

张玉莲.安房直子的幻想世界探析[J].当代文坛,2012(5):146-149.

赵霞.论日本女作家宇野千代的女性独立意识[J].青年文学家,2019(21):92-93,95.

周密,周琼.想象与现实的美妙结合:解读《微笑的狼》[J].外语文学动态,2006(4):24-26.

周萍萍.承传与摒弃:论日本女性文学中的道德观衍变[J].外国语文,2012,28(4):19-23.

日语期刊

[日]池原陽斎.「異界」の意味領域—〈術語〉—のゆれをめぐって[J].東洋大学人間科学研究所紀要,2011(13):188-172.

[日]岸田正吉.岡本かの子における「いのち」—「鶴は病みき」「老妓抄」「家霊」を通して[J].日本女子体育大学紀要,1999(29):89-81.

[日]八木恵子.津島佑子—女性作家における女[J].国文学:解釈と鑑賞,1981,46(2):162-186.

[日]八木恵子.自意識の構造—血と家族の問題[J].国文学:解釈と鑑賞,1980,45(6):186-192.

[日]大久保典夫.戦後文学史のなかの女流文学—林芙美子『浮雲』の位置[J].国文学:解釈と鑑賞,1972,37(3):47-52.

[日]岡村淑美.岡本かの子「金魚撩乱」—自然美と人工美[J].昭和女子大学大学院日本文学紀要,2002(13):21-30.

[日]古俣裕介.現代児童文学作家論[J].国文学:解釈と鑑賞,1983,48(14):128-130.

[日]海野郁恵.安房直子—そのフシギの世界[J].日本児童文学,1993,39

(10):83-85.

[日]吉川豊子.怖れと歓び—沈黙を破る言葉—A.リッチとともに読む河野多恵子[J].新日本文学,1993,48(10):42-50.

[日]江種満子.評論河野多恵子『不意の声』—父親の転換[J].新日本文学,2003,58(3):8-16.

[日]久保田真美.尾崎翠作品における〈少女〉〈妹〉—小野町子を中心に[J].国文研究,2012(57):47-64.

[日]堀畑真紀子.『ふたりのイーダ』論—「『歩く椅子』の運命」と「りつこの運命[J].国語国文学研究,2006(41):67-79.

[日]橋詰静子.津島佑子[J].国文学:解釈と鑑賞,1979,44(4):167-176.

[日]三浦正雄・馬見塚昭久・松谷みよ子.インタビュー松谷みよ子氏への書面インタビュー——怪談・不思議譚・怪異譚・霊験譚をめぐって[J].埼玉学園大学紀要,2014(14):205-209.

[日]森井直子.尾崎翠『アップルパイの午後』論[J].演劇学論集.2005(43):179-192.

[日]森澤夕子.尾崎翠の両性具有への憧れ—ウイリアム・シャープからの影響を中心に[J].同志社国文学,1998(48):49-58.

[日]砂田弘.作家に聞く(その1)松谷みよ子さん—椅子がひとりで歩きだす[J].日本児童文学別冊,1979,25(9):86-99.

[日]山根直子.尾崎翠『こほろぎ嬢』試論—『図書館』『産婆学の暗記者』をめぐって[J].京都大学國文学論叢,2018(39):27-42.

[日]山根直子.尾崎翠『第七官界彷徨』論—『蘇の恋』をめぐって[J].人間・環境学,2017(26):217-228.

[日]上田みどり.家父長社会における宇野千代の作品に表れる情念—英米女性作家との比較研究試論[J].広島経済大学研究論集,2004,27(3):5-10.

[日]上西妙子.女「性」というリアリティ[J].女性学評論,1999(13):179-208.

[日]松田司郎.奇妙な戸惑いの魅力—「遠い野ばらの村」「風のローラースケート」に見る自然の描き方[J].日本児童文学,1993,39(10):48-51.

[日]藤崎文音.『ふたりのイーダ』作品論—児童文学が持つ力[J].成蹊国文,2016(49):190-193.

[日]藤田のぼる.追悼・松谷みよ子—作品を生み出し続けた人:作家・松谷みよ子の生涯と作品[J].日本児童文学,2015,61(5):98-101.

[日]藤澤成光.特集評論 安房直子とアンデルセン―あこがれの想像力（特集・アンデルセン童話）[J].鬼ヶ島通信社,2004(44):23-29.

[日]田中厚一.「言葉仇」という幻:岡本かの子『老妓抄』論[J].帯広大谷短期大学紀要,2000(38),43-56.

[日]田中厚一.交響するテキスト:岡本かの子の〈書き方〉をめぐって[J].帯広大谷短期大学紀要,1997(34):A1-A17.

[日]田中埜一.松谷みよ子論―家族の成熟と「いのちの流れ」[J].文教国文学,2003(48):1-19.

[日]西本鶏介.終りのない夢を求めて[J].日本児童文学,1993,39(10):18-29.

[日]小谷真理.翠幻想―尾崎翠のメタ恋愛小説[J].日本文学,1998,47(11):70-79.

[日]小西正保.作家を読む(8)安房直子 よみがえる安房直子の世界[J].子どもの本棚,2004,33(9):32-37.

[日]幸野洋子.安房直子・自然描写についての考察―『目白児童文学』の作品を通して(Ⅰ期の作品)[J].別府大学国語国文学,2002(44):40-56.

[日]熊坂敦子.怨念としての女流文学―林芙美子と岡本かの子[J].国文学:解釈と教材の研究,1980,25(15):79-83.

[日]須田千里.樋口一葉―新たな一葉像へ向けて[J].国文学:解釈と鑑賞,1995,60(6):68-75.

[日]野上暁.風と木の歌[J].日本児童文学,1993,39(10):40-43.

[日]野田直美.岡本かの子「花は勁し」論―空間に生起するもの[J].日本近代文学.2016(95):33-48.

[日]伊藤かおり.『ふたりのイーダ』論―時間認識と戦争認識[J].白百合児童文化,2004(13):86-99.

[日]伊藤比呂美.津島佑子『笑いオオカミ』―よいかりを[J].文学界,2001,55(3):247-250.

[日]伊沢由美子.安房直子―心に住みついた海のように[J].日本児童文学,1993,39(10):85-87.

[日]増田周子.河野多恵子『不意の声』論―初出と初版本との異同からみるリアリティー[J].徳島大学国語国文学,1998(11):58-67.

[日]中尾千草.岡本かの子『家霊』論―いのちが呼応する場所[J].大谷女子大国文,2000(30):24-33.

[日]佐藤通雅.安房直子小論[J].日本児童文学,1993,39(10):30-39.

学位论文

常如瑜.荣格:自然、心灵与文学:荣格生态文艺思想初探[D].苏州:苏州大学,2010.

迟嘉欣.三枝和子的女性主义文学[D].济南:山东大学,2020.

关文婧.津岛佑子的生态女性主义思想:解读小说《微笑的狼》[D].天津:天津师范大学,2009.

洪彩云.日本近代"新女性"之与谢野晶子:以诗歌及评论为中心[D].福州:福建师范大学,2013.

李晓光.解析林芙美子文学的流行符号:贯穿一生的平民情怀[D].上海:上海外国语大学,2010.

刘青.冈本かの子の女性観[D].南京:南京师范大学,2007.

陶慧.论西方女性主义文学批评的"双性同体"观[D].西安:陕西师范大学,2007.

王光红.樋口一葉の「われから」に見られる『出世』[D].青岛:青岛大学,2018.

王悦.关于冈本加乃子的《家灵》:被"生命"束缚的饿鬼和女老板[D].长春:吉林大学,2015.

吴昳.论激情一生的与谢野晶子:以作品《乱发》为中心[D].重庆:四川外语学院,2011.

邢昭.论与谢野晶子的社会性别意识[D].南京:南京师范大学,2015.

徐蕾.冈本加乃子小说中的女性形象:以《花之劲》和《老妓抄》为中心[D].大连:辽宁师范大学,2010.

杨希.津岛佑子文学の女性意識について[D].哈尔滨:哈尔滨师范大学,2009.

赵夏川.津岛佑子文学中的"父亲缺位":以《默市》为中心[D].重庆:四川外国语大学,2018.

庄恒.冈本加乃子文学世界中的"生命":以晚年代表作为中心[D].济南:山东大学,2011.